VERGANGENHEIT UND GEGENWART

MARKETVILLE MYSTERY #2

JUDY PENZ SHELUK

Übersetzt von
PETRA SCHMELZEISEN

Vergangenheit und Gegenwart: Marketville Mystery #2

Umschlaggestaltung von Hunter Martin

Deutsche Übersetzung von Petra Schmelzeisen

Bearbeitet und Korrektur gelesen von Mary Persch

Veröffentlicht von Superior Shores Press

ISBN ebook: 978-1-989495-48-3

ISBN paperback: 978-1-989495-47-6

Erste deutsche Ausgabe: September 2022

In Erinnerung an meine Mutter, Anneliese Penz

VORWORT

Wenn Sie zu den Menschen gehören, die die Widmung auf der Vorderseite eines Buches lesen, werden Sie bemerkt haben, dass *Past & Present* meiner Mutter Anneliese Penz gewidmet ist, die im September 2016 einen langen Kampf mit einer chronisch-obstruktiven Lungenerkrankung und damit verbundenen Gesundheitsproblemen verlor. Bis zuletzt verteilte sie Lesezeichen für meine Bücher *Skeletons in the Attic* (deutscher Titel: „*Skelette auf dem Dachboden*") und *The Hanged Man's Noose* an jeden Arzt und jede Krankenschwester, die eines haben wollten (und ich vermute, dass sie ihnen ein paar davon in den Laborkittel gesteckt hatte, als sie nicht hinsahen).

Es war mir ein Trost, dass das letzte Buch, das meine Mutter gelesen hatte, „*Skelette auf dem Dachboden*" war, das erste Buch in dieser Reihe. Sie war hoch erfreut, dass ich das Buch meinem Vater, Anton „Toni" Penz, gewidmet hatte, der im Alter von zweiundvierzig Jahren einem Magenkrebsleiden erlag.

Ich hatte von Anfang an die Absicht, zwei Figuren namens Anton und Anneliese in die Fortsetzung von *Skeletons* einzubauen, aber ich hatte keine Handlung, geschweige denn einen Plan. Um ehrlich zu sein, war ich festgefahren.

Dann entdeckte ich im hinteren Teil des Kleiderschranks meiner Mutter eine kleine blaue Ledertasche mit cremefarbenem Rand, einem elfenbeinfarbenen Kunststoffgriff und Messingschlössern. Darin hatte sie sorgfältig Dokumente aus der Vergangenheit aufbewahrt, darunter ihren deutschen Reisepass, der 1952 in England ausgestellt worden war, ihre Einwanderungspapiere von England nach Kanada, die ihre Reise auf der *T.S.S. Canberra* dokumentierten, alte Fotos und Postkarten sowie etwas Modeschmuck. Die Idee für *Past & Present* war geboren: die Vergangenheit reicht der Gegenwart die Hand.

Obwohl viele der historischen Daten auf diesen Seiten auf Tatsachen beruhen und Callies Nachforschungen oft meine eigenen widerspiegeln, ist diese Geschichte doch eher ein Werk der Fiktion. Mir gefällt der Gedanke, dass meine Mutter und mein Vater wieder zusammen sind und im Himmel Lesezeichen verteilen.

Judy Penz Sheluk

1

———

Es ist dreizehn Monate her, dass ich den Anruf erhielt, und mir eine gleichgültige, emotionslose Stimme am anderen Ende mitteilte, dass mein Vater bei einem unglücklichen Arbeitsunfall ums Leben gekommen sei. Dreizehn Monate, seit ich in Leith Hamptons Anwaltskanzlei in Toronto gesessen hatte und er mir das Testament meines Vaters verlas. Dreizehn Monate, seit ich erfuhr, dass ich, Calamity Barnstable, genannt Callie, ein Haus in Marketville geerbt hatte.

Es war ein Haus, von dem ich nicht wusste, dass es existierte. In einer Pendlerstadt, die besser für Familien mit zwei Kindern, einer Katze und einem Collie geeignet war, als für eine sechsunddreißigjährige alleinstehende Frau, die in der Anonymität des Stadtlebens aufging und in einer Eigentumswohnung wohnte.

Als wäre das nicht schon überwältigend genug gewesen, gab es auch noch einen Haken. Gemäß dem Testament meines Vaters musste ich ein Jahr lang in das Haus einziehen und herausfinden, wer meine Mutter dreißig Jahre zuvor ermordet hatte. Eine Mutter, die verschwand, als ich sechs Jahre alt war, und an die ich mich kaum erinnern konnte - eine Erinnerung, die von meinem Vater nicht gefördert wurde. In unserem Haus gab es keine Fotos von ihr, keine Plaudereien am Kamin darüber, wie sie sich kennengelernt hatten. Im Barnstable-Haushalt war es so, als hätte Abigail Doris Barnstable nie existiert.

Es wäre eine Untertreibung zu sagen, dass mein behagliches Dasein als Angestellte in einem Callcenter einer Bank auf den Kopf gestellt wurde. Von einem auf den anderen Monat bearbeitete ich Anfragen zu verlorenen Kreditkarten und Debitkartenbetrug, und plötzlich fungierte ich in der Eigenschaft als inoffizielle Privatdetektivin. Und das ausgerechnet in Marketville.

Das Haus, das mein Vater mir vermacht hatte, lag in einer Sackgasse, voller meist gut erhaltener Bungalows, Split-Levels und Doppelhaushälften aus den 1970er Jahren, deren Straßen nach Wildblumen aus der Provinz benannt waren. Trillium Way. Coneflower Crescent. Day Lily Drive. Lady's Slipper Lane.

Ich sagte „größtenteils gut gepflegt", weil mein Erbe, Snapdragon Circle 16, die einzige bemerkenswerte Ausnahme war. Der Rasen vor dem Haus war schon vor langer Zeit von Löwenzahn und Unkraut überwuchert worden. Das Dach war geflickt worden, ohne darauf zu achten, dass die ausgetauschten Schindeln zu den vorhandenen passten. Die Fenster waren mit Vogelkot, Schmutz und Eierresten von vergangenen Halloweens bedeckt. Manche Häuser brauchten ein wenig liebevolle Pflege. Was dieses Haus brauchte, war ein guter Anstrich mit Feuer.

Ich hätte mich in diesem Moment in meinen alternden Honda Civic setzen und zurück nach Toronto fahren können, wenn da nicht vier Dinge gewesen wären. Erstens hatte ich keine Wohnung mehr, da ich meine Eigentumswohnung an einen Kollegen untervermietet hatte. Wir hatten uns zwar immer gut verstanden, hatten aber keine Absicht Zimmergenossen zu werden.

Zweitens hatte ich meinen Job bei der Bank gekündigt und hatte es nicht eilig, zurückzukehren. Die Arbeit in der Betrugsabteilung einer Bank mag faszinierend klingen, aber die Realität war, dass alle interessanten Fälle sofort zu meinem Vorgesetzten weitergereicht wurden.

Drittens hatte ich Leith versprochen, den „Auftrag" - ein Begriff, den ich in Ermangelung eines besseren Wortes verwendete - zu übernehmen, nicht weil ich es wollte, sondern weil es eine intrigante Hellseherin namens Misty Rivers gab, die erpicht darauf war, die Aufgabe zu übernehmen, falls ich mich weigerte. Schließlich war die kostenlose Unterkunft und tausend Dollar pro Woche - die Entschädigung für das Annehmen besagten Auftrags - sowohl für mich als auch für Misty ein starker Motivator. Aber selbst wenn ich gewusst hätte was auf mich zukommen würde, hätte ich vielleicht doch noch einen Rückzieher machen können. Und dann schlenderte Grund Nummer vier aus dem Nachbarhaus zu mir herüber.

Royce Ashford, um die vierzig, gut aussehend - auf eine robuste Art und Weise - ein Typ Mann, den man in einer dieser Heimwerker-Sendungen im Fernsehen sah. Gut ausgeprägte Bizeps, sandbraunes, kurz geschnittenes Haar, warme braune Augen. Ich stellte mir Sixpacks unter seinem Hemd vor und hoffte, dass mein Verlierer-Radar in Urlaub war. Wenn es um Männer ging, war mein Urteilsvermögen mangelhaft. Valentinstag war ein Thema non grata für mich. Meine Erinnerungen haben nichts mit den samtigen Blütenblättern langstieliger roter Rosen zu tun, sondern nur mit den Dornen.

Aber zurück zu Royce. Es war nicht so sehr, dass ich nach einer Beziehung gesucht hatte. Das war es nicht. Aber es war ganz offensichtlich, dass mein Erbe dringend renovierungsbedürftig war, und dem Logo auf seinem

Golfhemd nach zu urteilen, gehörte ihm Royce Contracting & Property Maintenance. Laut Leith, einem Mann, dem ich halbwegs vertraute, hatte mein Vater geplant, Royce zu beauftragen, und bis zu dieser verrückten Haussache hatte ich dem Urteil meines Vaters mehr vertraut als meinem eigenen. Außerdem, wenn man seinem Nachbarn nicht trauen konnte, wem konnte man dann trauen?

So kam es, dass ich in Snapdragon Circle 16 einzog und nun in Marketville lebe. Was das Verschwinden meiner Mutter vor dreißig Jahren angeht, so ist das eine lange Geschichte, die ich nicht noch einmal erzählen möchte. Es genügt zu sagen, dass manche Dinge besser in der Vergangenheit bleiben. Vielleicht werde ich eines Tages alles in die Gegenwart holen, aber heute ist nicht der Tag dafür.

Nach allem, was ich in den letzten Monaten aufgedeckt habe - von zu vielen vergrabenen Familiengeheimnissen bis hin zu einem Skelett auf dem Dachboden - sollte man meinen, dass ich am liebsten zurück nach Toronto flüchten würde. Aber ich genieße das etwas langsamere Tempo des Lebens in Marketville, ganz zu schweigen von dem phänomenalen Wanderwegenetz, das sich über drei Städte erstreckt. Es ist eine großartige Ressource für Läufer - oder sollte ich sagen, für Schnecken wie mich. Es ist mir sogar gelungen, eine Laufgruppe zu finden, in der jedes Alter und jedes Tempo vertreten ist, von jung bis alt, von langsam bis rasend schnell. Wir scherzen gerne, dass wir verrückt genug sind, bei plus dreißig und minus dreißig Grad zu laufen. Das ist Celsius für Fahrenheit-Leute. Auf der Fahrenheit-Skala sind es sechsundachtzig Grad bis minus zweiundzwanzig.

Royce und ich sind immer noch vorsichtig, Freunde zuerst und so weiter, aber die Anziehung zwischen uns brodelt weiterhin unter der Oberfläche wie eine Lavalampe. Ich bin noch nicht ganz bereit, diese Blase platzen zu lassen, aber ich bin auch nicht gewillt, davor wegzulaufen.

Und dann ist da noch Chantelle Marchand, meine Nachbarin von der anderen Straßenseite. Als Einzelkind von zwei Einzelkindern faszinieren und amüsieren mich Chantelles Geschichten über das Aufwachsen als fünftes Kind in einer Familie mit sechs Kindern. Außerdem ist sie eine wirklich gute Freundin geworden. Die beste Freundin, die ich je hatte, wenn ich ehrlich bin, nicht dass ich viele Freunde gehabt hätte. Ich war schon immer ein Mädchen, das sich eher einer Gruppe von Freunden angeschlossen hat. Der Typ eben, der mit vielen Leuten abhängt, die immer Lust auf einen Film haben oder mit denen man essen gehen kann, aber niemanden mit dem man sich nahe genug befreundet, um sich richtig anvertrauen zu wollen. Wenn es um wahre Geständnisse geht, bin ich mehr darauf aus, sie mir anzuhören als sie zu geben.

Meine einzige andere echte Freundin ist Arabella Carpenter, die in Lount's Landing, einer kleinen Stadt etwa dreißig Minuten nördlich von Marketville, den Antiquitätenladen Glass Dolphin betreibt. Wir treffen uns immer noch, aber das erfordert Planung, was nicht zu meinen Stärken gehört. Bei Chantelle ist es so einfach, über die Straße zu gehen und zu sagen: „Hey, du."

Nicht, dass Chantelle und ich uns auf Anhieb gut verstanden hätten, obwohl ich zugeben muss, dass das genauso an mir wie an ihr lag. Chantelle gehört zu den Frauen, die jeden Look rocken, von Blue Jeans über Bustiers bis hin zu Abendkleidern, und das so mühelos, als würde sie ein Paar Turnschuhe gegen 13 Zentimeter hohe Stilettos tauschen. Meine Augen sind wahrscheinlich mein bestes Merkmal - schwarz umrandet und haselnussbraun, - aber Chantelles Augen haben den schwelenden Farbton von Holzkohle, der „Komm her" schreit. Ihr leuchtend blondes Haar, sieht natürlich aus, obwohl sie mehr als hundert Dollar dafür beim Friseur ausgibt. Und im Gegensatz zu meinem lockigen braunen Schopf bleibt es bei Wind und Wetter glatt und stilvoll. Ihren Killer Body schreibt sie ihren Genen zu, aber sie ist auch Pilates-, Yoga- und Spinning-Trainerin im hiesigen Fitnessstudio. Chantelle mag zwar näher an neununddreißig als an neunundzwanzig sein, aber das sieht man ihr nicht an. Es ist schwer, so jemanden nicht zu hassen, nicht wahr?

Aber was die meisten Leute nicht wissen, ist Folgendes. Trotz alledem ist Chantelle äußerst unsicher. Wenn man für eine weitaus Jüngere, kaum dem Teenageralter Entwachsene verlassen und geschieden wird - das sind ihre Worte, nicht meine, aber sie treffen trotzdem zu -, bleibt das nicht ohne Folgen. Ich weiß es aus eigener Erfahrung. Nicht das mit der Scheidung, ich war nie verheiratet, aber das mit dem Abserviert-Werden, das kenne ich nur zu gut.

Wie auch immer, ich habe beschlossen, vorerst in Marketville zu bleiben, allerdings nicht in diesem Haus, das mit viel zu vielen Erinnerungen verbunden ist. Außerdem ist es Zeit für einen Neuanfang. Ich habe im letzten Jahr genug damit verbracht, in der Vergangenheit zu wühlen.

Mit Hilfe von Royce und etwas Geld aus dem Nachlass meines Vaters habe ich das Haus für den Wiederverkauf renoviert, ohne mich zu verschulden. Meine Maklerin, Poppy Spencer, die mir von Arabella empfohlen wurde, versichert mir, dass ich den besten Preis erziele, und möglicherweise sogar Interessenten anziehen werde, die sich gegenseitig überbieten werden. In der Zwischenzeit muss ich mir überlegen, wo ich wohnen werde und womit ich meinen Lebensunterhalt verdienen will.

2

Poppy Spencer schob ihr Tablet zu mir. »Dieses viktorianische Einfamilienhaus in der Edward Street ist genau das Richtige.«

Poppy war eine erfolgreich aussehende Geschäftsfrau in den späten Vierzigern mit stahlgrauen Augen, die teilweise hinter ihrer dunklen Designerbrille verborgen waren. Ihr kurzes braunes Haar war kunstvoll mit kupfer- und goldfarben schimmernden Strähnchen durchzogen, und ich vermutete, dass sie für einen Haarschnitt mit Haarfärbung mehr bezahlte als ich in einem ganzen Jahr bei meinen Friseur ließ. Wenn man ihre perfekt lackierten Fingernägel im French-Style betrachtete, war die Maniküre wohl auch nicht billig. Ich lehnte mich über die Kochinsel aus Granit in meiner neu renovierten Küche, um das Angebot zu prüfen. Die Edward Street befand sich im Herzen von Marketville, der ursprünglichen Hauptstraße der Stadt, die sich im Laufe der Jahre zu einem Viertel mit unabhängigen ethnischen Restaurants, trendigen Cafés und Bistros sowie gehobenen Bekleidungsgeschäften entwickelt hatte. Trotz ihrer überwiegend viktorianischen Architektur hatte die Edward Street längst das historische Flair verloren, das die Main Street in Lount's Landing ausstrahlte. Hier ging der schicke Vorstadteinkäufer hin, um sich ausgiebig mit Speisen und Getränken bewirten zu lassen, und um sich auszustatten. Mit anderen Worten: ein guter Standort für ein Geschäft mit Wohnsitz.

AUS DER MULTIMEDIA-DIASHOW auf *Realtor.ca.* ging hervor, dass Edward Street 300 zwar charmant aussah, sich aber in einem weniger begehrten Randbereich der Straße befand. Derzeit befand sich dort die Wohnung und Praxis eines Physiotherapeuten, und es würden womöglich einige Renovierungsarbeiten nötig sein. Ich war mir nicht sicher, ob ich mich noch einmal durch den Staub und den Schutt kämpfen wollte, ganz zu schweigen von den Kosten. Es kostete immer mehr, als man dachte, wie Royce mich gewarnt hatte, bevor wir das Haus in Snapdragon zu renovieren anfingen. Ich hätte auf ihn hören sollen, aber es ist ja bekanntlich so, dass Erfahrung der beste Lehrmeister ist.

Andererseits sehnte ich mich nach einem der vielen Neubauten, die auf jedem Bauernfeld von Marketville über Lount's Landing bis Lakeside aus dem Boden schossen. Natürlich würden diese Häuser erst in einem Jahr oder später fertig werden, was angesichts meiner Entscheidung, lieber früher als später auszuziehen, kaum hilfreich war.

»Ich dachte an etwas Zeitgemäßeres.«

»Wir können natürlich nach etwas Modernerem suchen, aber in Wirklichkeit wirst du so etwas auf der Edward Street nicht finden. Würdest du Häuser in einer der Wohnsiedlungen in Betracht ziehen?«

Ein Wiederverkauf in einer der neueren Wohnsiedlungen könnte ein guter Kompromiss sein. »Möglicherweise.«

»Das ist kein Problem, wenn du nur in der Wohnung leben

möchtest. Du hast jedoch erwähnt, dass du ein eigenes Geschäft betreiben willst, was in Wohngebieten fast immer mit Einschränkungen verbunden ist. Eine Homeoffice wäre kein Problem, aber wenn du Kunden empfangen willst, kann es zu Beschwerden der Nachbarn kommen. Bevor wir ein Angebot abgeben, müssen wir die Bebauungs- und Nutzungsvorschriften der Stadt prüfen, um zu sehen, was erlaubt ist. Das Schöne an der Edward Street ist, dass sie als Wohn- und Geschäftsviertel ausgewiesen ist.«

An den Besuch von Kunden hatte ich nicht gedacht, was wahrscheinlich nichts Gutes für meinen Geschäftsplanungsscharfsinn verhieß. Andererseits hatte ich auch noch kein Konzept entwickelt. »Ich könnte es mir beim Tag der offenen Tür am Wochenende ansehen.« Ich könnte auch Royce und Chantelle bitten, mich zu begleiten.

Poppy telefonierte bereits mit dem Makler. »Perfekt«, sagte sie, »meine Kundin und ich erwarten dich in einer Stunde«.

»Eine Stunde? Was ist mit dem Tag der offenen Tür?«

»Es ist ein Verkäufermarkt«, sagte Poppy. »Das ist vorteilhaft für dich, wenn wir deine Immobilie verkaufen. Allerdings ist es umgekehrt genauso. Wir müssen *vor dem Tag der offenen Tür* am Wochenende da sein.« Sie klopfte mit ihren French-Style-Fingernägeln auf den Granit. »Möchtest du jemanden mitbringen?«

Es würde zehn Minuten dauern, dorthin zu fahren, was nicht viel Vorlaufzeit bedeutete. Aber ich wusste, wenn ich niemanden mitbrächte, würde Poppy mich dazu bringen, auf der gepunkteten Linie zu unterschreiben, bevor ich alles richtig durchdacht hatte.

»Lass mich versuchen, Chantelle und Royce zu erreichen.«

CHANTELLE WAR ZU Hause und freute sich, dass sie mich zur Besichtigung begleiten durfte. Royce befand sich zurzeit auf einer Baustelle, versprach aber, sich das Haus anzuschauen, falls ich mich entschließen sollte, ein Angebot zu unterbreiten. Das beruhigte mich, und ich hoffte insgeheim, dass er mir davon abraten würde, weil er nicht wollte, dass ich wegziehe.

Edward Street 300 war ein viktorianisches Haus aus rotem Backstein, das mit blass- cremegelben Zierleisten verkleidet war und dessen umlaufende Veranda Besucher willkommen hieß. Die Eingangstür öffnete sich zu einem schmalen Empfangsraum auf der linken Seite, einer Küche auf der Rückseite, die durch ein Durchgangsfenster zu sehen war, und einer polierten Holztreppe auf der rechten Seite, die in den zweiten Stock führte.

»Das sind nicht mehr als sechsundfünfzig Quadratmeter Wohnfläche im Erdgeschoss«, sagte ich und angelte in meiner Handtasche nach meinem Kakaobutter-Lippenbalsam. Ich hatte mir die Angewohnheit abgewöhnt, aber hin und wieder griff ich danach wie ein Baby nach dem Schnuller.

»Sechzig, um genau zu sein«, sagte Poppy und sah sich die Liste an, »aber es gibt genug Platz für ein Büro und einen Empfangsraum.«

»Hast du die Fußleisten bemerkt?« fragte Chantelle. »Es sieht so aus, als seien sie zwanzig Zentimeter hoch und aus echter Eiche. Genau wie die Treppe und die Böden. Wunderschön. Jemand hat sich gut um dieses Haus gekümmert.«

Wir machten uns auf den Weg in die Küche. Sie war das, was mein Vater eine Single-Küche genannt hätte; es gab kaum Platz für einen Kühlschrank und einen Herd, und auf einen Geschirrspüler war verzichtet worden, um dafür mehr Platz für Schränke zu haben. Die weißen Schränke sahen frisch aus, die Arbeitsplatten bestanden aus goldfarbenem und schwarzem Quarz, und ein Fenster gab den Blick auf einen kleinen Garten frei, in dem Stauden in verschiedenen Stadien in Blüte standen. Es gab sogar eine Tür, die auf eine Steinterrasse hinausführte. Ich konnte mir vorstellen, dort morgens einen Tee zu trinken und abends ein Glas Wein. Ich schaute Chantelle an und wusste, dass sie das Gleiche dachte.

Im Obergeschoss befanden sich zwei etwa gleich große Schlafzimmer, von denen eines zur Straße und das andere zum Hinterhof hin lagen. Beide wurden von den jetzigen Besitzern als Behandlungszimmer genutzt. »Die Schränke sind wirklich winzig«, sagte ich. »Ich brauche zwar keinen begehbaren Kleiderschrank, aber die hier sind echt klein.«

»Jede Art von Schrank ist ein Bonus«, sagte Poppy. »Viele ältere Häuser haben keine begehbaren Schränke. Die Leute benutzten normale Kleiderschränke, um ihre Kleidung aufzuhängen. Natürlich besaßen sie auch weniger Kleidung.«

»Du kannst dir so ein Raumsparsystem besorgen«, sagte Chantelle. »Royce würde es bestimmt für dich installieren.«

Ich war nicht überzeugt. »Schauen wir uns das Bad an.«

Es war modernisiert worden, mit Zedernholzwänden und einer großen begehbaren Dusche anstelle einer Badewanne. Der Gedanke, dass Kunden es benutzen könnten, begeisterte mich nicht.

»Ich weiß es nicht. So hatte ich mir das eigentlich nicht vorgestellt. Ich hatte mir eher etwas mit mehr Privatsphäre gedacht. Zumindest ein größeres Badezimmer.«

»Im unteren Stockwerk gibt es noch eine Gästetoilette«, sagte Poppy. »Diese könnte von deinen Kunden benutzt werden. Das obere Stockwerk wäre dein privater Wohnbereich und im Erdgeschoss wären dein Büro und die Küche untergebracht. Kommt, wir sehen uns den Keller an.«

DAS UNTERGESCHOSS, oder sollte ich sagen, die komplette untere Etage, hatte 2,13 Meter hohe Decken, die die Räume eigentlich klaustrophobisch erscheinen lassen sollten, aber die Wände waren weiß gestrichen worden, und obwohl sie klein und eng waren, gab es viele Fenster. Neben einer großzügigen Gästetoilette gab es eine Waschküche und einen Heizungsraum. Ein separater, fensterloser Raum war als Lagerraum abgetrennt worden. Ich mag keine Keller, aber dieser hier war gar nicht so schlecht.

»Die Regale und Aktenschränke bleiben«, sagte Poppy und sah sich erneut die Liste an.

Das würde mir etwas Geld sparen und zusätzlichen Stauraum bieten, aber ich war immer noch nicht überzeugt. »Ich muss darüber nachdenken.«

»Dafür bleibt keine Zeit«, sagte Poppy. »Nicht in diesem Markt. Natürlich muss man sich mit seiner Entscheidung wohlfühlen. Es gibt noch andere Immobilien.«

»Keine so wie diese«, sagte Chantelle. »Du kannst dir dieses Haus nicht wegschnappen lassen. Es erfüllt alle Kriterien.«

»Ich bewundere deinen Enthusiasmus«, sagte ich, »aber du bist nicht diejenige, die es kauft.«

»Dann beteilige ich mich daran.«

»Willst du mit mir ein Haus kaufen?«

Chantelle schüttelte den Kopf. »Nicht das Haus. Sondern das Geschäft. Du kannst deine Ermittlungsarbeit machen, und ich kann sie mit meinem Wissen über Genealogie ergänzen. Es wird perfekt sein.«

Und so hatten wir *Past & Present Investigations* gegründet.

3

———

ICH HATTE NOCH NIE ein Haus gekauft, aber Arabella Carpenter hatte mir den richtigen Weg gewiesen. Wenn es um Immobilien ging, ließ Poppy nichts unversucht. Nachdem sie vergleichbare Immobilien auf dem Markt geprüft hatte - eine Herausforderung angesichts der Einzigartigkeit jeder Immobilie in der Edward Street - und nachdem Royce den Umfang und die Kosten der für meine Bedürfnisse erforderlichen Arbeiten ermittelt hatte, erstellte Poppy ein attraktives Angebot.

Der Dollarbetrag des Angebots erschreckte mich, aber Poppy versicherte mir, dass ich nach dem Verkauf von Snapdragon Circle so gut wie kostendeckend arbeiten würde. Ich hoffte, sie hatte recht. Ich verfügte über einige Ersparnisse aus dem Verkauf des mit einer hohen Hypothek belasteten Stadthauses meines verstorbenen Vaters in Toronto, aber ich dachte mir, dass ich diese zum Leben brauchen würde, während ich mein Geschäft in Gang brächte.

Ein vernünftiger Mensch hätte vielleicht wieder von neun bis fünf gearbeitet, aber nachdem ich im letzten Jahr einen Vorgeschmack auf die Freiheit gekostet hatte, ließ mich der

Gedanke erschaudern. Sicherlich könnte ich genug verdienen, um für Essen, Steuern und gelegentliches Ausgehen zu bezahlen.

Außerdem wollte ich die Frage nach dem frühen Tod meines Vaters klären. Ich hatte mich nie auf das Urteil „Arbeitsunfall" eingelassen, aber ich war zu sehr damit beschäftigt gewesen, das Geheimnis meiner Mutter zu lüften, um mich damit auch noch zu befassen. Jetzt würde ich die Zeit haben, der Sache auf den Grund zu gehen. Ich wusste nicht, ob ich erfolgreich sein würde, aber ich war es meinem Vater schuldig, es zu versuchen.

DER VERKAUF von Snapdragon Circle erwies sich als ein Kinderspiel. Poppy und Chantelle halfen mir, das Haus für den Verkauf vorzubereiten, und ich musste zugeben, dass es fantastisch aussah. All meine harte Arbeit hatte sich gelohnt, vom Streichen jeder einzelnen Wand und Decke bis hin zum Entfernen der Teppiche, um das ursprüngliche Hartholz freizulegen. Ein neues Dach und die Beauftragung von Royce' Firma mit der Renovierung der Küche erwiesen sich ebenfalls sehr verkaufsfördernd; Poppy sagte mir voraus, dass ich meine Investition fast verdoppeln würde. In der Zwischenzeit war das Haus mit dem Vermerk „Angebote werden in fünf Tagen angenommen" gelistet, und Ella Cole, meine neugierige Nachbarin in den Sechzigern, hielt mich mit endlosen Tassen Tee, Kaffee, Keksen und Klatsch und Tratsch davon ab, durch die Straßen zu irren, während die Besichtigungen unvermindert weitergingen. Die Stunden bis zum Tag des Angebots waren äußerst stressig. Was, wenn niemand auf die Immobilie bieten würde? Was, wenn die Angebote beleidigend niedrig wären? Es stellte sich heraus, dass ich mir keine Sorgen zu machen brauchte. Am Ende eines anstrengenden Tages hatte ich ein halbes Dutzend Angebote abgelehnt und eines für mehr Geld angenommen, als ich mir erträumt hatte. Poppy Spencer freute sich geradezu über das Ergebnis, und ich nahm es ihr nicht übel. Sie hatte sich ihre Provision verdient und noch einiges mehr.

Dann brach die Realität über mich herein. Ich hatte vor, ein Geschäft aufzubauen und Nachforschungen über vermisste Personen aus der Vergangenheit zu betreiben, Fälle, die entweder A) niemanden sonst interessierten oder B) alle aufgegeben hatten. Ich war keine Privatdetektivin. Ich hatte nicht einmal irgendwelche Qualifikationen, die über das hinausgingen, was ich bei der Suche nach meiner eigenen Mutter gelernt hatte.

Was zum Teufel hatte ich mir dabei gedacht?

Chantelle beruhigte mich mit einigen Gläsern australischem Chardonnay und einer Pizza mit Rapini und Artischocken von Benvenuto, einem lokalen italienischen Restaurant. Um ihr schlechtes Gewissen zu beruhigen - man behält nicht Größe S, wenn man regelmäßig Pizza isst, egal wie gut die Gene sind oder wie hart man trainiert - hatte sie einen großen Salat mit Balsamico-Vinaigrette mitgebracht.

»Als Erstes müssen wir Visitenkarten drucken lassen und eine Website erstellen«, sagte sie, während sie an einem Stück Pizza knabberte und es irgendwie schaffte, dass ihr die Rapini nicht zwischen den Zähnen stecken blieben.

Ich hatte vor, Visitenkarten zu bestellen und arbeitete an einer Website. Ich war kein Internet-Guru, aber die Vorlage, die ich von meinem Webhoster ausgewählt hatte, schien einfach genug zu navigieren zu sein, und ich betrachtete die Erstellung der Webseite als laufendes Projekt.

»Wenn du das von mir entworfene Logo gutheißt und wir

uns auf unsere Titel einigen, kann ich die Visitenkarten bestellen. Ich weiß nur nicht, ob ich mich für Calamity oder Callie entscheiden soll.«

»Hmm... Ich weiß, dass du nicht gerne Calamity genannt werden willst, aber es hat einen guten Klang. Wie wäre es mit Calamity und mit Callie in Klammern?«

Es war ein guter Kompromiss. Ich zeigte Chantelle, was ich mir ausgedacht hatte: ein ineinander verschlungenes Paar *Ps* für *Past & Present*, „Vergangenheit und Gegenwart", das in einem Vergrößerungsglas steckte. Ich fand, es erinnerte etwas an Sherlock Holmes. Zumindest war das meine Absicht.

»Es ist fantastisch«, sagte Chantelle. »Was den Titel angeht, wie klingt „Partner"?«

„Partner." Es kam mir leicht von der Zunge. »Das gefällt mir. Was die Website angeht, so arbeite ich noch daran. Es gibt noch keinen Inhalt, aber wir können jederzeit online gehen. Ich dachte, wir könnten damit anfangen, Biografien zu verfassen. Bei dir sollte das relativ einfach sein, da du über gute Genealogie-Referenzen verfügst. Ich kämpfe ein bisschen mit meiner. Man kann die Wahrheit ausschmücken, aber man kann auch schlichtweg lügen.«

»Ich kann dir mit deiner Biografie helfen. Ich bin gut in solchen Dingen. Außerdem habe ich eine Freundin, die eine gute Fotografin ist. Ich bin mir sicher, dass sie uns einen Rabatt auf die Kosten gibt.«

Ich hatte nicht an Fotos gedacht, aber Chantelle hatte recht. Wir mussten unsere Gesichter zeigen. »Okay. Das sollte für den Anfang reichen.«

Chantelle schüttelte den Kopf. »Das glaube ich nicht. Was ist mit dem Rest unseres Teams?«

»Dem Rest unseres Teams?« Ich pickte eine Artischocke auf und wünschte, Chantelle hätte etwas weniger Exotisches genommen. Wenn es um Pizza ging, bevorzugte ich doppelten Käse mit scharfer Peperoni, vielleicht mit etwas extra Soße, wenn ich mich draufgängerisch fühlte. Gegen Artischocken hatte ich nichts einzuwenden, aber ich aß sie am liebsten püriert in einem scharfen Spinatdip, mit ein paar Nacho-Chips als Beilage. Die dünnen schwarzen Maischips gaben einem die Illusion etwas Gesundes zu essen.

»Unser Team«, sagte Chantelle wieder und lenkte mich von den Nachos ab.

»Erzähle weiter.«

»Ich habe mir Folgendes überlegt. Ich werde die Ansprechperson für die genealogischen Anfragen sein.«

»Das versteht sich von selbst.«

»Schön, dass du zustimmst. Nun, was unser „hauseigenes" Medium betrifft...«

»Hauseigenes Medium?«

»Ein absolutes Muss, meiner Meinung nach, und ich denke, Misty Rivers ist genau die Richtige. Sie könnte jede Woche eine Tarotkarte ziehen und eine Nachricht auf der Website veröffentlichen.« Chantelle winkte mit den Händen, als wollte sie sagen: „Details, Details".

»Was soll sie posten?«

»Es muss auf einen Blick auf die Vergangenheit hinweisen. *Mistys Messages* oder *Reflektionen*, etwas in dieser Richtung.«

Ich hatte Misty im Laufe der Zeit akzeptiert, aber trotz ihrer angeblichen mystischen Fähigkeiten hatte ich den Verdacht, dass sie in etwa so hellsichtig war wie ich.

»Ich weiß es nicht. Es wirkt ein bisschen effekthascherisch.«

»Jedes Geschäft verwendet einen Gimmick.«

Wirklich? Ich dachte gerade darüber nach, als Chantelle wieder das Wort ergriff.

»Ich habe die Idee bereits mit Misty besprochen.«

Ich spürte, wie sich meine Wirbelsäule versteifte. »Du hast das schon mit ihr besprochen?«

»Ja, und bevor du dich aufregst, sie freut sich, mit von der Partie zu sein.«

Natürlich freute sie sich. »Und wie werden wir Misty für ihre übersinnlichen Fähigkeiten bezahlen?« Ich wusste, dass ich mich zickig anhörte, und versuchte, meine Worte mit einem Lächeln abzumildern. Es musste funktioniert haben, denn Chantelle lächelte zurück.

»Kinderleicht. Wenn einer ihrer Beiträge einen Kunden bringt, zahlen wir ihr eine Vermittlungsgebühr.«

»Eine Vermittlungsgebühr. Ich denke, das wäre machbar.«

»Natürlich ist es machbar. Wenn wir uns entscheiden, Misty zur Administratorin der Website zu machen, könnte sie die Beiträge sogar selbst eingeben.«

Ich war mir nicht sicher, ob ich wollte, dass Misty Adminstrationsrechte erhalten sollte, aber jetzt war nicht der Zeitpunkt für Streitereien, und ich hatte auch keine Lust, dass die Website zu meinem Vollzeitjob werden sollte.

»Noch jemand für unser „Team"?«

»Shirley Harrington«.

Trotz meiner Vorbehalte gegenüber dem Teamansatz musste ich zugeben, dass Shirley eine gute Ergänzung sein würde. Als leitende Bibliothekarin der Stadtbibliothek, die dort für die Archive zuständig war, war sie bei der Suche nach Informationen über das Verschwinden meiner Mutter von unschätzbarem Wert gewesen. »Mir gefällt die Idee, Shirley an Bord zu holen, aber als ich das letzte Mal mit ihr sprach, hatte sie sich aus der Bibliothek zurückgezogen und lebte während des Winters in Tampa, Florida. Ich glaube nicht, dass sie vor Mitte April nach Hause kommen wird. Sie versprach mich anzurufen, wenn sie zurückkommen wird. Sie hatte vor, ein paar Golf-Ligen beizutreten und ich weiß nicht, wieviel Zeit ihr dabei bleibt.«

»Ich bin sicher, dass sie es zu schätzen weiß, wenn man sie in Betracht zieht. Den Winter in Florida zu verbringen ist eine Sache, aber wenn sie nach Marketville zurückkehrt, sieht der

Ruhestand vielleicht nicht mehr ganz so rosig aus, auch wenn sie viel Golf spielt.«

»Ich gebe es nur ungern zu, aber du hast recht. Gibt es sonst noch etwas, oder sollte ich sagen, jemanden?«

Chantelle strahlte. »Ich dachte schon, du würdest nie fragen. Arabella wäre eine großartige Bereicherung. Ich war gestern wegen einer anderen Sache in Lount's Landing, also bin ich in den Glass Dolphin gegangen und habe mit ihr darüber geplaudert.«

Ich konnte mir nicht vorstellen, warum Chantelle in Lount's Landing war, und obwohl ich sie beim Wort nahm, konnte ich nicht umhin, mich gekränkt zu fühlen. Obwohl das *meine* Angelegenheit sein sollte, hatte Chantelle bereits die Fäden in der Hand. »Und was sagte sie?« Ich versuchte die Schärfe aus meiner Stimme herauszuhalten, was mir nicht ganz gelang.

Chantelles kohlefarbenen Augen verengten sich. »Du musst nicht so schnippisch klingen, wenn du das sagst. Ich weiß, dass du und Arabella seit der Highschool befreundet seid, aber es ist ja nicht so, dass wir uns nicht kennen. Außerdem war ich in Lount's Landing in einer anderen Angelegenheit. Ein potenzieller Kunde, wenn du es wissen willst.«

»Tut mir leid, ich mache mich lächerlich. Arabella zu fragen, war eine gute Idee. Ich hätte daran denken sollen. Was sagte sie denn dazu?«

»Sie erklärte sich bereit, bei Bedarf mitzumachen. Wir werden auch den Antiquitätenladen Glass Dolphin auf unserer Website aufführen, und sie wird sich revanchieren. Wenn uns jemand etwas Altes und möglicherweise Antikes bringt, können wir ihr Fotos mailen und sie nach ihrer Meinung fragen. Wenn sie der Meinung ist, dass es eine visuelle Bewertung rechtfertigt, bringen wir das Objekt in ihr Geschäft in Lount's Landing.«

»Das klingt gut für uns, aber was hat Arabella davon?«

»Sie macht jetzt zwar schnelle Schätzungen per E-Mail,

aber sie versicherte, dass sie keine Garantie für ihre Schätzung geben kann, ohne das Objekt persönlich gesehen zu haben. Arabella sagte, dass neunzig Prozent der Dinge, die ihr per E-Mail zugeschickt werden, keinen nennenswerten Geldwert haben und oft nicht antik oder alt sind. Wenn sie der Meinung ist, dass es einen Wert oder ein historisches Interesse haben könnte, vereinbart sie einen Termin für eine Schätzung. Ihre Preise hängen davon ab, wie viel Zeit sie für die Nachforschungen aufwenden muss. Gelegentlich kommt es vor, dass jemand einen Gegenstand zur Begutachtung vorbeibringt und ihn an sie verkaufen oder in Kommission geben möchte.«

»Wie würden wir sie bezahlen?«

»Wir würden ihr Honorar an unseren Kunden weiterberechnen. Natürlich nur mit deren Zustimmung.«

»Es klingt, als hättet ihr zwei alles im Griff.« Ich hörte, wie sich die Schärfe in meine Stimme zurückschlich. Auch Chantelle bemerkte es.

»Ich habe versucht, die Initiative zu ergreifen, und dachte, dass du damit einverstanden seist. Außerdem ist es ja nicht so, dass du Arabella nicht schon früher konsultiert hättest. Oder hast du das Medaillon und das Poster schon vergessen?«

Das hatte ich nicht vergessen. Beide hatten bei der Suche im letzten Jahr eine wichtige Rolle gespielt, und so sehr es mich auch schmerzte, es zuzugeben, Chantelle hatte in allem recht.

Und so kam das Team von *Past & Present Investigations* zustande. Jetzt fehlte uns nur noch ein Kunde.

4

MIT VIEL FARBE, Reinigungsmitteln und Royce' Vision und Muskelkraft konnten Chantelle und ich Edward Street 300 in ein multifunktionales Haus verwandeln. Im Erdgeschoss befand sich unser Büro. Das Obergeschoss gehörte mir allein, mit einem Schlafzimmer und Badezimmer für sowie einem Gästeschlafzimmer - nicht dass ich irgendwelche Gäste erwartet hätte. Das Untergeschoss diente als Abstellraum, Archiv für Akten, und es verfügte über eine Toilette für Kunden sowie eine Waschküche.

Unser erstes Teamtreffen kam einem Cheerleader-Treffen, ohne die karierten Röcke und Pompons, gleich. Chantelle war sichtlich aufgeregt, und Misty schien ihre Begeisterung zu teilen. Ich war etwas zurückhaltender, wahrscheinlich weil ich diejenige war, die die Rechnungen bezahlte. Ich hatte noch nie ein Geschäft geführt und wollte nicht scheitern. Außerdem wusste ich nicht, wo ich anfangen sollte, wo ich inserieren sollte oder wie ich die Besucherzahlen auf der Website erhöhen konnte.

»Soziale Medien«, sagte Chantelle. »Das ist unser erster Schritt. Eine Facebook-Geschäftsseite ist ein Muss. Twitter,

Pinterest und andere Plattformen können wir später ins Auge fassen. Im Moment sollten wir uns auf Facebook konzentrieren und versuchen, eine Anhängerschaft zu gewinnen.«

»Wie können wir Follower gewinnen?« fragte ich.

»Ich denke, es ist wichtig, dass wir es organisch wachsen lassen«, sagte Misty und klimperte mit ihren blauen silberbesprenkelten Fingernägeln. »Es ist besser, zehn authentische Follower zu haben, die ehrliches Interesse zeigen, als hundert, die es nicht kümmert.«

Ich nickte. Es machte Sinn. »Keine Einwände von mir. Wie gefällt dir Chantelles Idee von *Mistys Messages*, bei der du einmal pro Woche oder so eine Tarotkarte ziehst?«

»Die Idee gefällt mir«, sagte Misty. »Ich kann auch eine Seite einrichten, die Tarot erklärt. Es ist wichtig, Inhalte zu haben, mit denen die Leute etwas anfangen können, um sie auf die Webseite zu locken. Hast du noch weitere Ideen?«

Ich könnte erwähnen, dass ich mich mit dem Tod meines Vaters befasst habe, aber diese Sache online zu stellen, erschien mir viel zu persönlich.

Chantelle kam zur Rettung. »Wenn wir heute eine Karte ziehen, wird sie uns vielleicht inspirieren, Misty. Hast du deine Tarotkarten mitgebracht?«

Misty hatte sie dabei. Sie zog den Stapel aus ihrer Handtasche, mischte die Karten und bat mich, den Stapel in drei Teile zu teilen. »Wähle eine Karte von einem beliebigen Stapel.«

Ich drehte die oberste Karte des mittleren Stapels um. Es war der umgedrehte „König der Pentakel". »Was bedeutet das?«

Misty tätschelte mir leicht den Arm. »Es bedeutet, dass du dir Sorgen um Geld machst. Dass das, was du hast, nicht reicht.«

Vielleicht konnte Misty ja doch hellsehen.

CHANTELLE UND MISTY waren gerade gegangen, als mein Telefon klingelte. Ich überprüfte die Anrufanzeige. Arabella Carpenter.

»Was gibt's?«

»Ich habe gerade einen potenziellen Kunden an *Past & Present Investigations* verwiesen. Ihr Name ist Louisa Frankow. Sie wohnt in Lakeside. Sie hatte einige Unterlagen mitgebracht und erhofft sich, damit ein paar Informationen in Erfahrung zu bringen.«

Ein potenzieller Kunde. »Was für Unterlagen?«

»Die kanadische Einwanderungskarte ihrer Großmutter aus dem Jahr zweiundfünfzig, ihr Reisepass, Postkarten, Fotos und Briefe. Nichts von finanziellem oder historischem Wert.«

Nichts von finanziellem oder historischem Wert. Mein vorheriger Optimismus schwand. »Was hat sie in den Glas Dolphin geführt?«

»Louisas Großmutter kam mit dem Ozeandampfer von England nach Kanada. So ist damals jeder ausgewandert. Der Name des Schiffes ist auf ihrer Einwanderungskarte vermerkt.«

»Wie lässt sich das auf Antiquitäten übertragen?«

»Wir haben eine ganze Reihe von Erinnerungsstücken an Ozeandampfern in unserem Geschäft, zusammen mit einigen alten Plakaten, die für Reisen mit dem Flugzeug, der Bahn und dem Schiff werben. Emily hat damit begonnen, Fotos von den Postern und den dazugehörigen Gegenständen auf unserer Website und unserer Facebook-Seite zu veröffentlichen, zusammen mit einigen wissenswerten Informationen, um das Interesse zu steigern. Die Kampagne war so erfolgreich, dass ich eine spezielle Reiseecke im Laden eingerichtet habe. Karten, Poster, alter Schmuck und Erinnerungsstücke, ein alter Handkoffer aus den 1950er Jahren.«

Emily war Emily Garland, Arabellas Partnerin im Glas

Dolphin. Arabellas Herz hing an der Vergangenheit, und sie hatte die Gabe, die Vergangenheit in die Gegenwart zu holen. Emily war eine echte *Millennial* und Social Media lag ihr im Blut. Als frühere Journalistin war sie auch sehr gut im Recherchieren. Sie schienen sich so wenig ähnlich zu sein, wie zwei Menschen nur sein können, aber sie waren großartige Geschäftspartnerinnen.

»Louisa hatte also die Posts über die Ozeandampfer auf Facebook gefunden und dachte, du hättest vielleicht etwas über das Schiff ihrer Großmutter.«

»Eigentlich haben die Facebook-Posts sie zum Glas Dolphin gebracht, aber es war der Handkoffer, der sie wirklich anzusprechen schien.« Arabella gluckste. »Das ist witzig. Ich hatte ihn als nachträglichen Einfall hinzugefügt, um die Reiseecke authentischer wirken zu lassen, aber es ist der Gegenstand, über den die Kunden sprechen wollen. Es scheint, als hätte jeder einen solchen Koffer, und ich hätte ein Dutzend dieser Handkoffer verkaufen können, wenn ich sie gehabt hätte. Jedenfalls schaute sich Louisa den Koffer eine Weile an, ging, ohne etwas zu sagen, und kam zwei Tage später mit den Unterlagen zurück.«

»Hattest du etwas, das mit dem Schiff ihrer Großmutter zu tun hatte?«

»Leider nein. Da habe ich an dich und Chantelle gedacht.«

»Hmmm. Ich schätze, wir könnten ein paar Nachforschungen zu dem Schiff anstellen, aber ich bin mir nicht sicher, wie wir ihr bei etwas helfen könnten, das sie eigentlich selbst tun könnte.«

Arabella lachte. »Na, das ist ja eine erfolgsorientierte Einstellung.«

Ich spürte, wie ich rot wurde. »Ich verstehe. Wie können wir helfen?«

»Ich weiß Folgendes. Louisas Großmutter starb lange vor ihrer Geburt. Ihre Mutter wuchs seit ihrem dritten Lebensjahr bei Pflegeeltern auf. Leider ist sie vor ein paar Wochen an Krebs gestorben, einen Monat vor ihrem fünfundsechzigsten Geburtstag. Louisa fand im Schrank ihrer Mutter einen Handkoffer, ähnlich dem, den wir in unserem Geschäft haben. Darin befanden sich Dokumente, Briefe und Fotos ihrer Großmutter.«

»Und jetzt will sie so viel wie möglich über ihre Großmutter herausfinden.«

»Genau. Louisa deutete auch an, dass der Tod der Großmutter geheimnisvoll gewesen sei, obwohl sie nichts Genaues erwähnte. Ich habe keine Ahnung, ob es einen Großvater gibt oder gab.«

Das hörte sich langsam interessant an. Ob es eine oder zwei Rechnungen bezahlte, blieb abzuwarten, aber ich wollte keinen Kunden abweisen.

»Danke, Arabella. Ich weiß das zu schätzen.«

»Ich weiß, wie es ist, ein Geschäft aufzubauen, und möchte dich unterstützen, aber ehrlich gesagt war ich mir nicht sicher, ob ich dich deswegen kontaktieren sollte.«

»Warum?«

»Weil du dich dem, was du über deine Eltern erfahren hast noch nicht gestellt hast. Früher oder später wirst du dich mit ... allem auseinandersetzen müssen. Dieses Graben in der Vergangenheit könnte schmerzhaft für dich sein.«

Sieh an, sieh an. Es schien, dass Past and Present nicht das einzige Thema war, worüber Chantelle und Arabella gesprochen hatten. »Ich bin durchaus in der Lage, Geschäft und Privatleben zu trennen. Was meine Mutter angeht, so ist mir später lieber als früher, aber danke für deine Anteilnahme.«

»Das freut mich zu hören, denn ich habe ihr bereits deine Kontaktinformation gegeben,« sagte Arabella und ignorierte den Sarkasmus in meinem Ton. »Halt mich einfach auf dem Laufenden, okay?«

Nach dem Versprechen legte ich auf, zu aufgeregt bei dem

Gedanken an meine erste Klientin, um verärgert zu bleiben. Außerdem wusste die rationale Seite in mir, dass Chantelle und Arabella nur mein Bestes im Sinn hatten.

Ich ging nach oben und holte eine Mappe mit der Aufschrift „Dad" unter dem Bett hervor.

In dem Moment klingelte es an der Tür.

5

LOUISA FRANKOW WAR eine schlanke Frau, etwa 1,70 m groß,
die Augen braun wie Milchschokolade und mit goldenem
Haar, das ihr in weichen Wellen bis zu den Schultern fiel. Es
sah so aus, als ob die Haarfarbe echt sei, denn ich hatte noch
nie einen so honiggoldenen Farbton gesehen, der aus der
Flasche kam. Warum waren die Haare anderer immer schöner
als meine eigenen?

Sie war konservativ gekleidet, trug eine schwarze Hose und
einen Blazer, eine weiße Seidenbluse, die am Hals offen war.
Diamant-Ohrstecker in kleinen Ohrläppchen. Keine Ringe.
Ich schätzte sie auf Mitte dreißig, etwa so alt wie ich,
plus/minus ein Jahr.

Sie trug einen kleinen blauen Lederkoffer mit
cremefarbenen Rändern, einem elfenbeinfarbenen
Kunststoffgriff und Messingschlössern. Er hatte die richtige
Größe für einen Handkoffer, der früher für Toilettenartikel und
persönliche Dinge verwendet wurde. Im letzten Jahr hatte ich
eine Menge über Gepäck gelernt, und herausgefunden, dass
Menschen gerne ihre Geheimnisse darin verstecken.

»Ich hätte wohl anrufen und einen Termin vereinbaren

sollen«, sagte Louisa und starrte auf den Aktenordner in meiner Hand. »Ich kann wieder gehen, wenn Sie beschäftigt sind und für einen anderen Tag einen Termin vereinbaren.«

Ich schüttelte den Kopf. »Das kann warten. Arabella hatte mir angekündigt, dass Sie kommen würden.« Das stimmte zwar nicht ganz, denn Arabella hatte weder ein bestimmtes Datum noch eine Uhrzeit genannt, aber Louisa sah aus, als ob sie gleich aus der Haut fahren würde. »Kommen Sie rein und nehmen Sie Platz, wo immer es am bequemsten für Sie ist.«

Ich hatte den Büroraum mit einem zwei Meter langen Arbeitstisch und acht Holzstühlen eingerichtet, die man am besten als einen Mix verschiedener Stilelemente bezeichnen könnte. Der Tisch war sauschwer und hatte mehr gekostet, als ich ausgeben wollte, aber er hatte viele Schubladen, so dass er als Konferenztisch, Esstisch und Schreibtisch verwendet werden konnte. Arabella hatte mir einen satten Preisnachlass auf das Ganze gewährt. Außerdem hatte ich an der Küchendurchreiche eine kleine, aber gemütliche Sitzecke mit zwei reproduzierten klassischen Sesseln aus Eichenholz eingerichtet, die mit einem abstrakten jagdgrünen, goldfarbenen und burgunderroten Polster ausgestattet waren. Diese hatte ich im Internet auf *Craigslist* spottbillig erstanden, und die extrabreiten Holzlehnen bedeuteten, dass ich keine Beistelltische benötigte, was angesichts des Platzmangels optimal war.

Louisa starrte auf den Tisch. »Wir setzen uns wahrscheinlich am besten an den Tisch, damit ich Ihnen zeigen kann, was in dem Koffer ist.«

»Kann ich Ihnen etwas zu trinken anbieten? Tee? Kaffee? Sprudelwasser?«

»Sprudelwasser wäre toll. Mit Zitrone, wenn Sie welche haben.«

Hatte ich. Ich ging in die Küche, holte ein Serviertablett, schenkte zwei Gläser Wasser ein, schnitt eine Zitrone auf, öffnete eine Schachtel mit verschiedenen Pralinen und legte einige davon auf einen Glasteller, zusammen mit einigen frischen Erdbeeren und Cocktailservietten. Zufrieden mit meiner Präsentation brachte ich alles ins Büro und stellte es auf den Tisch. Louisa hatte sich hingesetzt, den Koffer auf dem Schoß, als würde sie noch zögern, mir den Inhalt zu zeigen. Ich musste dafür sorgen, dass sie mein Vertrauen gewann.

»Hier, bitte sehr. Bedienen Sie sich, und erzählen Sie mir, was Sie zu Past & Present Investigations geführt hat.«

Louisa nahm einen Schluck Wasser. »Darf ich den Koffer auf den Tisch stellen?«

»Natürlich.«

»Danke.« Sie öffnete die Messingschlösser. Im Inneren des Koffers befanden sich mehrere Plastikbeutel, wie man sie bei Flügen zur Aufbewahrung von Flüssigkeiten verwendete. »Ich wusste gar nicht, dass meine Mutter so etwas besaß. Er gehörte meiner Großmutter mütterlicherseits, aber ich hatte sie nie kennengelernt. Meine Mutter war bei Pflegeeltern aufgewachsen. Mit sechzehn Jahren wurde sie gezwungen ohne jegliche Unterstützung auf eigenen Füßen zu stehen. Diese Erfahrung hatte sie verhärmt.«

»Was ist mit Ihrem Vater?«

»Er wurde nie erwähnt. Meine Mutter wurde mit achtzehn Jahren schwanger. Ich weiß nicht, ob es ein One-Night-Stand war oder ob sie sich in den falschen Mann verliebt hatte. Sie hatte nie etwas dazu gesagt. Ich weiß nur, dass er, wer auch immer er war, keinen Pfennig zum Unterhalt beigetragen hatte. Ich lernte ihn jedenfalls nie kennen. Und ich habe kein Interesse ihn kennenzulernen.«

»Hatte Ihre Mutter jemals geheiratet?«

»Sie hatte nie wieder einen Freund, und wenn, dann hatte sie ihn jedenfalls nicht mit nach Hause gebracht. Wir waren nicht reich, aber es hatte mir an nichts gefehlt.« Louisa schnitt eine Grimasse. »Nun, das ist vielleicht nicht ganz richtig. Ich sehnte mich nach Zuneigung. Meiner Mutter fiel es schwer, irgendwelche Gefühle zu zeigen. Jedes Gefühl, das sie jemals empfand, wurde fein säuberlich in Schubladen gesteckt. Kein Wunder, wenn man ihre Erziehung und meinen Versager-Vater bedenkt. Sie hatte immer ihr Bestes getan. Wir beide hatten unser Bestes getan.«

Ich fragte mich, ob Louisa jemals verheiratet gewesen war, oder ob sie in die Fußstapfen ihrer Mutter getreten war.

»Sie möchten wahrscheinlich gerne wissen, ob ich jemals verheiratet war«, sagte sie und las meine Gedanken. »Die Antwort lautet: Ja, drei Mal. Ehemann Nummer eins, als ich kaum volljährig war. Er entpuppte sich als Glücksspieler. Er hatte unseren Zwergpudel beim Pokern verloren, wenn Sie sich das vorstellen können. Ehemann Nummer zwei war ein Alkoholiker, der keinen Job behalten konnte, obwohl er sich die Mühe gemacht hatte, einen zu finden. Ehemann Nummer drei war ein Serienbetrüger, der nicht einmal versuchte, seine Untreue zu verbergen. Ich verließ ihn vor zwei Jahren und schwor den Männern ab. Ich verdiene gutes Geld als Kreditmanagerin. Es ist von Vorteil, dass ich zweisprachig bin, besonders wenn ich in Quebec unterwegs bin.« Sie nannte eine bundesweite Autoglasfirma, von der ich wusste, dass sie einige hundert Einzelhandelsgeschäfte für den Austausch von Windschutzscheiben in ganz Kanada besaß.

»Warum veranlasst Sie der Inhalt dieses Handkoffers dazu, in der Vergangenheit zu graben?«

Louisa nahm eine der Plastiktüten heraus, zog ein Foto hervor und reichte es mir. »Das ist meine Großmutter. Ihr Name war Anneliese Prei.«

Die Ähnlichkeit mit Louisa war verblüffend. Trotz der Sepiatöne des alten Fotos war es offensichtlich, dass sie die gleichen honiggoldenen, weich gewellten Haare hatte, und dass ihre Augen die Farbe von Milchschokolade hatten. Sogar der Mund, mit vollen Lippen und Schmollmund, war identisch.

Aber es war die Neigung ihrer Nase, die leicht hochmütige Art, wie sie sich hielt, die nicht nur eine gewisse Ähnlichkeit hervorrief, sondern sie praktisch zur Doppelgängerin machte.

»Sie war wunderschön. Sie sehen so aus wie sie. Sie sind natürlich älter, als es Ihre Großmutter auf dem Foto war und Ihre Gesichtszüge zeigen nichts von der Strenge Ihrer Großmutter. Insgesamt ist die Ähnlichkeit jedoch verblüffend.«

»Ich hatte immer angenommen, dass ich nach meinem Vater komme. Ich sehe meiner Mutter überhaupt nicht ähnlich. Als ich dieses Bild sah, war es, als ob meine Großmutter mir aus dem Grab zugerufen hätte.«

Nun ja, vielleicht war dem so oder vielleicht nicht. Wie dem auch sei, ich verstand, was sie meinte. Mir ging es genauso, als ich das erste Mal ein Foto meiner Großmutter gesehen hatte.

»Und jetzt wollen Sie so viel wie möglich über sie herausfinden.«

Louisa nickte, ihre braunen Augen waren ernst. »Meine Mutter hatte immer geglaubt, dass meine Großmutter ein schlimmes Ende genommen hatte.«

»Was für ein schlimmes Ende?«

»Ich weiß es ehrlich gesagt nicht. Meine Mutter war erst drei gewesen, als ihre Mutter starb, und ich nehme an, dass es keine andere Familie gab, auch keine verantwortungsvolle Vaterfigur. Wenn es so gewesen wäre, wäre sie nicht in einem Pflegeheim gelandet, oder? Aber meine Mutter hatte schreckliche Albträume. Sie wachte oft auf und schrie „böser Mann, böser Mann". Das könnte von einer verdrängten Erinnerung herrühren.«

Die verdrängten Erinnerungen eines dreijährigen Kindes und dessen Albträume über einen bösen Mann, halfen einem nicht unbedingt viel weiter, zumal die Person mit diesen Erinnerungen nun tot war. Wieder einmal schien Louisa meine Gedanken zu lesen.

»Meine Mutter hatte einen Umschlag mit Fotos aus der Zeit, die sie in einer Pflegefamilie verbrachte. Es sind nicht viele, aber vielleicht sind sie hilfreich. Ich bringe sie Ende der Woche vorbei.« Louisa brachte ein reumütiges Lächeln zustande. »Ein Briefumschlag für ein Kind, das dreizehn Jahre lang in einer Pflegefamilie lebte. Es ist mehr als traurig, wenn man darüber nachdenkt. Jedenfalls weiß ich nicht, warum ich den Umschlag nicht mitgebracht habe. Ich fürchte, ich kann im Moment nicht klar denken.«

»Nach dem Verlust einer geliebten Person, vor allem der eigenen Mutter, ist es normal, nicht klar denken zu können, egal wie kompliziert oder angespannt das Verhältnis war. Aber ja, alles, was Sie von Ihrer Mutter haben, könnte sich als hilfreich erweisen. Gibt es noch andere Fotos?«

»Einige Fotos und ein paar Geburtstagskarten, die sie mir im Laufe der Jahre geschenkt hatte, alles in einer alten Laura-Secord-Schokoladenschachtel. Ich kann mir nicht vorstellen, dass sich irgendetwas in dieser Schachtel als große Hilfe erweisen wird. Was könnten Ihnen die Karten schon sagen, außer dass sie eine stolze Mutter war? Was die Fotos angeht, so hatte sie nicht viele gemacht. Sie arbeitete als Empfangsdame bei einer Büromöbelfirma, nicht gerade eine lukrative Berufswahl, aber es gab nicht viele Möglichkeiten für jemanden mit einer Zehntklässler-Ausbildung, selbst damals nicht. Das Geld war immer knapp. Essen, Miete und Busfahrgeld standen an erster Stelle, obwohl sie immer für mein jährliches Schulfoto bezahlt hatte.« Louisa versuchte erneut zu lächeln. »Ich glaube, sie wollte nicht, dass ich mich ausgeschlossen fühlte.«

»Könnten Sie die Fotos vorbeibringen, damit ich sie mir ansehen kann? Ich bin an allen interessiert, auf denen andere Menschen zu sehen sind.«

Louisa nickte. »Das kann ich tun.«

»Fällt Ihnen sonst noch etwas ein?«

»Es gibt eine Schmuckschatulle, aber ich glaube nicht, dass da etwas von wirklichem Wert drin ist.«

Ich dachte an das Art-déco-Medaillon, das ich im Haus meines Vaters entdeckt hatte, und wie wichtig es sich für das Aufdecken der Vergangenheit erwiesen hatte. »Sie könnten Recht haben, aber ich würde es trotzdem gerne sehen, wenn es Ihnen nichts ausmacht.«

»Klar, das können Sie gerne machen.«

»Perfekt.« Ich zog den Handkoffer zu mir heran. »Was können Sie mir über den Inhalt erzählen?«

»Nichts anderes als was es auf den ersten Blick darstellt. Ein paar alte Postkarten von dem Schiff, mit dem meine Großmutter nach Kanada kam, eine Handvoll Schwarz-Weiß-Fotos. Ich habe sie stundenlang angestarrt. Ich versuchte sogar, auf eigene Faust zu recherchieren, aber Rätsellösen war noch nie meine Stärke, und mein Job ist ziemlich anspruchsvoll. Zeit ist das Einzige, was ich nicht erübrigen kann. Ich habe jedoch etwas Geld, dank des Nachlasses meiner Mutter. Es stellte sich heraus, dass sie eine ziemliche Pfennigfuchserin war.« Louisa lachte, ein raues, humorloses Lachen. »All die Jahre des Knauserns und Sparens, und wofür? Um mit vierundsechzig Jahren allein zu sterben?«

Darauf hatte ich keine Antwort. Louisa bemerkte mein Schweigen; dieser potenziellen Kundin konnte man nichts vormachen.

»Arabella schien zu glauben, dass Ihr Team eine Lösung bieten könnte.«

Eine Lösung? Mit genügend Geld, Zeit und Glück könnten wir wahrscheinlich einige Antworten auf die Vergangenheit finden. Ob es eine Vergangenheit war, die sie begrüßen würde, blieb abzuwarten. So sehr ich diesen ersten Job auch wollte, Louisa musste wissen, auf was und wen sie sich einließ. Gemäß Arabellas Motto war Authentizität wichtig. Wenn wir bei Past

& Present Investigations Erfolg haben und stolz auf das sein wollten, was wir taten, war Transparenz ein Muss.

»Wir sind keine Privatdetektive. Jeder von uns spezialisiert sich auf ein besonderes Gebiet, aber wenn Sie einen Privatdetektiv suchen...«

»Nach meinem Serienbetrüger-Ehemann habe ich genug Erfahrungen mit Privatdetektiven gemacht, vielen Dank. Arabella hat mir von Ihrem Team erzählt. Was ich über Genealogie weiß, würde in einen Fingerhut passen. Ich habe weder die Zeit noch das Interesse, mich durch alte Papiere zu wühlen. Die Sachen in diesem Koffer könnten Ihnen eine Geschichte erzählen, ebenso wie der Schmuck meiner Mutter und das, was in der Schokoladenschachtel ist. Ich selbst verfüge über keine große Vorstellungskraft. Am meisten hat mich die Tarot-Message von Misty auf Ihrer Webseite beeindruckt. Es schien mir, als hätte sie sie speziell für mich geschrieben.«

»Hmmm, ja«, sagte ich, als ob ich eine Ahnung hätte. Hatte Arabella Misty einen Hinweis gegeben? Sie musste es getan haben. Ich machte mir eine Notiz, sie zu fragen. »In diesem Fall glaube ich, dass unser Team Ihnen helfen kann, auch wenn es einige Zeit dauern könnte.«

»Ich erwarte keine Wunder, und mir ist klar, dass es mehrere Wochen dauern kann. Solange ich regelmäßig Informationen erhalte, dass Sie Fortschritte machen, oder es zumindest versuchen, werde ich zufrieden sein.« Eine kluge Geschäftsfrau hätte es vielleicht dabei belassen, aber ich sah mich gezwungen, Louisa zu warnen. »Manchmal bleiben Geheimnisse am besten in der Vergangenheit begraben. Wir könnten Dinge herausfinden, die Sie lieber nicht wissen wollen.«

»Ich bin mir der Risiken bewusst. Ich wünschte, ich könnte erklären, welche Fügung mich dazu bewegt hat, Sie aufzusuchen. Ich kann es nicht. Anneliese Prei hat eine

Geschichte zu erzählen, und ich muss herausfinden, welche es ist.«

Ich hatte auch gedacht, dass ich für die Suche nach dem Schicksal meiner Mutter gewappnet gewesen war. Wie sich herausstellte, war dies allerdings nicht der Fall gewesen.

Aber hier ging es nicht um mich oder meine Mutter. Es ging um eine Frau namens Anneliese Prei. Eine Frau, die auf der Suche nach einem besseren Leben nach Kanada eingewandert war, nur um drei Jahre nach ihrer Ankunft zu sterben, wobei die Todesursache noch unbekannt war. Ich sah mir das Foto an. Für mich hatte Anneliese einen leicht arroganten, selbstbewussten Blick, eine Art inneren Kampfgeist, an dem das Leben zu nagen pflegte, bis er fast ganz verschwunden war.

Vielleicht war es das, was sie getötet hatte, vielleicht war es auch etwas anderes. Aber genau wie Louisa wusste ich, dass ich es herausfinden musste.

6

———

Louisa und ich einigten uns auf einen Stundensatz, eine Kaution und einen Grundrahmen für das Gesamtbudget. Ich setzte den Papierkram auf, einschließlich einer Quittung für den Handkoffer und dessen Inhalt, und spürte einen Anflug von Aufregung, als sie den Vertrag unterzeichnete und einen Scheck an Past & Present Investigations ausstellte.

Nachdem die Formalitäten erledigt waren, nahm ich die wenigen Angaben auf, die Louisa mir mitteilen konnte. Der Name ihrer Mutter war Sophie Marta Frankow, geboren am 23. März 1953 in Toronto als Tochter von Anneliese Prei, Vater unbekannt. Bestand die Möglichkeit, dass sein Nachname Frankow war?

»Es wäre durchaus möglich«, sagte Louisa, »aber Frankow könnte auch der Nachname einer der Pflegefamilien gewesen sein. Bedauerlicherweise hatte sich meine Mutter geweigert, darüber zu sprechen.«

Bedauerlich war nicht das treffende Wort. Die Chancen, an den Datenschutzgesetzen vorbeizukommen und Informationen zu erhalten, waren gering. Hoffentlich hatte Chantelle eine Idee, wo wir anfangen könnten.

Sobald Louisa weg war, schaltete ich meinen Computer ein und rief unsere Webseite auf. Es war an der Zeit zu lesen, was Misty geschrieben hatte.

Trotz meiner früheren Vorbehalte war ich von der Seite, die Misty erstellt hatte, beeindruckt. Unter den Worten „*Mistys Messages*" drehte sich ein Karussell mit Tarotkarten, und auf der linken Seite des Webseite-Banners war ein kleines Foto von Misty zu sehen. Misty war eine mollige Frau in den Fünfzigern mit bleichem, blondem Haar und tiefschwarzen Augen. Das Bild war geschickt mit Photoshop bearbeitet worden, um die offensichtlichsten Falten zu glätten, ohne es zu übertreiben, und ihr Blick in die Kamera ließ sie sympathisch wirken.

Die Hauptseite für *Mistys Messages* hatte mehrere anklickbare Tabs, die, wie ich aus meinen Webseiten-Tutorials wusste, als Unterseiten bezeichnet wurden. Ich klickte auf die Tabs: *Geschichte des Tarots, Große Arkana, Kleine Arkana* und *Hofkarten*. Es war noch kein Inhalt vorhanden, aber ein Text, der besagte, dass er bald erscheinen würde. Ich war beeindruckt; Misty hatte in kürzester Zeit viel erreicht, und verdeutlichte, wie froh sie war, Mitglied des Past & Present Teams zu sein.

Auf ihrer *Messages*-Seite erklärte Misty, dass sie ein Rider-Waite-Deck für ihre Tarot-Lesungen verwendete.

Ursprünglich 1910 von William Rider & Son in London veröffentlicht, wurden die Illustrationen für die Rider-Waite-Karten 1909 von Pamela Colman Smith unter der Leitung von Arthur Edward Waite gezeichnet. Die detailreichen und symbolträchtigen Zeichnungen von Smith veränderten das Standard-Tarotdeck. Heute ist das Rider-Waite-Deck eines der beliebtesten Tarotdecks in der englischsprachigen Welt. Siehe Geschichte des Tarots für weitere Informationen.

Die *Geschichte des Tarot* wurde mit der Unterkategorie „demnächst verfügbar" verlinkt.

Die heutige *Message* hatte Louisa in ihren Bann gezogen. Sie zeigte „Die Acht der Stäbe": acht dünne Baumstämme, die auf den Boden deuteten, mit fallenden Blättern vor einem klaren blauen Himmel und einer hügeligen, bewaldeten Landschaft.

„Die Acht der Stäbe" (Element: Feuer)

Dies ist die einzige Karte der kleinen Arkana, die keine Menschen, Tiere oder mythologischen Kreaturen enthält. Beachten Sie, wie die acht Stäbe im Tandem arbeiten, jeder zeigt in die gleiche Richtung nach unten, als wären sie in Harmonie miteinander, mit den Blättern und der Erde. Der Gesamteindruck der Karte ist der von Friedfertigkeit, Bewegung, Teamarbeit und Entschlossenheit.

Mistys Messages: Dies ist der perfekte Zeitpunkt, um aktiv zu werden. Die Zusammenarbeit mit einem Team wird Ihnen helfen, die von Ihnen gewünschten Ergebnisse zu erzielen.

Ich musste schmunzeln. Aus früheren Recherchen wusste ich, dass das Lesen des Tarots der Interpretation des Lesers unterliegt, obwohl eine allgemeine Übereinstimmung über die Deutung jeder Karte herrschte. Misty hatte „Die Acht der Stäbe" genommen und die Bedeutung für Zielstrebigkeit und Teamwork hervorgehoben. Das war nicht nur schlau, sondern Misty hatte auch ihre erste Provision verdient, die sie sich mit Arabella fifty-fifty teilte. Kein schlechter Start.

Es war an der Zeit, den Handkoffer in Angriff zu nehmen und den Inhalt zu sortieren. Ich spürte, wie sich die Muskeln in meinem Nacken entspannten. Ich konnte es schaffen. Wir konnten es schaffen. Ich rief Chantelle an, informierte sie kurz über den Stand der Dinge und schritt im Zimmer auf und ab, bis sie eintraf.

NACHDEM WIR AUF UND ab gesprungen waren, uns umarmt und eine große Kanne Earl Grey Tee gekocht hatten, waren Chantelle und ich startbereit.

Der erste Plastikbeutel, den ich herausnahm, enthielt einen grünen Pass aus Pappe. Er war mit *„Bundesrepublik Deutschland"* und *„Reisepass"* versehen.

„Ein Pass für die Bundesrepublik Deutschland", sagte Chantelle und stellte das Offensichtliche fest.

Ich öffnete den Reisepass. Das Schwarz-Weiß-Foto darin zeigte eine ernste Anneliese Ruth Prei. Er wurde am 12. Februar 1952 in London, England, ausgestellt und war bis zum 12. Februar 1954 gültig. Anneliese hatte ein ovales Gesicht, braune Augen, keine besonderen Kennzeichen und war einhundertfünfundsechzig Zentimeter groß.

Kanada hat zwar in den 1970er Jahren auf das metrische System umgestellt, aber alle, die ich kannte, wogen sich immer noch in Pfund und maßen sich in Fuß und Zoll, mich eingeschlossen. »Wie viel Fuß sind einhundertfünfundsechzig Zentimeter?«

Chantelle tippte auf ihrer Tastatur. »Ungefähr fünf Fuß vier«, sagte sie. »Was steht sonst noch drin?«

»Ihr damaliger Aufenthaltsort wird mit Nottingham angegeben, ihr Geburtsort mit Stettin in Pommern.«

»Stettin, Pommern.« Chantelle tippte auf ihrer Tastatur herum. »Ich hab's. Pommern war eine Provinz in Preußen. Stettin heißt jetzt Szczecin. Ich weiß nicht, ob ich das richtig ausgesprochen habe. Es wird S-z-c-z-e-c-i-n geschrieben. Es ist eine Hafenstadt an der Oder, die in die Ostsee mündet. Hier steht, dass Stettin nach dem Zweiten Weltkrieg Teil Polens wurde. Hier ist ein Wikipedia-Eintrag. Im April 1945 hatten die Nazibehörden der Stadt einen Evakuierungsbefehl erlassen, und die meisten deutschen Einwohner waren aus der Stadt geflohen. Ich vermute, dass Anneliese in einen anderen Teil Deutschlands geflohen war und irgendwann die nötigen

Vorkehrungen getroffen hatte, um nach England zu emigrieren. Irgendetwas oder irgendjemand hatte sie dazu veranlasst, England zu verlassen und nach Kanada auszuwandern.«

»Hier ist der jemand«, sagte ich und zeigte auf einen handschriftlichen Eintrag im Reisepass. »Das ist ihr Antrag auf ein kanadisches Visum, das am 12. Juni 1952 in Liverpool genehmigt wurde. Das Wort Verlobter ist in Druckbuchstaben geschrieben und unterstrichen.«

»Es gab also einen Mann, der in Kanada auf sie wartete. Was sagt uns der Pass noch?«

»Sie wurde am 17. Juni geimpft und kam am 7. Juli in Quebec City, Quebec, an.« Ich blätterte durch die Seiten. Es gab keine weiteren Einträge, bis auf die Rückseite, wo eine Papieraufzeichnung eingeklebt worden war. »Sieh dir das an. Devisen für Reisekosten, eine Sonderzuteilung für die Auswanderung. Sieht aus, als hätte Anneliese fünfzehn Pfund erhalten.«

Chantelle begann zu tippen. »Nach meinem historischen Währungsumrechner waren das etwa vierzig kanadische Dollar. In heutigem Geld wäre es etwa dreihundertfünfzig Dollar wert. Das ist zwar interessant, aber nicht mehr als einen Vermerk in unseren Ermittlungen wert. Was steht auf der Einwanderungserlaubnis?«

»Anneliese R. Prei wurde am 7. Juli 1952 in Quebec City als Einwanderin anerkannt. Das stimmt mit dem Reisepass überein, was keine Überraschung ist. Das Schiff war die *T.S.S. Canberra* und gehörte der Greek Line. Es fuhr von Southampton, England, ab.«

»Laut Wikipedia fuhr die *Canberra* von 1949 bis 1954 unter der Greek Line«, sagte Chantelle. »Leider stellte die Greek Line ihren Betrieb 1975 ein.«

»Es ist also eine Sackgasse.«

»Nicht unbedingt. Warte, ich versuche es einmal auf der

Webseite des kanadischen Einwanderungsmuseums.« Chantelles Finger flogen über die Tastatur. »Hier ist es. Die *T.S.S. Canberra* hatte auf dieser Reise siebenhundertdreiunddreißig Passagiere. Es wäre schön, eine Kopie der Passagierliste zu bekommen, aber ich bin nicht optimistisch. Viele dieser Unterlagen wurden vernichtet, und es gibt Datenschutzgesetze, die ziemlich einschränkend sein können. Ich habe jedoch eine Kontaktperson im Museum. Ich werde ihr eine E-Mail schicken. Ancestry.ca hat vielleicht auch einen Eintrag.« Sie holte einen Stift und ein Notizbuch aus ihrer Tasche und machte sich einen Vermerk.

Der Umschlag des Notizbuchs zeigte eine Herbstszene eines felsigen Sees, an dessen Ufer ein rotes Kanu angedockt war. Es war die Art von Szene, die an Künstler wie Tom Thomson oder der „Group of Seven" - einer Gruppe kanadischer Landschaftsmaler zwischen 1920 und 1933 - erinnerte. »Stift und ein Notizbuch. Ich dachte, ich sei die letzte einer aussterbenden Art.«

»Es gibt bestimmt noch mehr von uns«, sagte Chantelle und grinste. »Vielleicht können wir einen Notizbuch-Klub gründen. Natürlich sind nur hübsche Hefte erlaubt, keine von diesen Fünf-Fächer-Heften, die man in der Schule benutzt.«

»Das versteht sich von selbst.«

»Was haben wir sonst noch? Für den Fall, dass ich noch mehr Notizen machen will.«

»Das Einzige, was hier drin ist, ist ein Umschlag mit drei Postkarten vom Schiff.« Ich nahm die Postkarten heraus und legte eine nach der anderen auf den Tisch. Die Bilder auf den Postkarten waren schwarz-weiß, das Papier vom Alter vergilbt. Alle drei hatten Bildunterschriften auf Deutsch. »Es müssen viele Deutsche auf dem Schiff gewesen sein, auch wenn es von England kam.«

Chantelle nickte. »Das macht Sinn. Viele der damaligen

Einwanderer aus England stammten ursprünglich aus Deutschland.«

Ich nahm die erste Karte in die Hand. Sie zeigte einen holzgetäfelten Raum mit einer Balkendecke und einem gemusterten Teppich. Ein großes Klavier war eindeutig die Hauptattraktion, und überall im Raum standen Beistelltische und mit Rüschen und Blumen gepolsterte Stühle und Sofas. Die Bildunterschrift lautete *T.D. Canberra - Erste Klasse Musik Salon.*

»Warum es wohl die *T.D. Canberra* und nicht die *T.S.S. Canberra* genannt wurde?«

»Ich bin bei meinen Ahnenforschungen schon einmal darauf gestoßen«, sagte Chantelle. »T.S.S. steht für Twin-Screw Steamer oder Dampfschiff. T.D. steht für *Turbinendampfschiff.*«

»Du bist ein wahrer Schatz an Informationen. Darf ich davon ausgehen, dass „*Erste Klasse Musik Salon*" so viel wie „ First Class Music Salon" bedeutet?«

»Kannst du.«

Ich drehte die Postkarte um. »Auf der Rückseite steht nichts geschrieben. Es ist fraglich, ob Anneliese diesen Salon jemals von innen gesehen hatte. Er sieht sehr steif und förmlich aus, nicht wahr? Kein Ort, an dem man den Pianisten mit Gesang begleiten würde.«

Ich studierte die nächste Postkarte. Dieser Raum hatte Holzdielenböden, ein kleines Klavier, Deckenventilatoren und ein paar gepolsterte Stühle. Er war zwar immer noch ganz passabel, hatte aber nicht die Opulenz des Musikraums. »*T.D. Canberra - Touristenklasse Aufenthaltsraum*«, sagte ich und stolperte über die Aussprache. »Das erste Wort bedeutet „Tourist Class", aber das andere übersteigt meine Fähigkeiten, es zu entziffern.«

Chantelle war schon dabei. »Es bedeutet Lounge. Das muss der Ort sein, an dem sich die Touristenklasse aufhält.«

Ich drehte die Karte um. Wieder unbeschriftet. Die letzte Postkarte mit der Beschriftung *T.D. Canberra - Touristenklasse Speisesalon* zeigte eindeutig einen Speisesaal mit drei langen Tischen und sieben Stühlen auf einer Seite, obwohl der Eindruck eines viel größeren Raums mit mehreren Tischen entstand. Ein weißes Tischtuch und Servietten standen in starkem Kontrast zu den dunklen Möbeln und dem kahlen Holzboden.

»Okay, wir haben unbeschriftete Postkarten von dem Schiff, mit dem Anneliese nach Kanada kam«, sagte Chantelle. »Offensichtlich hatte sie sie als Andenken an ihre Reise aufbewahrt, aber sie sagen uns nicht wirklich viel.«

»Nur auf diesem Bild vom Speisesaal ist etwas auf der Rückseite vermerkt.« Ich deutete auf ein handgezeichnetes Herz mit der Zahl Sieben darin. »Was bedeutet das wohl?«

»Die Tische und Stühle auf dem Schiff waren nummeriert, und die Passagiere saßen jeden Abend mit denselben Leuten an einem Tisch. Ich vermute, dass Anneliese jemanden an diesem Tisch mochte.«

»Das ist auch mein Gedanke. Aber wie finden wir heraus, um welchen Passagier es sich handelt?«

»Wir fangen ja gerade erst an. Vielleicht offenbart uns eine der drei anderen Aufbewahrungsbeutel in diesem Koffer, wie was zusammenhängt. Oder bringt uns zumindest zu der Karte, die uns die Punkte miteinander verbinden lässt.

Die Punkte miteinander verbinden. Ich erinnerte mich an Louisas Worte, wie sie sich fühlte, als sie Annelieses Foto zum ersten Mal sah, als würde ihre Großmutter ihr aus dem Jenseits die Hand reichen. Ich hoffte, Anneliese würde uns vertrauen und die Hand weiter ausstrecken.

7

ICH ÖFFNETE den ersten Plastikbeutel und holte vorsichtig fünf Schwarz-Weiß-Fotos von Anneliese heraus. Wieder einmal fiel mir Louisas verblüffende Ähnlichkeit mit ihrer Großmutter auf.

Auf zwei der Fotos erkannte ich die Lounge der Touristenklasse von der *Canberra*. Im Gegensatz zu den Postkarten, auf denen leere Räume zu sehen waren, waren auf diesen Fotos Menschen abgebildet, die in Gruppen zusammensaßen oder -standen und sich unterhielten. Als ich sie umdrehte, fand ich mit Bleistift die alphanumerischen Nummern 406-C und 412-C, die mit ziemlicher Sicherheit vom Fotografen des Schiffs notiert worden waren. Leider machten der Untergang der Greek Line und das Fehlen des Namens des Fotografen eine weitere Identifizierung unmöglich.

Auf der Rückseite beider Fotos war mit blauer Füllfeder das Datum 30. Juni 1952 vermerkt. Anneliese? Ein kurzer Vergleich der krakeligen, deutschen Handschrift mit der Unterschrift auf ihrem Pass bestätigte dies.

Ich studierte das erste, an Bord aufgenommene, Foto. Anneliese stand neben dem kleinen Klavier, ein Lächeln umspielte ihre vollen Lippen. Die andere Aufnahme zeigte Anneliese lachend, umgeben von einer Gruppe von Menschen.

Sie trug eine gestreifte Bluse mit großem Flügelkragen und dreiviertellangen Puffärmeln, dazu einen figurbetonten A-linienförmigen Rock mit einer Reihe von Zierknöpfen an der rechten Seite. Sling-Back-Pumps vervollständigten den Look. Es war offensichtlich, dass Anneliese sehr modebewusst war, und mit ihrer schmalen Taille und den schlanken Knöcheln machte sie eine gute Erscheinung, aber es war mehr als das. Alles an Anneliese Prei strahlte gesundes Selbstbewusstsein aus.

Das dritte Bild wurde vor dem Royal York Hotel, das im Baustil eines Schlosses erbaut wurde, in Toronto aufgenommen. Das achtundzwanzigstöckige Royal York war 1952 die prestigeträchtigste Adresse der Stadt und wird heute von riesigen Bürotürmen und Eigentumswohnungen in den Schatten gestellt. Auf diesem Foto trug Anneliese Pumps mit niedrigen Absätzen und ein weites Sommerkleid mit quadratischem Ausschnitt und weißer Wellenborte. Es war schwierig, die Farbe zu bestimmen, aber ich stellte mir vor, dass es ein dunkler Lavendelton war. Das Kleid war in der Taille eng geschnitten und reichte bis knapp unter die Knie, was ihre schlanke Figur betonte. Ich drehte es um und erkannte die gleiche Handschrift: „9. Juli 1952".

»Irgendetwas ist anders an ihr auf diesem Foto, obwohl ich nicht genau sagen kann, was.«

Chantelle blickte auf das Foto. »Ihr Haar hat ein wenig an Schwung verloren, aber ansonsten erscheint sie so frisch wie ein frisch gedruckter Geldschein, und es ist nicht eine einzige Falte in ihrem Baumwollkleid vorhanden. Vielleicht hatte ihr der Wechsel vom gemäßigten Klima Englands in die Hitze und Feuchtigkeit Torontos im Juli die Energie geraubt. Sie war in Quebec City gelandet, von dort aus hätte sie mit dem Zug nach Toronto fahren müssen, eine lange Reise damals.

Die lange Reise war eine plausible Erklärung. Aber mein

Gefühl sagte mir, dass hinter Annelieses fehlendem Schwung mehr steckte als das heiße Wetter und die Strapazen der Reise. Ich legte die Bilder nebeneinander und betrachtete Annelieses Gesichtsausdruck. Da war etwas an ihrem Lächeln, ihren Augen...

»Das ist es.« Ich zeigte auf die Fotos, die auf dem Schiff gemacht worden waren. »Auf diesen beiden hat Anneliese ein geheimnisvolles Lächeln, als ob sie ein Geheimnis verbergen würde und sie strahlt. Auf dem Bild, das vor dem Royal York aufgenommen wurde, ist eine gewisse Anspannung zu sehen. Sie lächelt, aber das Lächeln erreicht nicht ganz ihre Augen. Es ist der Ausdruck, den man auf den Gesichtern der Menschen sieht, wenn sie gezwungen werden, für ein Foto zu posieren.«

Chantelle nickte. »Du hast recht. Verdammt, du bist gut darin, zwischen den Zeilen zu lesen.«

»Das muss ich auch sein, wenn wir Erfolg haben wollen.« Ich nahm das nächste Foto aus der Plastiktüte und spürte einen Anflug von Aufregung. »Das hier könnte tatsächlich unseren ersten handfesten Hinweis liefern.«

Anneliese trug das gleiche Kleid wie auf dem vorherigen Foto. Sie sah entspannter aus, ihr Lächeln wirkte authentischer. Sie stand auf der Veranda eines schmalen, unscheinbaren zweistöckigen Doppelhauses.

»Ich sehe keine Hausnummer, was enttäuschend ist, aber es sieht aus wie eines der Häuser, die typisch für die Altstadt von Toronto sind«, sagte Chantelle. »In einer Gegend wie Danforth Village, wo ein sieben Meter sechzig großes Grundstück als groß angesehen wird.«

Ich kannte Danforth Village, es handelt sich um ein Viertel am östlichen Ende des ursprünglichen Teils von Toronto. Die meisten der vorhandenen Häuser waren in den 1920er und 30er Jahren gebaut worden, obwohl man sich schwertun würde, eines zu finden, das nicht von Grund auf renoviert worden wäre. Während es heute als zentral gelegen gilt, hätte es 1952 noch am Rande der Stadt gelegen. »Wenigstens wissen wir jetzt, wo Anneliese sich niedergelassen hatte. Sie musste dort mit ihrem Verlobten eingezogen sein.«

Chantelle schüttelte den Kopf. »Ich glaube nicht, dass man damals vor der Ehe zusammenlebte, und wenn doch, war dies durchaus nicht üblich. Es ist wahrscheinlicher, dass sie dort ein Zimmer gemietet hatte, zusammen mit anderen Neueinwanderern. Damals gab es dort ja noch nicht so viele Wohnhäuser.«

»Es gibt noch ein weiteres Foto. Vielleicht verrät uns das mehr.«

Auf dem letzten Foto stand Anneliese auf der Veranda eines hübschen zweistöckigen Backsteinhauses. Sie trug einen knielangen Bleistiftrock in einer hellen Farbe, wahrscheinlich cremefarben, gepaart mit einer leicht ausgestellten kurzärmeligen Jacke, die ihre schlanken Hüften umspielte. Passende ellbogenlange Handschuhe, einen Hut mit dunklem Band und eine dreireihige Perlenkette vervollständigte das Ensemble. Ihr blondes Haar hatte sie zu einem lockeren Haarknoten zurückgesteckt, der den Blick auf die zur Halskette passenden Perlenohrringe freigab. Neben ihr stand ein Mann mit hellen Augen, in einem schwarzen Anzug, einer schwarzen Krawatte und einem weißen Hemd, der seinen Arm besitzergreifend um ihre Taille gelegt hatte. Sein Haar schien noch blonder zu sein als das von Anneliese und so glatt wie ein Flacheisen.

Ich drehte das Foto um. Es war auf den 11. Oktober 1952 datiert. »Glaubst du, dass dies ihr Hochzeitstag gewesen sein könnte?«

Chantelle nickte. »Ohne Frage. Das würde auch Sinn machen. Wenn man damals einwanderte, um zu heiraten, wurde erwartet, dass man innerhalb von sechs Monaten den Bund der Ehe schloss, oder man wurde dorthin zurückgeschickt, wo man herkam. Je früher geheiratet wurde, desto besser. Die Perlen könnten ein Hochzeitsgeschenk ihres Mannes gewesen sein.«

»Ein alter Aberglaube besagt, dass Perlen zu Tränen führen. Ich frage mich, ob Anneliese an ihrem Hochzeitstag geweint hatte.«

»In der alten griechischen Kultur glaubte man, dass Perlen das Eheglück fördern und vor Tränen am Hochzeitstag schützen würden«, grinste Chantelle. »Oder in der Hochzeitsnacht, je nachdem. Daher rührt jedenfalls die Tradition, der Braut Perlen zu schenken, obwohl du Recht hast. Viele Menschen assoziieren Perlen mit Tränen und würden niemals Perlen an ihrem Hochzeitstag tragen wollen, geschweige denn, sie als Geschenk des Bräutigams annehmen.«

Chantelle verblüffte mich immer wieder mit ihrem Wissensschatz. Ihr Wissen über Perlen war da keine Ausnahme. »Was ist mit dem Haus? Aufgrund des schmalen Grundstücks und des Baustils könnte es im selben Stadtteil liegen, was auch Sinn machen würde. Annelieses Verlobter hatte ihr vielleicht eine Unterkunft in seiner Nähe angemietet.«

»Die doppelte Giebeldachlinie ist definitiv unverwechselbar. So etwas sieht man nicht oft. Auch die Verkleidung ist ziemlich einzigartig. Wenn ich mein Haus renovieren würde, könnte ich mir nicht vorstellen, sie zu ersetzen. Vielleicht wäre eine Fahrt nach Toronto angebracht, um es uns anzuschauen.

»Ich bin immer für einen Ausflug nach Toronto und einen schönen Spaziergang zu haben, aber ich sehe keinen Sinn darin. Es ist unwahrscheinlich, dass einer der ursprünglichen Besitzer noch in der Gegend lebt. Eher in einem Pflegeheim, falls sie noch leben. Außerdem können wir über die Gegend nur Vermutungen anstellen.«

»Stimmt«, sagte Chantelle und trommelte mit den Fingern auf den Tisch. »Ich hab's. Alte Telefonbücher.«

»Alte Telefonbücher?«

»Sollte Anneliese Prei ein Telefon gehabt haben, wäre ihre Nummer mit ihrer Adresse aufgeführt.«

»Ich will dir nicht in die Suppe spucken, aber es ist unwahrscheinlich, dass Anneliese in einer Mietwohnung ein eigenes Telefon gehabt hätte. Es ist wahrscheinlicher, dass es ein Telefon für alle Bewohner gab. Viele Leute hatten damals noch nicht einmal ein Telefon, und die, die eins hatten, teilten sich oft eine Telefonleitung.«

»Gibt es sonst noch einen Anhaltspunkt?« fragte Chantelle mit einem Hauch von Verzweiflung in ihrer Stimme.

»Ja, eigentlich schon. Da ist nur das kleine Problem, dass ich ihren Ehenamen nicht kenne.«

»Wir können davon ausgehen, dass es Frankow war.«

»Das können wir versuchen«, räumte ich ein. »Aber woher sollen wir ein Telefonbuch von Toronto aus dem Jahr 1952 nehmen?«

»Aus der öffentlichen Bibliothek von Toronto.« Chantelle wandte ihre Aufmerksamkeit wieder ihrem Laptop zu und begann zu tippen. »Verdammt. Sie haben fast alle Stadtverzeichnisse von Toronto aus dem neunzehnten und frühen zwanzigsten Jahrhundert bis 1922 digitalisiert, aber sie können kein Verzeichnis online stellen, bevor der neunzigjährige Urheberrechtsschutz abgelaufen ist. Und jetzt kommt das Problem. Es sind zwar einige gedruckte Exemplare verfügbar, aber keines für 1952. Das erste Telefonbuch nach 1951 ist von 1957.«

Ich musste zugeben, dass es frustrierend war, aber eines hatte ich in den letzten dreizehn Monaten gelernt: Es gab immer einen anderen Ort, an dem man suchen konnte. Ich dachte gerade über die Möglichkeiten nach, als Chantelle das Wort ergriff.

»Wie wäre es, wenn wir das Foto auf Facebook mit einem Link zu unserer Webseite veröffentlichen würden? Es besteht die Möglichkeit, dass jemand das Haus erkennen könnte.«

»Ich finde die Idee nicht gut. Unsere Ermittlungen würden für jeden Verrückten öffentlich werden, und ich weiß nicht, was Louisa davon halten würde, das Bild ihrer Großmutter für die ganze Welt sichtbar zu machen. Ich würde lieber zuerst deine Idee mit dem Rundgang ausprobieren, auch wenn wir keine Adresse haben. Was momentan wahrscheinlich nicht so wichtig ist.«

»In Ordnung. Sollten wir uns aber dazu entscheiden, das Foto des Hauses zu veröffentlichen, können wir jederzeit einen Fotografen beauftragen, Anneliese aus dem Bild zu entfernen. Mit all den digitalen Fortschritten kann man heutzutage Wunder bewirken.«

Ich legte das Thema für den Moment beiseite und steckte alle fünf Fotos zurück in den Aufbewahrungsbeutel. »Welchen willst du als nächstes öffnen? Den dünnen oder den dicken Beutel?«

»Lassen wir den Dicken bis zum Schluss.«

Große Geister denken ähnlich. »Also den Dünnen.«

8

DER DÜNNE BEUTEL enthielt die Heiratsurkunde von Horst Frankow und Anneliese Prei, datiert auf den 11. Oktober 1952, in der Stadt Toronto in der Provinz Ontario. Die Heiratslizenz war am 25. September 1952 ausgestellt worden.

»Wir hatten Recht damit, dass das letzte Foto von Anneliese an ihrem Hochzeitstag aufgenommen wurde«, sagte Chantelle. »Und mit der Frankow-Vermutung. Was ich nicht verstehe, ist, warum Sophie in einer Pflegefamilie aufwuchs, wenn es einen Vater auf dem Foto gibt.«

»Ein weiteres Rätsel. Leider wird uns diese Heiratsurkunde nicht viel weiterhelfen.«

Als ich über das Verschwinden meiner Mutter recherchiert hatte, war ihre Heiratsurkunde eine große Hilfe gewesen, denn sie enthielt sogar die damaligen Adressen der Braut und des Bräutigams. Nicht so bei dieser, die nicht mehr als die grundlegenden Fakten enthielt: Namen, Datum, Ort, zusammen mit den Unterschriften der Zeugen und des Magistrats der Stadt. Selbst die Namen der Trauzeugen waren eine Sackgasse. John J. Johnson und David P. Smith. Es musste viele Johnsons und Smiths da draußen geben. Der Magistrat war schon lange im Ruhestand und hatte wahrscheinlich Tausende von standesamtlichen Trauungen durchgeführt. Ich vermutete, dass die Zeugen wahrscheinlich von der Stadtverwaltung gegen eine geringe Gebühr gestellt worden waren.

Chantelle war optimistischer. »Man kann nie wissen. *Ancestry.ca* hat eine ziemlich gute Auswahl an Heiratsurkunden gespeichert. Zumindest könnten wir dadurch mehr über Horst Frankow herausfinden. Das ist eine weitere Sache, die ich überprüfen kann, wenn ich in Toronto bin.« Sie notierte die Details der Urkunde auf einer neuen Seite ihres Notizbuchs.

»Du weißt doch, dass wir mit unserem Drucker Kopien machen können«, sagte ich und zog sie damit auf.

»Papierverschwendung. Wir haben ein begrenztes Budget. Außerdem bevorzuge ich es, alle meine Notizen an einem Platz zu haben.« Chantelle tippte wieder mit den Fingern auf den Tisch und legte ihre Stirn konzentriert in Falten. »Kann ich das Foto von Annelieses Hochzeitstag noch einmal sehen?«

»Natürlich.« Ich zog es aus dem Beutel und reichte es ihr. »Was stört dich?«

»Ihre Kleidung. Auf den Schnappschüssen vom Schiff trug sie Sachen, die ihre schmale Taille betonten. Warum also trug sie an ihrem Hochzeitstag eine weite Jacke?«

Ich ging die Notizen durch, die ich mit Louisa gemacht hatte. Sophie wurde am 23. März 1953 geboren. Ich rechnete im Kopf nach. »Anneliese war an ihrem Hochzeitstag fast im vierten Monat schwanger.«

»Gib mir eine Minute, um meine Dateien zu überprüfen«, sagte Chantelle, die wieder an ihrer Tastatur saß.

Geduld war noch nie eine meiner Tugenden. »Wonach suchst du?«

»Ich meinte das Kleidungsstück wiederzuerkennen, und hatte recht. Es erinnert mich an ein anderes Projekt, an dem ich gearbeitet habe. Die Großmutter war in den 1950er Jahren

Näherin.« Chantelle zeigte auf ein Bild auf ihrem Computerbildschirm. »Es ist fast identisch mit dem, was Anneliese auf dem Foto trägt.«

Es handelte sich um ein Butterick-Muster mit der Nummer 6194, das unter der Kategorie „Umstandskleidung 1952" aufgeführt war. Der Stoff der Jacke und des Rocks war leicht gemustert und nicht einfarbig, aber es war definitiv der gleiche Stil. Sogar der Hut war der gleiche, mit Bändern und allem.

»Ich nehme an, es gab nicht viele Muster für Umstandsmode«, sagte ich. »Ich frage mich... Glaubst du, die Schwangerschaft war geplant?«

»Es ist möglich, aber zweifelhaft«, sagte Chantelle und tippte. »Hier ist ein Online-Schwangerschaftsrechner. Ein Geburtsdatum am 23. März würde bedeuten, dass das Kind um den 30. Juni herum empfangen worden wäre.«

»Glaubst du, dass Anneliese auf dem Schiff schwanger wurde?«

»Ich denke, das ist eine Möglichkeit, die wir in Betracht ziehen müssen.«

»Was wäre, wenn Anneliese und Horst gleich miteinander geschlafen hätten? Dann wäre Sophie vielleicht verfrüht gewesen.«

»Vielleicht enthält ja der dicke Beutel die Antwort«, sagte Chantelle und beendete damit die Debatte.

Ich öffnete den Beutel und zog ein in Seidenpapier eingewickeltes Fotoalbum mit rosafarbenem Einband und vergilbten Seiten heraus, die früher einmal weiß oder cremefarben gewesen sein könnten. Ein vorsichtiges Durchblättern der Seiten, insgesamt etwa zwei Dutzend, zeigte, dass jeder Schnappschuss sorgfältig in schwarze Kartonecken eingefügt worden war, zwei Fotos pro Seite, mit einigen leeren Seiten am Ende. Alle Fotos waren schwarz-weiß. Ich blätterte zurück zur ersten Seite und achtete darauf, das gealterte Papier nicht zu beschädigen.

Das erste Bild zeigte ein pausbäckiges Baby, darunter stand in Annelieses vertrauter Handschrift „Sophie Marta Frankow, 23. März 1953".

»Sie war ein süßes Baby«, sagte Chantelle, »aber sie sieht definitiv nicht wie Anneliese oder Horst aus. Wir wissen, dass Annelieses Augen zartbraun waren und aufgrund von Horsts hellem Teint und blondem Haar können wir davon ausgehen, dass seine Augen blau waren, aber Sophies Augen sehen fast schwarz aus. Das gilt auch für ihr Haar. Aber die kleinen Locken auf ihrem Kopf gefallen mir.«

Die Locken *waren* süß, aber Chantelle hatte recht. Sowohl Anneliese als auch Horst hatten blondes Haar. Das war kein eindeutiger Beweis für irgendetwas, die Haarfarbe eines Neugeborenen konnte sich im Laufe der Zeit verändern, und wir wussten nichts über Annelieses oder Horsts Genetik. Trotzdem sah das Baby auf dem Bild für mich nicht nach einer Frühgeburt aus, auch wenn ich keine Expertin war.

Ich blätterte das Album Seite für Seite durch. Anneliese war auf jedem Bild mit Sophie zu sehen, sie spielte im Vorgarten des Doppelgiebelhauses oder saß auf der Veranda mit ihrer Tochter auf dem Schoß. Horst war auf dem einen oder anderen Bild zu sehen, immer lag seine Hand auf Annelieses Arm oder war fest um ihre Taille geschlungen. Es gab keine Bilder, auf denen er das Baby hielt, geschweige denn mit ihr spielte.

»Anneliese strahlt, wenn sie mit Sophie alleine ist«, sagte ich. »Bilde ich mir das nur ein, oder wirkt ihr Gesichtsausdruck angespannt, wenn Horst im Bild ist?«

Chantelle schüttelte den Kopf. »Ich glaube nicht, dass du dir das nur einbildest. Ich hatte denselben Eindruck. Sie ist immer lächelnd und glücklich, außer wenn er neben ihr steht oder sitzt. Schau dir an, wie er auf jedem einzelnen Bild posiert. Es ist, als ob er versucht, Anneliese zu kontrollieren. Und es gibt keine Bilder, auf denen er auf Sophie eingeht.«

»Vielleicht interpretieren wir da zu viel hinein«, sagte ich, bezweifelte es aber. Wusste oder ahnte Horst, dass er nicht der leibliche Vater von Sophie war? Wusste es sonst noch jemand? Heute wäre das vielleicht keine so große Sache, aber 1952 hätte es vielleicht als Skandal gegolten, das Kind eines anderen Mannes aufzuziehen.

»Eines ist sicher«, sagte Chantelle und unterbrach meine Gedanken. »Anneliese hatte nie ihren Sinn für Mode verloren. Sie musste eine der hippesten Mütter in der Gegend gewesen sein.«

War das ein weiterer Grund für Horsts offensichtliche Besitzgier? War er der eifersüchtige Typ gewesen, und wenn ja, wie sehr hatte diese Eifersucht ihr Leben beeinflusst? Ich studierte die Fotos erneut, Seite für Seite, und notierte die besonderen Anlässe, die Anneliese Monat für Monat festgehalten hatte. Erster Geburtstag. Weihnachten. Valentinstag. Ostern. Halloween. Wiederholung. Die Fotos endeten mit einem Bild von Sophies drittem Geburtstag am 23. März 1956. Ihr Haar war auch nicht blonder geworden. Im Gegenteil, es sah noch dunkler und lockiger aus. Sie blies drei Kerzen auf einem schiefen Schokoladenkuchen aus, der offensichtlich selbst gebacken war. Anneliese stand hinter ihr, klatschte in die Hände und lachte.

»Sophie kam im Alter von drei Jahren in eine Pflegefamilie«, sagte ich. »Anneliese muss kurz nach der Aufnahme dieses Fotos gestorben sein.«

Chantelle hörte nicht zu. Stattdessen fuhr sie mit ihrer Hand über den Boden des Satinfutters des Koffers. »Mit der Naht in der linken Ecke stimmt etwas nicht.«

»Mit der Naht?« Manchmal musste ich mich über die Dinge wundern, die Chantelle auffielen.

»Fahr einfach mit den Fingern daran entlang und sag mir, wenn du etwas Ungewöhnliches spürst.«

Ich gab nach und tat, was sie sagte. Nichts. »Nein, da ist nichts Außergewöhnliches.«

»Hast du eine Lupe?«

»Natürlich habe ich eine Lupe...Moment, du willst die Naht mit einer Lupe untersuchen?«

Das entlockte mir einen entnervten Seufzer. Ich nahm ein Vergrößerungsglas aus der Schublade, die ich inzwischen als „Detective Callie" bezeichnete, und schob es ihr zu.

Chantelle untersuchte die Naht und betrachtete sie aus allen möglichen Winkeln. Ich begann, die Geduld zu verlieren, als sie mir das Vergrößerungsglas reichte und mir den Handkoffer zuschob. »Was denkst du? Wurde es sorgfältig nachgenäht? Oder ist meine Fantasie mit mir durchgebrannt?«

Ich ahmte ihre Handlungen nach. Immer noch nichts. Ich schüttelte den Kopf.

»Macht nichts. Kannst du dein Nähkörbchen holen?«

»Mein Nähkörbchen?«

»Ja, dein Nähkörbchen. Das mit den Nähutensilien, wie Nadeln und Fäden und eines dieser Dinger zum Auftrennen von Stichen.«

»Ich muss dich leider enttäuschen, aber mein Vater hatte mich nie zum Nähen ermutigt. Ich besitze keinen Nähkorb, und ich habe keine Ahnung, wie ein Nahttrenner aussieht. Vielleicht habe ich eines dieser Hotel-Nähsets von vor hundert Jahren, die man zusammen mit den Duschhauben und dem Schuhputz-Dingsbums erhielt.« Ich machte eine Pause, um zu sehen, wie sie reagierte. »Nein, warte. Ich habe keins.«

»Du hörst dich wie ein typisches verwöhntes Einzelkind an, keine gebrauchten Sachen zum Ändern, Säume hoch, Säume runter, keine Knie- oder Ellbogen zum Flicken.«

Das war ein Dauerwitz zwischen uns beiden. Dass ich ein verwöhntes Einzelkind war, während Chantelle als fünftes von sechs Kindern in Lumpen herumlief. Nur heute schien es nicht so lustig zu sein.

»Es war ja nicht so, dass mein Vater mich nach der neuesten Laufstegmode einkleidete«, sagte ich und hasste den sauren Ton in meiner Stimme. »Er hatte nur nicht daran gedacht, mir so etwas wie Nähen beizubringen.«

»Ja, ja, beruhige dich. Das war eine Beobachtung, keine Anklage.« Chantelle schnappte sich ihre Handtasche von der Stuhllehne und kramte darin herum. »Hier, bitte sehr. Das ist kein offizieller Fadenentferner, aber diese Nagelschere eignet sich auch dafür. Pass nur auf, dass du nichts beschädigst.«

»Warum machst du es nicht, wenn du so ein Experte bist?"

Chantelle rollte mit den Augen, aber ich konnte sehen, dass sie erleichtert war. Ich sah zu, wie sie vorsichtig jede Naht auftrennte, bis das Geheimfach zum Vorschein kam.

Im Gegensatz zum vorherigen Inhalt im oberen Teil des Handkoffers befanden sich unter dem Futter keine Plastikbeutel. Dort befand sich ein einziger Umschlag. Ich wollte ihn sofort herausnehmen, hatte aber das Gefühl, eine unsichtbare Grenze zu überschreiten. »Was hältst du davon?« fragte ich Chantelle.

Chantelle biss sich auf die Unterlippe und begutachtete den Inhalt vor ihr. »Ich würde sagen, dass Sophie diejenige war, die für die Aufbewahrungsbeutel verantwortlich war, alles fein säuberlich sortiert.«

Ich nickte. Es passte zu Louisas Beschreibung ihrer Mutter. »Sonst noch etwas?«

»Ich vermute, und es ist nur eine Vermutung, dass dieser Handkoffer mit dem Fotoalbum, der Heiratsurkunde und der Sammlung von Postkarten, Fotos und Reisedokumenten das Einzige war, was Sophie von Pflegefamilie zu Pflegefamilie mitgenommen hatte. Irgendwann beschloss sie, jedes einzelne Stück in Plastik für die Nachwelt zu schützen.«

»Denkst du, Sophie wusste von dem Umschlag unter dem Futter?«

»Das glaube ich nicht. Selbst auf mein Drängen hin hast

du nichts an der Naht gefunden, und ehrlich gesagt, wenn ich nicht gezwungen worden wäre, Handarbeit zu lernen, hätte ich es wohl auch nicht bemerkt. Ich denke, man kann mit Sicherheit sagen, dass dieses versteckte Fach ein Geheimnis war, das Anneliese mit ins Grab genommen hat.«

»Wir müssen uns ansehen, was da drin ist, aber ich weiß nicht. Es fühlt sich irgendwie falsch an. Geht es dir auch so wie mir? Als ob es ein Eingriff in die Privatsphäre wäre?«

Chantelle schüttelte den Kopf. »Ganz und gar nicht. Wir wurden angeheuert, um herauszufinden, was mit Anneliese Prei passiert war. Es sei denn, wir würden die Ermittlungen einstellen, dann müssen wir keinen Einblick in diese privaten Dinge nehmen. Gerade du solltest das wissen, nach allem, was du in den letzten Monaten durchgemacht hast.«

So gesehen, war die Entscheidung leicht zu treffen. Es war an der Zeit, herauszufinden, was Anneliese all die Jahre verheimlicht hatte.

DER UMSCHLAG ENTHIELT eine Tauf- und Geburtsurkunde für Sophie Marta Frankow, ausgestellt am 25. März 1956, zwei Tage nach Sophies drittem Geburtstag. Ich starrte auf die Namen in der Urkunde und versuchte, das ungute Gefühl in meiner Magengrube zu verdrängen.

»Alles in Ordnung?« fragte Chantelle, die Sorge stand ihr ins Gesicht geschrieben. »Ich verstehe, dass du den Nachnamen wiedererkennst, aber das ist sicher nur ein Zufall.«

»Du hast wahrscheinlich recht«, sagte ich, obwohl ich wusste, dass dem nicht so war. Ich wandte meine Aufmerksamkeit dem vorliegenden Dokument zu.

»Tauf- und Geburtsurkunde«, las ich laut vor, als ob dies etwas an dem ändern würde, was dort stand. »Hiermit wird bescheinigt, dass Sophie Marta Frankow, Tochter von Anton

Osgoode und seiner Frau Anneliese Ruth geb. Prei, am dreiundzwanzigsten März 1953 in Toronto, Ontario, geboren wurde und am fünfundzwanzigsten März 1956 die christliche Taufe empfangen hat.« „Seine Frau" war durchgestrichen, was die Frage aufwarf, wer das getan haben könnte. Der Pfarrer? Anton? Anneliese, im Nachhinein? Ich wusste, dass die Frage rhetorisch war und dass es keine Möglichkeit gab, das jemals herauszufinden, aber ich konnte nicht umhin, diese Frage zu stellen.

Die Urkunde wurde von Pfarrer G. Walther unterzeichnet und von Adam Bradford und Helena Bradford bezeugt. Der violette Stempel, der den Namen und die Adresse der Kirche angab, war so verblasst, dass nur noch „St.", „Chur" und „Toronto" zu lesen waren, wobei das letzte t und o in Toronto fast unsichtbar waren. Solange Chantelle nichts über einen G. Walther, einen Pfarrer aus dem Jahr 1953, herausfinden konnte, würde die Kirche unbekannt bleiben, nicht dass der Name der Kirche wirklich von Bedeutung wäre.

Es spielte nicht einmal eine Rolle, dass Sophies Vater nicht Horst Frankow war. Das hatten wir vermutet, auch wenn wir nicht damit gerechnet hatten, einen schriftlichen Beweis in Form eines Taufscheins zu finden. Es war der Nachname des Vaters, den Chantelle und ich wiedererkannten.

Osgoode. Wie in Corbin und Yvette Osgoode. Die Eltern meiner Mutter. Meine Großeltern. Und wir standen uns alles andere als nahe, denn sie hatten meine Mutter verstoßen, als sie mit siebzehn schwanger nach Hause kam. Diese Distanz blieb selbst nach meiner Geburt bestehen.

Ich hatte vor kurzem begonnen, einen Familienstammbaum auf *Ancestry.ca* zu erstellen. Man könnte es als einen Schlussstrich, eine Bestätigung oder einfach nur als Neugier, nach allem, was Chantelle mir über Genealogie erzählt hatte, betrachten. So erfuhr ich, dass Anton Osgoode mein Urgroßvater war und dass er 1987 im Alter von sechsundsechzig Jahren gestorben war. Es gab keine Aufzeichnungen über jemanden namens Anneliese, zumindest nicht in dem, was ich bisher entdeckt hatte. Ich wusste auch, dass meine Urgroßmutter Olivia im Alter von einundneunzig Jahren noch am Leben war, zumindest als ich das letzte Mal nachgesehen hatte, und dass sie nie wieder geheiratet hatte.

Es bedeutete auch, dass ich mit unserer Klientin Louisa Frankow wohlmöglich verwandt war, obwohl ich im Moment nicht in der Lage war, mir vorzustellen, worin diese Verwandtschaft bestehen könnte. Möglicherweise eine Cousine zweiten Grades?

Meine Gedanken gerieten aus der Bahn und nahmen eine zusätzliche Wendung. Ich vermutete, dass Corbin Osgoode in irgendeiner Weise für den Arbeitsunfall meines Vaters verantwortlich war. Ich hatte es nur noch nicht beweisen können. Noch nicht.

Die Ermittlungen in die Vergangenheit und Gegenwart hatten gerade eine ganz neue Bedeutung bekommen.

9
———

CHANTELLE MACHTE sich zum Aufbruch bereit. Sie versprach, nach einer Passagierliste der *Canberra* zu suchen und mit den genealogischen Nachforschungen über Anneliese Prei und Horst Frankow zu beginnen. Sie hätte mich betreffend der Anton Osgoode-Sache nötigen können, aber sie tat es nicht, und das ist eine ihrer größten Stärken, die Fähigkeit, die Gefühle der Menschen zu lesen und darauf einzugehen. Aufgrund ihrer angeborenen Sensibilität, schätzte ich sie umso mehr.

»Ich werde das Durchsuchen des Zeitungsarchivs des *Toronto Star* auf unsere To-Do-Liste setzen«, sagte ich. Meine Entdeckung hatte mich zwar geschockt, aber wir hatten immerhin einen Auftrag zu erledigen.

»Gute Idee. Ich würde empfehlen, mit 1950 anzufangen und dann die folgenden Jahre in Angriff zu nehmen.« Chantelle warf mir einen mitleidigen Blick zu. »Das wird keine leichte Aufgabe sein.«

»Und auch keine, auf die ich mich freue.« Ich dachte an die Stunden, die ich in der Bibliothek verbracht hatte, um auf Mikrofilmen nach Artikeln über meine Mutter zu suchen. Es war eine langwierige, mühsame Arbeit, obwohl Shirley, eine ehemalige Bibliothekarin, darin aufzugehen schien. Aber es konnte sich auszahlen, wie ich selbst erfahren hatte. Ich erstellte eine Liste mit Namen. »Anneliese Prei, Anneliese Frankow, Horst Frankow, Sophie Frankow, Louisa Frankow und Anton Osgoode. Habe ich jemanden vergessen?«

»Ja, den Pfarrer G. Walther«, sagte Chantelle. »Und Adam und Helena Bradford. Sie waren die Taufzeugen und könnten Sophies Paten gewesen sein.«

»Das bringt uns zu einem weiteren Rätsel. Ich gebe zu, dass ich mich mit Religion nicht auskenne, aber ist es nicht die Pflicht der Paten für das Kind zu sorgen, wenn den Eltern etwas zustößt? Warum sollte Sophie in eine Pflegefamilie gekommen sein, wenn sie Paten hatte?«

»Wenn Anneliese kein Testament hatte, in dem die Paten ausdrücklich als Vormund benannt wurden, sind sie rechtlich nicht verpflichtet, sich um Sophie zu kümmern.«

»Hmmm. Ich halte es für unwahrscheinlich, dass Anneliese ein Testament hatte.«

»Stimmt. Natürlich ist es auch möglich, dass die Paten diejenigen waren, die Sophie in Pflegefamilien untergebracht hatten. Was auch immer ihre Rolle war, sie müssen auf die Liste gesetzt werden.«

»Erledigt. Ich werde auch Louisa anrufen. Ich möchte, dass sie Sophies Schmuckkästchen und die restlichen Fotos so bald wie möglich vorbeibringt.«

»Ich möchte dabei sein, wenn du sie durchgehst.« Chantelle umarmte mich kurz. »Ich überlasse es dir, wie viel du Louisa erzählen willst.«

Das hieß, ich würde ihr mitteilen müssen, dass wir verwandt sind. Ich wusste, dass ich das irgendwann tun müsste, aber jetzt noch nicht. Nicht bevor ich herausgefunden hatte, wie alles zusammenhing. Ich rief Louisa in ihrem Büro an und hörte ihre Voicemail, die mitteilte, dass sie in der nächsten

Woche nicht im Büro sein würde. Ich hinterließ ihr eine Nachricht, mit der ich sie informierte, dass wir bereits einige Fortschritte gemacht hatten, aber Sophies Fotos und Schmuckkästchen gut gebrauchen könnten, wenn sie zurückkäme. Sobald ich aufgelegt hatte, begann ich mit einem schriftlichen Bericht, einschließlich der abrechenbaren Stunden. Einen Moment lang fühlte ich mich ein wenig wie die fiktive Privatdetektivin Kinsey Millhone der verstorbenen Sue Grafton, wenn auch ohne deren Karteikarten und dem schwarzen Allzweckkleid. Dieser Gedanke brachte mich zum Lächeln.

Was mich nicht zum Lächeln brachte, war der Gedanke, Olivia Osgoode, meine Urgroßmutter zu kontaktieren. Ich hatte mich noch nicht darum bemüht, denn mein Verhältnis zu meinen Großeltern war angespannt, vor allem zu ihrem Sohn Corbin. Er hatte seine junge, schwangere Tochter, meinen Vater und damit auch mich gemieden. Ich wusste auch, dass es angesichts ihres Alters notwendig war, ein Treffen zu arrangieren, und zwar bald. Ich hoffte, dass sie noch bei klarem Verstand war.

Aber wie konnte ich sie finden? Unter ihrem Namen fand ich nichts. Das überraschte mich allerdings nicht. Plan B wäre gewesen, jede Seniorenresidenz in Cedar County anzurufen, aber der Gedanke daran erschöpfte mich, zumal meine Anfragen mit Sicherheit aus Datenschutzgründen Wie viele Einundneunzigjährige hatten Facebook-Seiten oder Festnetzanschlüsse unter ihren eigenen Namen? blockiert werden würden. Blieb noch Plan C: die Osgoodes anrufen und fragen. Ich holte eine Tube Kakaobutter-Lippenbalsam aus der Schublade, trug ihn auf meine Lippen auf und dachte über die Folgen einer Kontaktaufnahme mit meinen Großeltern nach. Einerseits wollte ich sie auf Distanz halten, während ich versuchte, meinen Recherchen über Corbin nachzugehen. Andererseits dachte ich an das alte Sprichwort:

„Halte deine Freunde nahe bei dir, aber deine Feinde noch näher".

Ich nahm mein Handy, blätterte durch meine Kontakte und wählte. Wenn ich Glück hatte, würde Yvette ans Telefon gehen und ich würde mich nicht mit Corbin herumschlagen müssen.

Ich hatte Glück.

Wenn Yvette Osgoode überrascht war, von mir zu hören, konnte man es ihr nicht anhören, auch wenn ein Hauch von Sarkasmus deutlich zu vernehmen war.

»Callie. Was verschafft mir die Ehre?«

Ich wollte sie Großmutter nennen, aber der Name blieb mir im Hals stecken. Sie Yvette zu nennen, erschien mir respektlos, obwohl ich mir nicht ganz sicher war, warum. Ich beschloss, sie weder das eine noch das andere zu nennen, und fuhr mit meiner vorbereiteten Geschichte fort.

»Ich arbeite an meinem Stammbaum.«

»Tust du das? Ich habe gehört, dass heutzutage viele Leute Stammbäume erstellen.«

Sie bot mir keine Hilfe an, nicht, dass ich welche erwartet hätte. »Ich hoffe, mit Olivia Osgoode Kontakt aufnehmen zu können. Meiner Urgroßmutter.«

»Ich weiß sehr wohl, wer Olivia Osgoode ist.« Yvettes Tonfall war ausgesprochen bissig. »Was ich nicht verstehe, ist, warum du das Bedürfnis hast, sie zu kontaktieren. Sie ist alt, mürrisch und hat die Tendenz, in der Vergangenheit zu leben. Sie hatte nie das geringste Interesse bekundet, dich kennenzulernen.«

Ein Schlag in die Magengrube. »Vielleicht ist sie dem Beispiel ihres Sohnes gefolgt. Wie auch immer, ich bin bereit, das Risiko einer Ablehnung einzugehen. Darin habe ich reichlich Erfahrung.« Das war ein Schlag ins Gesicht, *Großmutter*. Was Olivia anging, falls sie in der Vergangenheit lebte, könnte das nicht zu meinem Vorteil sein? Ich wollte, dass sie sich mit der Vergangenheit auseinandersetzte und sich nicht in der Gegenwart verstrickte. Ich war nicht auf eine Familienzusammenführung aus.

Am anderen Ende der Leitung herrschte eine lange Stille. Ich zwang mich, nicht zu sprechen. Dies war ein Kampf des Willens, den ich unbedingt gewinnen wollte.

Nach einer gefühlten Ewigkeit ergriff Yvette das Wort. »Sie ist im Cedar County Seniorenwohnheim. Dieses befindet sich in Marketville, an der Ecke Mavis und Lester. Zimmer achtzehn im dritten Stock. Es ist ihre Entscheidung, ob sie dich sehen will. Ich werde mich so oder so nicht einmischen, denn es würde absolut keinen Unterschied machen. Sie hat mich schon immer als unausstehlich empfunden, und ich versichere dir, das beruht auf Gegenseitigkeit.«

Ich verzichtete darauf, einen Schwiegermutter-Witz zu erzählen, bedankte mich für ihre Zeit und legte auf, bevor wir auch nur im Entferntesten auf etwas Persönliches eingehen konnten. Welchen Weg Yvette auch immer mit mir zu gehen bereit war, ich war nicht bereit, mich ihr anzuschließen. Zumindest nicht, solange Corbin noch am Leben war.

Ich schaute auf meinem Handy nach der Uhrzeit und stellte überrascht fest, dass es schon fast vier Uhr war. Es wäre zu spät, Olivia einen Besuch abzustatten. Während der High School hatte ich im Rahmen meiner gemeinnützigen Arbeit in einem Altersheim gearbeitet. Dabei hatte ich gelernt, dass es früh Essen gab und früh zu Bett ging.

Vorübergehend frustriert schloss ich die Augen und überlegte, welchen anderen Ansatzpunkten ich nachgehen könnte. Wenn ich die Augen schloss, half mir das, die Welt auszublenden und meinem Unterbewusstsein die Kontrolle zu überlassen. Es dauerte nicht lange, bis sich eine Idee festsetzte. Ich könnte die Fotos von der *Canberra* studieren.

Ich entschied mich für die beiden Fotos von Anneliese in der Lounge der Touristenklasse des Schiffes und legte sie nebeneinander auf den Tisch. Nur suchte ich dieses Mal nicht nach Anneliese.

Ich brauchte ein paar Minuten, um alle anderen Personen auf den Fotos ausfindig zu machen und sie zu vergleichen, wobei ich die Personen, die nur auf einem Foto zu sehen waren, außer Acht ließ. So blieben mir neben Anneliese noch drei Personen: zwei Frauen und ein Mann. Die Frauen interessierten mich nicht besonders, zumal keine von ihnen in der Nähe von Anneliese stand. Der Mann war jedoch von Interesse. Auf dem Foto, das Anneliese am Klavier zeigte, stand er zwar auf der anderen Seite des Raumes, aber er schaute eindeutig in ihre Richtung. Noch besser: Auf dem Bild, auf dem sie sich unter die Leute mischte, stand er neben ihr. Er trug einen Tweed-Anzug, eine gestreifte Krawatte, ein weißes Hemd und ein breites Lächeln.

Ich schätzte ihn auf etwa dreißig Jahre alt. Er war ein Meter achtzig groß, plus/minus zwei Zentimeter, was ich aus der in Annelieses Pass vermerkten Größe von ein Meter dreiundsechzig und den schätzungsweise fünf Zentimeter hohen Absätzen ihrer spitzen Pumps ableitete. Sein Haar war fast schwarz, die Wellen im Stil der Zeit zurückgestylt, seine Augen tiefliegend und ebenso dunkel, seine Nase gerade und schmal. Breite Schultern auf einer ansonsten schlanken Statur, die trotz der modischen, wenn auch sackartigen Bundfaltenhose zu erkennen war. Ein gut aussehender Mann, der sich mit einer selbstbewussten Sicherheit präsentierte.

Ich nahm eine Lupe aus einer Schublade des Tisches und fuhr damit über seine Gesichtszüge, bis kein Zweifel mehr bestand. Abgesehen von Alter, Frisur und modischen Unterschieden war dieser Mann meinem Großvater wie aus dem Gesicht geschnitten. Zugegeben, Corbin Osgoodes Haar war jetzt eher schneeweiß, aber ich hatte Bilder von ihm in seiner Jugend gesehen. Er hatte dasselbe gewellte schwarze Haar, denselben schlanken, breitschultrigen Körperbau, dasselbe Selbstbewusstsein. Ich hatte immer angenommen, dass es daran lag, dass er Geld wie Heu hatte. Ein Blick auf Anton verdeutlichte, dass es mehr als Geld war.

Alles deutete darauf hin, dass der große, dunkelhaarige und gutaussehende Fremde auf dem Foto mein Urgroßvater, Anton Osgoode, war. Die Geschichte hatte sich merklich zugespitzt.

ICH HATTE MICH GEZWUNGEN, ein Abendessen zu kochen, wenn man das Aufwärmen von französisch-kanadischer Erbsensuppe aus der Dose als Abendessen bezeichnen konnte. Normalerweise war ich kein Freund von Dosensuppen, ich kochte meine Suppe lieber selbst, aber diese Erbsensuppe hatte etwas, das ich als beruhigend empfand, vielleicht weil es eine der Lieblingssuppen meines Vaters war. Dazu ein knuspriges Brötchen, und schon wäre alles perfekt gewesen. Nicht, dass ich ein knuspriges Brötchen gehabt hätte. Das Roggentoastbrot im Gefrierschrank musste genügen.

Ich überlegte, was ich als Nächstes tun sollte, während ich anfing die Suppe und eine Scheibe leicht gebutterten Roggentoast zu essen. Ich würde Chantelle erzählen müssen, was ich entdeckt hatte, so viel war klar. Aber zuerst würde ich Olivia Osgoode einen Besuch abstatten - einen Überraschungsbesuch, solange Yvette meinen Anruf für sich behalten hatte. Ich erinnerte mich, wie sie auf die Erwähnung von Olivias Namen reagierte und hoffte, die Chancen stünden gut für mich.

Ich schob das restliche Brot und die Suppe beiseite und begann, meine Strategie zu planen. Jeder brauchte eine Strategie. Oder etwa nicht?

DER MORGEN KONNTE für mich gar nicht früh genug kommen. Trotz eines großzügigen Glases australischen Chardonnay vor dem Schlafengehen, hatte ich eine schlaflose Nacht hinter mir. Wenn überhaupt, dann hatte der Wein dazu beigetragen, mich wach zu halten. Man lernte nie aus.

Ich hielt am Supermarkt an und kaufte einen Strauß roter und weißer Nelken, die frischesten Blumen bei einer ansonsten eher tristen Auswahl. Da mir die Entscheidung zwischen Schokolade oder Keksen schwer fiel, entschied ich mich für eine Schachtel schokoladenüberzogener Kekse. Jetzt oder nie.

DAS CEDAR COUNTY SENIORENWOHNHEIM war brandneu und wirklich schick, ein fünfstöckiges rotes Backsteingebäude mit großzügigen Grünflächen rundherum und vielen kostenlosen Parkplätzen für Besucher. Eine schnelle Online-Recherche ergab, dass der Aufenthalt mehr als fünftausend Dollar im Monat kostete, ohne Extras wie Mahlzeiten, die aufs Zimmer geliefert wurden, oder Tagesausflüge zum Einkaufszentrum oder zum Arzt. Olivias staatliche Rente reichte für die Miete sicherlich nicht aus, aber wenn es ums Geld ging, waren die Osgoodes nicht gerade arm dran.

Die Lobby war mit überdimensionalen cremefarbenen Porzellanfliesen, einer mit Spotlights bestückten Kassettendecke um ein großes, ovales Oberlicht und blassgoldenen Wänden ausgestattet. Zwei geschwungene Sofas - gepolstert mit burgunderrotem, gestreiftem Satin - umrahmten einen runden Mahagonitisch. In der Mitte stand ein riesiger Strauß mit gemischten Blumen.

Ich machte mich auf den Weg in den Empfangsbereich aus Glas und Granit, wo mich eine attraktive Platin-Blondine Anfang dreißig mit einem herablassenden Lächeln und einem neugierigen Blick empfing. Offensichtlich waren die meisten

Besucher Stammgäste. Oder sie kamen zumindest regelmäßig. Ein Erstbesucher mit Nelken und schokoladenüberzogenen Keksen wurde misstrauisch beäugt.

Ich hatte meine Rede auswendig gelernt. »Ich bin hier, um Olivia Osgoode zu besuchen. Sie wohnt in Zimmer achtzehn im dritten Stock.«

»Ostflügel oder Westflügel?«

Ich verfluchte Yvette, da sie dieses kleine Detail ausgelassen hatte, zweifellos mit Absicht. »Ich bin mir nicht sicher, um ehrlich zu sein.« Ich setzte mein schönstes Lächeln auf. »Ich bin ihre Urenkelin Callie.«

Die Platin-Blondine hob eine dünn gezupfte schwarze Augenbraue. »Olivia hat nicht erwähnt, dass sie Besuch erwartet.«

»Es soll eine Überraschung sein.«

Daraufhin verzog die Platin-Blondine missbilligend den Mund. »Wir sehen Überraschungsbesuche bei unseren älteren Bewohnern nicht gerne.«

Waren nicht alle Bewohner hier älter? Ich verkniff mir eine bissige Antwort. »Ich habe es mit meiner Großmutter, Yvette Osgoode, abgesprochen. Sie hatte keine Einwände.«

Die Namensnennung hatte funktioniert. Es hatte den Anschein, dass Yvette Osgoode einen nicht zu unterschätzenden Ruf besaß, auch wenn ihre Gefühle für Olivia weniger als liebevoll waren. Ich folgte den Anweisungen der Platin-Blondine zum Aufzug im Westflügel, drückte den Knopf, auf dem ein nach oben deutender Pfeil abgebildet war und wartete auf den Signalton. Ich würde es schon schaffen.

Ich schaffe es schon.

10

Olivia Osgoodes Apartment war kompakt, aber gut
eingerichtet, mit einem Wohnzimmer und einer separaten
Küchenzeile, die mit einem bargroßen Kühlschrank, einer
Mikrowelle, einem Wasserkocher und einer Kaffeemaschine
ausgestattet war. Zwei weiße Türen im Kolonialstil, die beide
geschlossen waren, führten zweifelsohne zum Bad und zum
Schlafzimmer. Einrichtung und Mobiliar waren überraschend
modern: cognacfarbene Hartholzböden, Couchtische aus Glas
und Chrom, ein an der Wand montierter Flachbildfernseher
und ein schwarzes Ledersofa mit dazugehörigem Sessel. Auf
dem Sofa lagen ein paar rosafarbene Sofakissen. Die Wände
waren passend gestrichen, der einzige Beweis, der auf eine
weibliche Hand hinwies. Der Gesamteindruck war eher der
einer Eigentumswohnung in der Innenstadt von Toronto als
der eines Alterswohnsitzes.

Olivia saß aufrecht und starr in ihrem Stuhl. Sie war eine
Frau mit feinen Knochen und Porzellanhaut, die vom Alter auf
die sanfteste Weise gezeichnet war, als hätte ein Künstler die
Falten hineingemalt und dann verwischt, um sie zu mildern.
Sie musterte mich mit ihren klaren blauen Augen, und ich

hatte den Eindruck, dass sie keine Narren duldete. Aber leider fühlte ich mich in diesem Moment wie ein Narr, als ich mit Nelken und Schokoladenkeksen in der Hand vor ihr stand.

»Du hast die Augen deines Vaters«, sagte sie. »Jimmy Barnstable war nicht annähernd gut genug für meine Enkelin, aber er hatte schöne Augen. Schwarz umrandet, haselnussbraun. Das sieht man nicht oft.«

Ich wusste nicht, wie ich darauf reagieren sollte, also entschied ich mich einfach zu schweigen, während ich wie ein gezüchtigtes Schulmädchen vor ihr stand. Sie musste Mitleid mit mir gehabt haben, denn als sie wieder sprach, wies sie mich auf einen Schrank über dem Kühlschrank, in dem sich eine Kristallvase für die Blumen befand, und auf einen anderen Schrank der Servietten und Teller für die Kekse enthielt, hin. Ich schaffte es, beides zu erledigen und alles auf den Couchtisch zu stellen, ohne es fallen zu lassen - ein Wunder angesichts des unerwarteten Gewichts der Vase und meiner zitternden Hände.

»Ein Tee wäre schön zu den Keksen, die du mitgebracht hast.« sagte Olivia. »Im Vorratsschrank findest du eine Dose Earl Grey und eine Teekanne. Die Vorstellung einen Teebeutel in eine Tasse zu werfen und heißes Wasser darüber zu gießen, ist mir zuwider. Pure Faulheit. Für eine perfekte Tasse Tee muss das Wasser richtig gekocht werden. Danach muss die Teekanne mit einem Teil des kochenden Wassers ausgespült werden, bevor der Tee hineingegeben und mit Wasser aufgefüllt wird. Der Tee sollte genau vier Minuten ziehen, nicht drei und nicht fünf. In der Zwischenzeit kannst du aus dem Schrank über der Besteckschublade feine Porzellantassen und die Zuckerdose herausholen. Im Kühlschrank findest du Milch und frische Zitrone. Ich versuche, sie für Besucher bereitzuhalten, obwohl ich leider nur selten Besuch bekomme. Ich trinke meinen Tee schwarz.«

Ich trank meinen Tee auch schwarz, womit zumindest eine

von Olivias Anweisungen entfiel. Ich schaltete den Wasserkocher an, fand die Teekanne und die Porzellantassen und wartete, bis der Wasserkocher zum Kochen kam. Nachdem das Wasser endlich gekocht hatte, spülte ich die Teekanne aus, gab den Tee hinein und goss das Wasser darauf. Dann stellte ich den Timer meiner Uhr ein. Nach genau vier Minuten goss ich den Tee in die Tassen, stellte sie auf den Tisch und nahm auf dem Sofa Platz, dankbar für den Aufschub. Ich war noch nicht einmal zehn Minuten hier und schon erschöpft. Es war einfacher, einen Marathon zu laufen.

Olivia nahm einen Keks und tauchte die Spitze mit ihren arthritischen Händen in ihren Tee. Es war eine kleine Geste, aber sie wirkte dadurch irgendwie menschlicher, weniger herrisch. Ich tat es ihr gleich, und für einen kurzen Moment genossen wir unseren Tee und die Kekse in geselligem Schweigen.

»Wie hast du mich gefunden?« fragte Olivia und setzte ihre Tasse ab.

»Yve - meine Großmutter hat mir gesagt, wo du wohnst.«

»Überall, nur nicht bei ihr und meinem Sohn«, sagte Olivia trocken, »obwohl Corbin darauf besteht, meine finanziellen Angelegenheiten zu regeln. Er glaubt, dass ich nicht mehr in der Lage bin, es selbst zu tun, als ob alt werden gleichbedeutend mit dumm werden wäre. Das könnte ich fast verstehen, aber er traut mir noch nicht einmal zu, einen Buchhalter zu beauftragen. Er sagt mir lieber, wie viel er für mich tut.« Sie brachte ein trauriges Lächeln zustande. »Ich beschwere mich nicht. Ich bekomme meine Mahlzeiten und Snacks auf mein Zimmer geliefert, oder ich kann im Speisesaal mit den Sabberern, Tauben und Schwachköpfen essen. Es gibt eine gut ausgestattete Bibliothek im Erdgeschoss und einen Pflegedienst, falls ich ihn benötige. Es gibt weitaus schlimmere Orte zum Leben. Aber genug von mir. Was führt dich nach all den Jahren hierher?«

Sie ließ es so klingen, als wäre ich diejenige, die weggeblieben war, obwohl das Gegenteil der Fall war. Die Osgoodes waren diejenigen gewesen, die mich, das Kind ihrer jungen Tochter Abigail, und des unwürdigen Jimmy Barnstable im Stich gelassen hatten. Ich verkniff mir eine bittere Antwort, denn ich wusste, dass dies das Ende unserer Unterhaltung bedeuten würde.

»Ich arbeite an meinem Stammbaum.«

Eine hochgezogene Augenbraue. »Warum?«

»Ich habe eine Freundin, Chantelle, die sich mit Ahnenforschung beschäftigt. Es hörte sich interessant an.«

»Und ist es das?«

Ich zuckte mit den Schultern. »Es ist zu früh, um das zu beantworten.«

»Ich kann dir versichern, dass wir nicht annähernd so langweilig sind, wie unser Stammbaum vermuten lässt.«

Ich beugte mich vor. »Tatsächlich?«

»Nicht so schnell. Ich brauche Zeit, um darüber nachzudenken. Sollte ich die Geschichte erzählen oder mit ins Grab nehmen? Ich bin mir nicht sicher. Außerdem bin ich eine alte Frau, die sich auf ihr Mittagsschläfchen freut.«

»Es tut mir leid. Ich hätte meinen Besuch anmelden sollen. Stattdessen bin ich hier einfach so hereingeplatzt und habe deine Zeit zu lange in Anspruch genommen.«

»Ganz und gar nicht. Ich weiß deinen Mut hierher zu kommen zu schätzen. Das kann nicht einfach gewesen sein.« Sie hielt inne, ihre hellblauen Augen musterten mich von oben bis unten und wieder zurück. Nach ein paar Augenblicken nickte sie, als hätte sie einen Entschluss gefasst.

»Komm morgen Mittag wieder. Bring mir ein hausgemachtes Thunfischsandwich aus Vollkornbrot mit. Weißer Thunfisch, nicht das Zeug, das aussieht und riecht wie Katzenfutter. In Wasser eingelegt, nicht in Öl - Öl macht ihn zu fettig. Kein Salz, wenig Pfeffer. Echte Mayonnaise, nicht dieses zuckrige Salatdressing, das man uns hier aufzwingt. Genug, dass das Sandwich feucht ist, aber nicht so viel, dass das Brot matschig wird. Ein winziges Stückchen Butter, keine Margarine. Falls du keine Butter hast, lass das Brot trocken. Salat und in dünne Scheiben geschnittene Gurke und Tomate. Im Gegenzug hebe ich ein paar Kekse auf, die du mitgebracht hast, als Dessert auf. Sie sind sehr lecker. Eine schöne Kombination aus Pfeilwurzkeksen und Schokolade.«

Sobald ich gegangen war, schrieb ich ihre Bestellung auf und vergewisserte mich, dass ich jedes Detail richtig notiert hatte. Olivia testete mich, und ich hatte vor, zu bestehen.

11

———

OLIVIA OSGOODE NAHM einen kleinen Bissen von ihrem Thunfischsandwich, das ich nach ihren genauen Vorgaben zubereitet hatte.

»Er war ein Schürzenjäger, weißt du«, sagte Olivia und stellte ihren Teller auf den Tisch. »Mein Mann, Anton. Dein Urgroßvater.«

»Ein Schürzenjäger«, wiederholte ich. »Willst du damit sagen, dass Anton dich betrogen hatte?«

Olivia nickte. »Seine erste Liebelei fand kurz nach unserer Hochzeit statt, obwohl ich eine Zeit lang nichts davon wusste. Nicht, dass es einen Unterschied gemacht hätte, es gewusst zu haben. Ich wurde mit achtzehn Jahren schwanger, in einer Zeit, in der wir es als „in anderen Umständen" bezeichneten und die Ehe als einziger Ausweg galt. Es herrschte zwar keine große Leidenschaft zwischen uns, aber wir verstanden uns gut. Damals war alles anders, zumindest für unverheiratete Mütter. Ich wollte nicht als unverheiratete Mutter dastehen. Und das Stigma, das eine Scheidung mit sich gebracht hätte, hätte ich auch nicht akzeptieren können.«

Es war mir unvorstellbar, dass es eine Zeit gab, in der die

gesellschaftlichen Sitten so unbiegsam waren, dass sie das Recht eines Menschen auf Glück beeinträchtigen konnten. »Hattest du Anton geliebt?«

»Ich habe meinen Sohn Corbin mehr geliebt als das Leben selbst«, sagte Olivia und ignorierte meine Frage. »Wusstest du, dass ich nach seiner Geburt drei späte Fehlgeburten erlitt? Auch darüber sprach niemand offen, ebenso wenig wie über die Menstruation und - Gott bewahre - das ultimative Tabuthema: Sex. Eine Zeit lang fragten die Leute Anton und mich, ob wir weitere Kinder haben wollten. Nach einiger Zeit hörten die Fragen auf. Mit jeder Fehlgeburt drehte sich meine Welt mehr und mehr um Corbin.«

Es war leicht sich vorzustellen, wie mein Großvater von der Wiege bis hin zum College umsorgt wurde. Das erklärte den Mann, der er geworden war. »Und Antons Welt?«

»Ich dachte, er würde genauso denken. Zumindest dachte ich das, bis ich von Sophie erfuhr.«

Ich zog die Stirn in Falten und neigte den Kopf nach rechts, um verwirrt zu wirken. »Sophie?«

»Das ist der Teil des Stammbaums, der nicht ganz so langweilig ist«, sagte Olivia, »allerdings musst du mir versprechen, dass du Corbin oder Yvette nichts von dem erzählst, was ich dir jetzt sage. Sie wissen es nicht, und es gibt keinen Grund, warum sie es herausfinden sollten. Besonders nach all den Jahren.«

»Du hast mein Wort.«

Olivia starrte mich mit scharfsinnigen blauen Augen an. Ich hielt ihrem Blick stand, ohne mit der Wimper zu zucken, was leichter gesagt als getan war. Nach einer gefühlten Ewigkeit fuhr sie fort.

»Ihr Name war Sophie Frankow, das schreibt sich s-o-p-h-i-e, nicht s-o-f-i-e, Nachname f-r-a-n-k-o-w. Sie war Antons uneheliche Tochter und Corbins Halbschwester.«

Ich tat so, als wäre ich überrascht und schockiert, und zog

einen Stift und ein Notizbuch aus meiner Handtasche. »Sophie Frankow«, sagte ich und schrieb es auf. »Weißt du, wann sie geboren wurde?«

»23. März 1953.« Olivia schloss die Augen, als wolle sie die Erinnerung verdrängen. »Es war wirklich ironisch. Der 23. März war zufällig auch unser Hochzeitstag. Natürlich wusste ich nichts von Sophie, zumindest damals nicht. Es sollte noch drei Jahre dauern, bis ihre Mutter bei mir auftauchte und einen dunklen Schatten warf. Der Tag, an dem Anneliese Frankow an meine Tür klopfte, war der schlimmste Tag meines Lebens.«

Dieses Eingeständnis schien Olivia viel Kraft zu kosten, denn sie lehnte sich in ihrem Stuhl zurück und wirkte plötzlich älter als ihre einundneunzig Jahre. Ich machte mir Sorgen, dass sie mich wieder wegschicken würde, aber stattdessen fragte sie, ob ich ihr eine Tasse Tee machen würde, während ich das Geschirr abräumte und die Kekse aus dem Schrank herausholte.

»Im unteren Schrank befindet sich Brandy«, sagte Olivia, als ich mich um die Sachen kümmerte. »Ich trinke nicht oft, aber ich könnte einen großzügigen Schluck in meinem Tee gebrauchen. Du kannst mir dabei ruhig Gesellschaft leisten.«

Ich holte den Brandy und goss einen Schluck in eine der Porzellantassen. Nichts gegen Brandy, denn ich trank ihn durchaus ganz gerne, vor allem pur aus einem Cognacglas, aber ich musste fahren. Außerdem musste ich bei klarem Verstand bleiben. Dies war vielleicht das letzte Mal, dass Olivia mir einen Besuch gestattete, und ich hatte nicht vor, mir etwas entgehen zu lassen.

ZWEI TASSEN TEE mit Brandy und drei mit Schokolade überzogene Kekse schienen Olivia wieder zu beleben. Als sie ihre Tasse und den Teller beiseiteschob, hatte sie wieder Farbe auf den Wangen, was zweifellos dem Brandy zuzuschreiben war.

»Wo war ich? Bevor wir die Teepause gemacht haben?«

»Du hast mir von dem Tag erzählt, an dem Anneliese zu dir nach Hause kam.«

Olivia nickte und presste die Lippen zu einer festen Linie zusammen. »Es war der Dienstag vor unserem Hochzeitstag, etwa um zehn Uhr morgens. Ich war gerade dabei, zum Markt zu gehen. Es war mir immer wichtig jeden Tag frisch einkaufen zu gehen, oder zumindest jeden zweiten Tag, denn ich hielt nichts davon, Vorräte anzulegen. Anton war nicht in der Stadt, was vor allem in den 1950er und frühen 60er Jahren häufig vorkam. Er war Einkäufer für Eaton's, feines Porzellan und Glaswaren.«

Die seit ihrer Gründung im neunzehnten Jahrhundert in Familienbesitz befindliche und betriebene Eaton's Kaufhauskette, war einst in ganz Kanada ein Begriff und beschäftigte Tausende von Mitarbeitern. Leider hatte die angebliche Misswirtschaft der letzten beiden Generationen der Familie Eaton 1999 zum Konkurs der Kette geführt, was Schockwellen in ganz Kanada auslöste. Aber in den 1950er Jahren wäre die Arbeit als Einkäufer bei Eaton's eine begehrte Position gewesen.

Das erklärte auch, warum Anton auf der *T.S.S. Canberra* unterwegs gewesen war. Zwar gab es damals Porzellan- und Glasimporteure, aber ein Unternehmen von der Größe Eaton's beschäftigte eigene Einkäufer, die direkt mit Herstellern wie Royal Doulton, Royal Albert und Waterford Crystal handelten. Diese Einkäufer wurden mit ziemlicher Sicherheit königlich von diesen Herstellern beköstigt. Ich konnte es kaum erwarten, Chantelle davon zu erzählen. »Das scheint ein toller Job gewesen zu sein.«

»Es war ein gut bezahlter und angesehener Beruf«, sagte

Olivia mit einem Hauch von Stolz in ihrer Stimme. »1956 lag der Durchschnittslohn zwischen siebzig und hundert Dollar pro Woche. Anton verdiente wesentlich mehr, und er legte es klug an. Corbin tut gern so, als sei sein Reichtum nur auf seinen Geschäftssinn zurückzuführen, aber in Wirklichkeit hatte er ein beträchtliches finanzielles Polster, mit dem er Osgoode Construction gründen konnte. Aber ich schweife ab.«

Abschweifen? So interessant Antons Hintergrundgeschichte auch war, bei diesem Tempo würde ich zum Abendessen noch hier sitzen. Ich schenkte Olivia ein, wie ich hoffte, ermutigendes Lächeln. Es schien zu wirken, denn sie fing wieder an zu reden.

»Als ich die Frau an meiner Haustür sah, wusste ich sofort, dass sie etwas mit Anton zu tun hatte. Sie war sein Typ. Blond, braune Rehaugen, Schmollmund, schöne Beine, schlanke Figur, schmale Taille. Sie erinnerte mich an Vera-Ellen. Anton war in Vera-Ellen vernarrt.«

Ich muss wohl etwas verloren gewirkt haben, denn Olivia lächelte nur leicht.

»Du hast keine Ahnung, wer Vera-Ellen war, oder? Sie war eine Tänzerin und ein Filmstar. In den späten vierziger und fünfziger Jahren spielte sie in einigen Musicals mit. Ihre bekannteste Rolle war die in *White Christmas*. In dem Film spielten auch Bing Crosby, Danny Kaye und Rosemary Clooney mit, die übrigens die Tante von George Clooney ist.«

Ich neigte dazu, Weihnachtsfilme zu meiden, mit Ausnahme der Alastair-Sim-Version von *Scrooge*, da ich sie bestenfalls rührselig und schlimmstenfalls stumpfsinnig fand, vor allem diejenigen, die mich an einen kitschigen Liebesroman erinnerten. An *White Christmas* konnte ich mich vage erinnern. Ich hatte den Film vor Jahren als Kind gesehen. Da war viel gesungen und getanzt worden. Hatte ich ihn mit meiner Mutter gesehen? Ich wusste jetzt, dass sie alte Musicals liebte und mich Calamity Doris genannt hatte, nach Doris

Days Musical-Darstellung der Wild-West-Frontierfrau Calamity Jane.

»Ich erinnere mich irgendwie an *White Christmas*«, sagte ich, weil ich wusste, dass ich Vera-Ellen sofort googeln würde, wenn ich nach Hause kam. »Das ist schon lange her.«

»Für mich ist es auch eine lange Zeit her«, sagte Olivia. »Wie du dir vorstellen kannst, war der Gedanke, mir jemals wieder einen Vera-Ellen-Film anzusehen, ziemlich unattraktiv, nachdem Anneliese zu Besuch kam. Was mich zu dem Tag bringt, der mein Leben für immer verändert hat.«

12

DER TAG, der ihr Leben für immer verändert hat. Ich hielt den Atem an, weil ich befürchtete, dass das kleinste Geräusch Olivia davon abhalten könnte, weiterzureden. Ich atmete leise aus, als sie begann.

»Sie kam mit einem kleinen Mädchen in einem rosa-weißen Schneeanzug an die Tür«, sagte Olivia mit einem leichten Zittern in der Stimme. »Sie stellte sich als Frau Anneliese Frankow vor, sie sei eine Bekannte von Anton, und das Mädchen sei ihre Tochter Sophie. Sie betonte *Frau*, aber das spielte keine Rolle. Das Mädchen hatte nicht Annelieses Hautton, aber darüber hätte ich hinwegsehen können. Ich hätte sogar über ihre schwarzen Haare und die dazu passenden Augen hinwegsehen können. Was ich nicht übersehen konnte, war die offensichtliche Ähnlichkeit des Mädchens mit Anton. Sie war nicht viel älter als drei, wenn überhaupt, aber sie war Anton Osgoode wie aus dem Gesicht geschnitten.«

Ich versuchte mir vorzustellen, wie es wohl gewesen sein musste. In der Vergangenheit hatte ich einen Freund, einen Triathleten, der fremdging sowie einen, der mich am Valentinstag für eine andere verlassen hatte, aber soweit ich weiß, hatte keiner von ihnen ein Kind gezeugt, während wir zusammen waren. »Das muss ein Schock gewesen sein.«

»Nicht so sehr, wie du vielleicht denkst. Inzwischen hatte ich herausgefunden, dass Anton auf seinen Geschäftsreisen häufig eine oder zwei Affären hatte. Er versuchte, diskret zu sein, aber es gab immer Anzeichen. Eine schwache Spur von Parfüm auf seinem Hemd, Lippenstift auf seinem Taschentuch, eine Streichholzschachtel in seiner Manteltasche, in deren Deckel eine Kabinennummer gekritzelt war. Ich beschloss, ein Auge zuzudrücken. Im Gegenzug belohnte Anton mich mit teuren Souvenirs, Seidentüchern und Schmuck. Auf diese Weise war es für uns beide einfacher. Zumindest war es das, bis ich Anneliese begegnete und Sophie sah. Das war, wie man so schön sagt, ein Wendepunkt.«

»Was hast du getan?«

»Ich bat sie herein.«

»Du hast sie hereingebeten?«

Olivia lächelte. »Du scheinst überrascht zu sein.«

»Ich weiß nicht, ob ich so entgegenkommend gewesen wäre.«

»Es hatte nichts mit Entgegenkommen zu tun. Ich musste herausfinden, warum sie sich drei Jahre nach Sophies Geburt in unserem Haus blicken ließ, und ich wollte auf keinen Fall, dass einer der Nachbarn mithörte. Es gab genug Klatsch und Tratsch unter den gelangweilten Hausfrauen in unserer Straße.« Olivia lachte. »Wie du dir vorstellen kannst, ist Putzen, Kochen und Wäschewaschen auf die Dauer nicht sehr unterhaltsam.«

Ich ertappte mich, mit ihr zu lachen. Und ich mochte sie. Ich hoffte, sie empfand das Gleiche für mich. »Was geschah dann?«

Olivia hörte auf zu lachen. »Corbin hatte in seinem Zimmer gespielt. Er war damals elf Jahre alt und beschäftigte sich sehr mit dem Bau von Modellflugzeugen. Er kam herausgestürmt, um zu sehen, wer an der Tür war. Annelieses Gesicht verlor jede Farbe, und einen Moment lang dachte ich, sie würde in Ohnmacht fallen. Aus ihrem Gesichtsausdruck, oder dem Fehlen eines solchen, ging klar hervor, dass sie von Corbins Existenz nichts gewusst hatte.«

Ich nickte und versuchte, mir etwas Passendes zu überlegen, aber Olivia redete weiter.

»Ich war zuversichtlich, dass Anton seine Untreue auf Bordromanzen beschränkte, ein weiterer Grund, warum ich sie tolerieren konnte. Annelieses Reaktion schien diese Annahme zu bestätigen, aber es war mehr als das. Trotz seiner Seitensprünge war Anton ein ehrenwerter Mann. Er hätte sich nicht der Verantwortung eines Kindes entzogen. Nicht, wenn er von ihr gewusst hätte.«

»Was geschah dann?«

»Anneliese entschuldigte sich, sagte, sie habe einen Fehler gemacht, und ging, Sophie im Schlepptau.«

Ich spürte, wie mich die Enttäuschung erdrückte. Ich hatte naiverweise geglaubt, dass Olivia die Antwort auf alle meine Fragen haben würde. Stattdessen hatte sie mich zu Anneliese geführt und mich hängen lassen. »Hattest du Anton von ihrem Besuch erzählt? Von deinem Verdacht bezüglich Sophie?«

»Ja, und diese Entscheidung verfolgt mich seither jeden Tag.«

»Warum verfolgt sie dich?«

»Zwei Wochen nachdem Anneliese zu mir kam, klopfte die kleine Sophie an die Haustür ihrer Nachbarin. Sie weinte und brabbelte etwas von einem bösen Mann und ihrer Mami. Die Nachbarin versuchte, die Haustür zu öffnen und fand sie unverschlossen. Anneliese lag drinnen mit dem Gesicht nach unten auf dem Küchenboden. Der Gerichtsmediziner stellte fest, dass sie mit einem stumpfen Gegenstand auf den Hinterkopf geschlagen wurde. Sie war sofort tot. Annelieses Ehemann, Horst Frankow, war der

Hauptverdächtige. Es ist immer der Ehepartner oder der Liebhaber, nicht wahr?«

»Ich kann nicht behaupten, ein Experte zu sein. In Büchern und im Fernsehen wird es jedenfalls immer so hingestellt.«

Olivia stimmte mit dieser Aussage überein.

»Was ist aus Horst Frankow geworden?«

»Laut der Zeitung behaupteten Nachbarn und Freunde, dass Horst oft ohne Provokation in einen Eifersuchtsanfall ausbrach. Es gab auch Hinweise auf Misshandlungen, blaue Flecken und dergleichen.«

Das war eine gute Erklärung dafür, warum Sophie bei einer Pflegefamilie gelandet war. Es erinnerte mich auch daran, dass ich der Suche in den Zeitungsarchiven mehr Priorität einräumen sollte. »Sophie sagte etwas über einen bösen Mann. Sicherlich würde sie ihren Vater nicht so bezeichnen.«

»Das sollte man meinen, aber ich bezweifle, dass das Wort einer Dreijährigen viel Gewicht hatte, besonders damals. Unabhängig davon muss es genug Beweise gegen Horst gegeben haben, damit die Polizei ihn verhaften konnte. Er wurde wegen Mordes angeklagt und wegen Totschlags verurteilt. Das Urteil lautete auf lebenslange Haft, die in der Strafanstalt von Kingston zu verbüßen war. Er starb drei Wochen nach seiner Inhaftierung, nachdem er von einem anderen Häftling in der Dusche erstochen worden war. Er hatte nicht einmal die Chance, offiziell Berufung einzulegen.« Olivia lächelte erbittert. »Offenbar überleben Frauenmörder nicht lange im Gefängnis.«

Der Prozess und der Tod von Horst Frankow waren ein weiterer Punkt, mit dem sich Past & Present befassen sollte. »Es gibt eine Sache, die ich immer noch nicht verstehe.«

»Die wäre?«

»Du sagtest, dass die Entscheidung, Anton von Annelieses

Besuch zu erzählen, dich verfolgte. Du hast nicht gesagt, warum.«

Olivias Augen flackerten zu der kunstvoll geätzten Kristallvase, die mit den roten und weißen Nelken gefüllt war, die ich gestern mitgebracht hatte. Es war ein flüchtiger Blick, so schnell, dass ich mir nicht ganz sicher war, ob ich ihn gesehen hatte. Und dann sagte Olivia die Worte, die sie seit fünf Jahrzehnten verfolgten.

»Die Polizei hatte den stumpfen Gegenstand, mit dem Anneliese getötet wurde, nie gefunden.«

13

WIR SAßEN auf der Terrasse hinterm Haus, tranken Weißwein und aßen Hummus, Pita und verschiedene rohe Gemüsesorten. Ich hatte Chantelle gerade über meine Besuche bei Olivia auf den neusten Stand gebracht.

»Wie sollen wir es Louisa beibringen, dass Anneliese von ihrem Mann ermordet wurde?« fragte Chantelle. »Ich weiß, dass sie ahnt, dass es mit ihrer Großmutter ein schlimmes Ende genommen hatte, aber nicht auf diese Weise.«

Ich hatte Chantelle nicht alles erzählt. Obwohl ich ihr alles berichtete, was Olivia mir anvertraut hatte, einschließlich Anton Osgoodes Position als Einkäufer für Eaton's, seine Beziehung zu Anneliese und seine andauernde Treulosigkeit seiner Frau gegenüber, hatte ich ihr nichts von der Kristallvase erzählt. Es war ja nicht so, dass Olivia direkt gesagt hätte, dass sie ihren Mann verdächtigte, auf Annelieses Kopf eingeschlagen zu haben. Es war durchaus möglich, dass ihr Blick auf die Vase nichts zu bedeuten hatte und ich mehr als nötig hineininterpretierte.

Aber mein Gefühl sagte mir, dass Olivia glaubte, Anton sei der böse Mann, den die kleine Sophie gesehen hatte, der ihre

Mutter tötete. Und dass sie diese Schuld daran den Rest ihres Lebens mit sich herumtrug.

Ich wollte Olivia nach der Vase fragen. Die kunstvoll eingeätzte Abbildung stellte eine Kornblume, zwei Vögel, die ein Band in ihren Schnäbeln hielten sowie einen Briefumschlag unter einem der Vögel, dar. War es ein Geschenk für Anneliese, etwas, das Anton als Einkäufer für Eaton's aus England mitgebracht hatte? Wenn ja, wie war die Vase in Olivias Besitz gekommen?

Es war nicht der richtige Zeitpunkt gewesen, sie danach zu fragen. Wenn ich Olivia zu sehr gedrängt hätte, hätte sie vielleicht aufgehört zu reden, oder noch schlimmer, mich nie wieder eingeladen. Und ich wollte unbedingt wieder von ihr eingeladen werden.

Ein fast unmerkliches Gähnen von ihr hatte mich veranlasst ihr anzubieten, sie bei meinem nächsten Besuch zum Mittagessen einzuladen. Bei der Eile, mit der sie zustimmte, wurde mir klar, wie sehr sie sich nach Gesellschaft und einem Ausflug sehnte. Ich versprach, sie in ein paar Tagen anzurufen, um ein Datum, eine Uhrzeit und einen Ort zu vereinbaren.

»Hallo Callie, wo bist du?«, fragte Chantelle lachend.

Ich zwang mich, in die Gegenwart zurückzukehren. »Es tut mir leid, ich habe an Olivia gedacht. Ich mag sie. Schwer zu glauben, dass ich ein Mitglied der Familie Osgoode gern haben könnte, nicht wahr? Wie dem auch sei, um deine Frage zu beantworten: Wir sagen Louisa nichts. Nicht, bevor wir so viele Fakten wie möglich haben. Die dreijährige Sophie brabbelte etwas von einem bösen Mann, als sie zum Nachbarhaus rannte. Sie litt ihr ganzes Leben lang unter Albträumen davon. Ich glaube nicht, dass sie Horst, den Mann, den sie als ihren Vater kannte, als einen bösen Mann bezeichnet hätte. Sie hätte eher etwas gesagt wie: „Mein Papa hat meine Mama geschlagen" oder etwas in dieser Art.«

»Was willst du damit sagen?«

»Ich will damit sagen, dass wir so viel wie möglich über den Mord herausfinden müssen. Vielleicht können wir am Ende sogar Horst Frankows Namen reinwaschen.«

Chantelle trank einen Schluck von ihrem Wein. »Das kompliziert die Sache zwar etwas, aber ich würde es gerne versuchen.«

Wir stießen auf diese Entscheidung an. Ich hoffte, dass die Entlastung von Horst Frankow nicht auf Kosten der Entdeckung der eventuellen Schuld von Anton Osgoode ging.

»Noch eine Sache«, sagte Chantelle. »Ich weiß nicht genau, wie ich es sagen soll, aber ... scheint es nicht mehr als ein Zufall zu sein, dass unser erster Fall deine Familie betrifft?«

»Das kam mir auch schon in den Sinn«, gab ich zu und erinnerte mich an die Suche nach meiner Mutter, die versteckten Hinweise und die zurückgehaltenen Informationen. »Andererseits hat Louisa uns da vielleicht auf eine Spur gebracht. Oder Anneliese vermittelt eine Nachricht aus dem Jenseits. Ich weiß nur, dass ich herausfinden muss, wohin diese Spur führt.«

»Gut und schön, aber wo fangen wir an? Wie geht man vor, um einen alten Mordfall zu untersuchen?«

»Der Mord an der jungen Mutter eines dreijährigen Mädchens, der Ehemann angeklagt und verurteilt, das muss Schlagzeilen gemacht haben, besonders damals. Ich habe vor, nächste Woche die Stadtbibliothek von Toronto zu besuchen.«

»Guter Plan, aber was ist mit anderen Ressourcen? Meinst du, Leith Hampton könnte uns in die richtige Richtung lenken?«

Der Gedanke, Leith Hampton anzurufen, gefiel mir nicht, aber zuerst gefiel es mir auch nicht Olivia zu kontaktieren, was sich letztendlich jedoch als gute Idee herausgestellt hatte. Wenn ich dem Fall Louisa Frankow gerecht werden wollte, musste ich meine persönlichen Gefühle aus dem Spiel lassen. »Ich werde ihn morgen anrufen. So, genug Geschäftliches für heute.«

Wir bestellten Pizza und öffneten eine zweite Flasche Chardonnay; eine weitere kühlte in einem Weinkühler aus Terrakotta, einem Haus-Einweihungsgeschenk von Royce Ashford. Ich spürte, wie mein Gesicht bei dem Gedanken an Royce errötete. Wir hatten uns nicht mehr gesehen, seit er die kleinen Renovierungsarbeiten am Haus abgeschlossen hatte. Unsere Freundschaft war noch nicht wirklich in das Stadium einer Beziehung übergegangen, aber ich vermisste ihn, und ich vermisste es, ihn als Nachbarn zu haben. Ich notierte mir, dass ich ihn anrufen und zum Essen einladen würde. Er liebte meine Lasagne. Das alte Sprichwort, dass der Weg zum Herzen eines Mannes durch seinen Magen führt, schien mir unglaublich altmodisch, aber ich ertappte mich dabei, wie ich das Essen plante.

LEITH WAR NICHT IM BÜRO, als ich ihn am Morgen anrief, aber seine Empfangsdame versicherte mir, dass er am frühen Nachmittag, nachdem er vom Gericht zurückkehren würde, verfügbar sein würde. Ich besuchte die Facebook-Seite von Past & Present und war erfreut zu sehen, dass Mistys erste Tarot-Nachricht bereits Dutzende Likes und Kommentare erhalten hatte. Misty antwortete prompt, und ihre Antworten waren sowohl wortgewandt als auch unterhaltsam.

Inspiriert von Mistys Erfolg, beschloss ich, eine Seite mit dem Titel *Recherche* zu erstellen. Ich fügte ein anklickbares Sidebar-Widget auf unserer Hauptseite ein und nannte es „Recherche- Unterstützung gesucht". Mein Plan war, einen neuen Facebook-Beitrag zu verfassen und ihn auf der Webseite zu duplizieren.

Ich hatte gelernt, dass Facebook-Beiträge zum Beispiel Tierfotos oder Videos enthalten sollten, um Ergebnisse zu erzielen. Ich googelte „1952 Züge, Kanada" und fand ein paar passende Fotos. Ich wählte ein copyrightfreies Foto eines Zuges aus der damaligen Zeit sowie ein Foto des Bahnhofs Gare du Palais in Quebec City aus und fügte eine Nachricht hinzu, in der ich nach Informationen über Zugreisen von Quebec City nach Toronto im Jahr 1952 bat.

Ich war gespannt, ob Chantelle bereits eine Antwort vom kanadischen Einwanderungsmuseum erhalten hatte. Wir waren so damit beschäftigt gewesen, über Olivia und Anton zu sprechen, dass wir uns über nichts anderes unterhalten hatten. Ich wollte sie gerade kurz anrufen, als mein Telefon klingelte. Ich überprüfte die Anrufanzeige. Leith Hampton.

»Leith, danke, dass du mich zurückrufst.«

»Wie ist es dir ergangen, Callie? Ich weiß, dass du das Haus am Snapdragon Circle verkauft hast.«

Ich informierte ihn über den Kauf des Gebäudes in der Edward Street und die Gründung von Past & Present Investigations. Sein Schweigen, während ich weiterplauderte, sprach Bände. Leith war kein großer Fan von meinen Detektivabenteuern.

»Ich nehme an, dieser Anruf hat etwas mit diesem neuen Geschäftsvorhaben zu tun?«

»Du hast richtig vermutet. Ich versuche mehr über einen Mord herausfinden, der sich 1956 ereignet hatte. Ich dachte, du könntest mir vielleicht helfen.«

»Neunzehnhundertsechsundfünfzig. Das ist wirklich lange her. Leider ist das nicht mein Fachgebiet, und ich habe nächste Woche einen großen Fall vor Gericht. Ich kann dir aber jemanden empfehlen, der dir vielleicht helfen könnte. Ein Kollege namens Howard Portland. Er ist schon seit Jahren im Ruhestand, aber früher war er einer der besten Strafverteidiger in Toronto. Er hat mich mehr als einmal besiegt, was ich ihm nicht übel nehme. Vor ein paar Wochen habe ich mit ihm zu Abend gegessen. Er schreibt einen Kriminalroman, der in den

1950er Jahren spielt, und wenn dir jemand helfen kann, dann Howard. Lass ihn wissen, dass ich dich empfohlen habe.« Leith ratterte die Telefonnummer herunter und wünschte mir Glück.

Ich rief die Nummer an. Nach dreimaligem Klingeln meldete sich eine Baritonstimme. »Portland.«

»Mister Portland. Howard. Mein Name ist Callie Barnstable. Ich bin die Mitinhaberin von Past & Present Investigations. Leith Hampton gab mir Ihre Telefonnummer.«

»Tatsächlich? In diesem Fall können Sie mich Mister Portland nennen.« Er gluckste. »War nur ein Scherz. Howard ist in Ordnung. Was kann ich für Sie tun?«

»Wir arbeiten an einem Fall, bei dem es um einen Mord aus dem Jahr 1956 geht. Leith schien zu glauben, dass Sie uns helfen könnten.«

»Wobei helfen?«

»Recherchen, Ressourcen, alle Informationen oder Einblicke, die Sie bereit sind zu geben. Die Informationen, die wir im Moment haben, sind lückenhaft und oberflächlich. Ich hatte gehofft, einige der Lücken füllen zu können.«

»Ich kann es versuchen, aber ich ziehe es vor, Sie persönlich kennenzulernen. Wenn es Ihnen nichts ausmacht.«

»Überhaupt nicht, ich würde es sogar befürworten. Wo möchten Sie sich mit mir treffen?«

»Wo befindet sich Ihr Büro?«

»Marketville«.

Portland lachte. »Das gibt's doch nicht. Dort wohne ich auch.«

Wir verabredeten uns für zehn Uhr am nächsten Morgen, wobei ich versprach, unbegrenzt schwarzen Kaffee nachzufüllen, und Howard darauf bestand, dass kein Essen erforderlich sei. Ich wusste, dass ich Chantelle anrufen und sie einladen sollte, aber ich wollte noch nicht über Anton Osgoodes mögliche Beteiligung sprechen, und wusste nicht, ob dies zur Sprache kommen würde. Ich rechtfertigte meine Entscheidung, indem ich mir sagte, dass sie mit ihrem Job im Fitnessstudio und ihrer Ahnenforschung schon genug zu tun hatte.

Verleugnung kann eine wunderbare Sache sein.

14

———————

Howard Portland war ein glatt rasierter, athletisch aussehender Mann in den späten Sechzigern mit kurz geschnittenen stahlgrauen Haaren, buschigen weißen Augenbrauen und stechenden graublauen Augen, die durch eine schlichte Drahtgestellbrille noch intensiver wirkten. Er trug ein blau-goldenes Boston-Marathon-T-Shirt, und ich erkannte ihn als einen der Schnellläufer aus meiner sonntäglichen Laufgruppe wieder. Allerdings hatten wir nie mehr als ein paar Worte zur Begrüßung gewechselt. Er lächelte anerkennend, stellte seine braune Lederaktentasche auf dem Boden ab und schüttelte mir mit festem, aber freundlichem Druck die Hand. Wir unterhielten uns kurz über den Laufsportverein, die Verrücktheit, jeden Sonntag bei Wind und Wetter in aller Herrgottsfrühe aufzustehen, und über unsere zukünftigen Pläne an Rennen teilzunehmen. Es stellte sich heraus, dass wir beide vorhatten, im März an dem dreißig Kilometer langen *Around the Bay*-Straßenlauf in Hamilton teilzunehmen - er zum fünften Mal, ich zum ersten Mal. Ich stellte mir vor, dass Howard schon auf halbem Weg zu Hause sein würde, bevor ich das Endziel erreichen würde.

Nachdem die Höflichkeiten ausgetauscht und der Kaffee gekocht und eingeschenkt waren, kamen wir zur Sache.

»Erzählen Sie mir zuerst alles, was Sie über den Fall wissen«, sagte Howard. »Lassen Sie nichts aus. Das kleinste Detail könnte von Bedeutung sein.«

»Ich weiß nur, was meine Urgroßmutter, Olivia Osgoode, mir erzählte. Sie ist einundneunzig Jahre alt und hatte ein Hühnchen mit der ermordeten Frau zu rupfen.«

Howard grinste. »Warum?«

»Die ermordete Frau hatte eine Affäre mit ihrem Mann.«

»Das war ein guter Grund. Was wissen Sie über das Opfer?«

»Ihr Name war Anneliese Ruth Frankow, geborene Prei. Sie stammte ursprünglich aus Deutschland, wanderte nach dem Krieg nach Nottingham, England und dann im Juli 1952 nach Toronto aus, um einen Mann namens Horst Frankow zu heiraten. Ich weiß noch nicht viel über Horst, aber ich vermute, dass sie beide deutsche Auswanderer waren, die sich in Nottingham kennengelernt hatten. Die Heirat fand im Oktober statt.« Ich hielt inne, denn ich wusste, dass ich den Punkt erreicht hatte, an dem es kein Zurück mehr gab.

Howard bemerkte das Zögern. »Was verschweigen Sie mir?«

»Mein Urgroßvater, Anton Osgoode, Olivias Ehemann. Es gibt Grund zur Annahme, dass er es war, der die Affäre mit Anneliese hatte.«

»Vielleicht sollten Sie nochmal ganz von vorne anfangen.«

Ich brachte Howard auf den neuesten Stand, und berichtete ihm über Louisas Suche nach mehr Informationen über ihre Großmutter und über den Zufall, dass in Sophies Taufurkunde Anneliese Frankow und Anton Osgoode als ihre Eltern aufgeführt sind.

»Ich stehe meinen Großeltern auf beiden Seiten nicht sehr nahe - eine lange Geschichte, die mit dem vorliegenden Fall nichts zu tun hat. Bis ich Olivia kennenlernte, hatte ich noch nie Kontakt mit meinen Urgroßeltern, habe aber jetzt begonnen, einen Stammbaum zu erstellen. Ich wusste, dass Anton Osgoode mein Urgroßvater war. Seinen Namen auf Sophies Taufschein zu finden, das war ... unerwartet.«

»Das kann ich mir vorstellen. Ist Anton noch am Leben?«

»Er starb 1987 im Alter von sechsundsechzig Jahren. Ich besuchte Olivia im Cedar County Seniorenwohnheim, hoffte das Beste und erwartete das Schlimmste.« Ich lächelte. »Ich fand tatsächlich Gefallen an ihrer Gesellschaft. Sie erzählte mir, dass Anton ein treuloser Ehemann war, und dass sie die Entscheidung getroffen hatte, dies zu ignorieren.«

»Das ist nicht so ungewöhnlich, wie Sie vielleicht denken, vor allem für diese Generation. Scheidung war ein Schimpfwort, und Geschiedene wurden mit großem Misstrauen betrachtet. Wusste Olivia von dem Kind?«

»Anfangs nicht.« Ich erzählte ihm von Annelieses Besuch mit der kleinen Sophie im Schlepptau. »Anneliese ging, als Corbin aus seinem Zimmer kam, um zu sehen, wer an der Tür war.«

»Anneliese hatte also nichts von Corbins Existenz gewusst.«

»Das ist der allgemeine Konsens«.

»Was hat es mit dem Mord auf sich?«

»Anneliese wurde, zwei Wochen nachdem sie Olivia besucht hatte, in ihrem eigenen Haus getötet. Die dreijährige Sophie war im Haus, aber ob der Mörder sie gesehen hatte, war nicht bekannt. Man weiß nur, dass sie weinend zu einem Nachbarhaus rannte und von einem bösen Mann erzählte, der ihrer Mama wehgetan hatte. Der Gerichtsmediziner stellte als Todesursache eine stumpfe Gewalteinwirkung auf den Hinterkopf fest. Die Tatwaffe wurde nie gefunden.« Meine Vermutungen über die Vase erwähnte ich nicht. Ich brauchte Howards Hilfe, um die Fakten herauszufinden und um mich nicht in Spekulationen zu verstricken.

»Hatte die Polizei eine Verhaftung vorgenommen?«

»Sie verhafteten Annelieses Mann, Horst Frankow. Klatschbasen in der Nachbarschaft nannten ihn eifersüchtig und jähzornig, und Anneliese hatte oft unerklärliche blaue Flecken. Er wurde des Mordes angeklagt, wegen Totschlags verurteilt und zu lebenslanger Haft in der Kingston Penitentiary verurteilt. Weniger als einen Monat später starb er im Gefängnis. Erstochen in der Dusche, laut Olivia.«

»Kingston Pen war ein Hochsicherheitsgefängnis. Horst Frankow mag ein eifersüchtiger Ehemann gewesen sein, aber er war kein Schwerverbrecher. Er wäre auf das Leben dort schlecht vorbereitet gewesen. Wer immer ihn erstochen hatte, tat ihm vielleicht einen Gefallen. Interessant ist die Verurteilung wegen Totschlags.«

»Wieso?«

»Totschlag würde darauf hindeuten, dass die Verteidigung behauptete, Frankow habe den Mord im Affekt infolge einer plötzlichen Provokation begangen.« Howard öffnete seine Aktentasche und zog ein vergilbtes Dokument mit dem Titel *Statutes of Canada 1953-54* heraus. Er blätterte die Seiten durch, schlug es bei Abschnitt 203 auf und reichte es mir.

Es gab eine Menge juristischen Fachjargon, aber die Quintessenz war, dass eine plötzliche Provokation bedeutete, dass der Angeklagte die Selbstbeherrschung verloren hatte und handelte, bevor er Zeit hatte, seine Leidenschaft abzukühlen. Ich verkniff mir ein Grinsen. In den 1950er Jahren wurden keine politisch korrekten Pronomen verwendet.

»Meiner Meinung nach hatte die Verteidigung Horsts hitziges Temperament zu ihrem Vorteil genutzt«, sagte Howard, als ich ihm das Dokument zurückgab. »Vorsätzlicher Mord hätte mit ziemlicher Sicherheit die Todesstrafe zur Folge gehabt.«

Das war eine plausible Erklärung. »Wo kann ich mehr über den Mord herausfinden?«

Howard hielt inne und überlegte. »Alte Zeitungen wären am einfachsten. In Toronto wären das der *Toronto Star*, das *Toronto Telegram* und, da es sich um einen Mord handelt, würde ich auch die *Globe and Mail* überprüfen, obwohl sie eine überregionale Zeitung ist. Eine junge Mutter, die in ihrem eigenen Haus ermordet wurde, vor allem im Jahr 1956, hätte landesweit Aufmerksamkeit erregt.«

Ich hatte vor, mir die Archive des *Toronto Star anzusehen*, aber die *Globe and Mail* hatte ich nicht in Betracht gezogen, und vom *Toronto Telegram* hatte ich noch nie gehört.

»Ich kenne das *Telegram* nicht«, sagte ich.

»Kein Wunder, bei Ihrem Alter«, sagte Howard. »Die letzte Ausgabe des *Tely* erschien Ende Oktober 1971. Alle reden heute über den schlechten Zustand der Printmedien, aber selbst damals war es keine Lizenz zum Geldverdienen. Das *Telegram* wurde nach anhaltenden finanziellen Schwierigkeiten eingestellt. Das hinderte die *Toronto Sun* nicht daran, im November ihre erste Zeitung mit vielen der gleichen Journalisten und Mitarbeiter herauszugeben. Die *Sun* unterstützte, wie ihre Vorgängerin, weiterhin die politische Agenda der Progressiven Konservativen Partei, während der *Star* schon immer die Liberalen vertrat.«

Ich erinnerte mich daran, wie Royce mir sagte, dass man der wahren Geschichte näher kommt, wenn man die verschiedenen Versionen in den verschiedenen Zeitungen liest - ein Grund, warum er die *Sun*, den *Star* und die *Globe* abonnierte. »Wo finde ich Archive für das *Telegram*?«

»Ich glaube nicht, dass es für das *Telegram* ein öffentlich zugängliches Zeitungsarchiv gibt«, sagte Howard, »aber die *Fotosammlung des Toronto Telegram* wird von den Archiven und Sondersammlungen der York University verwaltet. Die Sammlung ist recht umfangreich. Selbst ohne Zugriff auf die gesamte Sammlung der Universität sind weit über zehntausend Fotos online.«

Ich spürte eine gewisse Aufregung. Sicherlich würde es wenigstens ein Foto von diesem Fall, wenn nicht sogar mehr, in der Sammlung des *Toronto Telegram* geben. Es würde viel Zeit in Anspruch nehmen, aber wenigstens konnte ich es bequem von Edward Street 300 aus erledigen. Ich war gerade dabei, die Informationen aufzuschreiben, als Howard mir den Tag versüßte.

»Sie wissen doch sicher, dass die Stadtbibliothek von Toronto jetzt eine umfassende Online-Referenzbibliothek hat, die auch den *Star* und die *Globe and Mail* enthält.«

Online-Aufzeichnungen? Das heißt, keine Mikrofilme? »Bis eben wusste ich das nicht, aber danke. Können Sie sonst noch etwas empfehlen?«

Howard nickte. »Die Archive von Ontario verfügen über alle Publikationen von Strafregistereinträgen, die von der polizeilichen Untersuchung einer Straftat über die Gerichtsverhandlung und die Verurteilung bis hin zur anschließenden Inhaftierung, Bewährung oder Entlassung auf Bewährung reichen.« Er deutete auf meinen Computer. »Wie wäre es, wenn ich den Link für Sie suche?«

Ich drehte den Bildschirm und schob die Tastatur zu ihm hin.

Howards Tippgeschwindigkeit war ebenso beeindruckend wie sein Laufstil. »Bitte sehr«, sagte er, nachdem kaum eine Minute vergangen war.

Die PDF-Datei trug den Titel *Criminal Justice Records at the Archives of Ontario*. Das Inhaltsverzeichnis enthielt eine Einführung und sechs Suchkategorien: Ermittlungsakten, Strafverfolgungs- und Anklageschriften, Gerichtsakten, Richterbücher und Urteile, Strafvollzugsakten sowie Bewährungsprotokolle und Bewährungsakten.

Ich wollte aufspringen und Howard umarmen, aber ich vermutete, dass er nicht der Typ war, der zu

Gefühlsausbrüchen neigte, es sei denn, ein „High Five" nach einem Lauf zählte als Gefühlsausdruck.

»Das ist eine großartige Ressource. Ich hatte keine Ahnung, dass sie existiert.«

»Sie wären irgendwann schon darauf gestoßen. Ich habe Ihnen nur ein bisschen Zeit erspart.« Howard erhob sich und machte sich auf den Weg zur Eingangstür. »Rufen Sie mich an, wenn Sie Hilfe bei der Suche brauchen, oder noch besser, rufen Sie das Archiv von Ontario an. Die Archivare sind sehr hilfsbereit.«

»Das werde ich tun. Ich danke Ihnen für alles.«

»Für eine Laufpartnerin tue ich alles, aber ich möchte Sie davor warnen, sich zu große Hoffnungen zu machen. Viele alte Akten haben den Transfer von dem Ort, an dem sie ursprünglich gelagert wurden, zu den Archiven von Ontario nicht geschafft. Aber vielleicht haben Sie ja Glück.«

Glück haben? Zum ersten Mal, seit ich von dem Mord an Anneliese Frankow und Horsts Inhaftierung erfahren hatte, fühlte ich mich wieder Herr der Lage, und Glück hatte absolut nichts damit zu tun. Ich ermittelte, Schritt für Schritt, von der Vergangenheit bis zur Gegenwart, und ich tat es mit ein wenig Hilfe meiner alten und neuen Freunde.

15

DIE EINFÜHRUNG in die *Criminal Justice Records at the Archives of Ontario* machte deutlich, dass für den Zugang zu den Dokumenten eine Genehmigung erforderlich war. Eine schnelle Überprüfung der einzelnen Kategorien verdeutlichte die Kriterien und begrenzte möglicherweise den Umfang meiner Suche. Zunächst musste ich jedoch herausfinden, auf welche Dokumente ich zugreifen wollte. Es gab einen Link zu einer Online-Datenbank, die zusätzlich zur PDF-Datei verwendet werden konnte. Na gut. Ich würde ganz am Anfang beginnen und sehen, wohin mich das führt.

Die erste Kategorie, Ermittlungsakten, war eine Sackgasse:

Das Archiv von Ontario verfügt über Aufzeichnungen von Ermittlungen und Untersuchungen, die von der Provinzpolizei von Ontario (Ontario Provincial Police, OPP), den örtlichen Gerichtsmedizinern, dem Zentrum für forensische Wissenschaften und dem Brandinspektor durchgeführt wurden. Bitte beachten Sie, dass das Archiv über keine Unterlagen von kommunalen, regionalen oder nationalen Polizeidiensten (z. B. RCMP) verfügt.

Da der Mord in Toronto begangen wurde, hätte die Polizei von Toronto den Fall untersucht. Oder auch nicht? Im Jahr 1956 könnte eventuell die OPP zuständig gewesen sein. Ich öffnete ein neues Fenster, suchte nach Toronto Police und fand einen Wikipedia-Eintrag:

Der Toronto Police Service ist die Polizeibehörde von Toronto, Ontario, Kanada. Sie wurde 1834 als erste städtische Polizeibehörde in Nordamerika gegründet und ist eine der ältesten Polizeibehörden im englischsprachigen Raum.

Als nächstes sah ich auf der Webseite der Polizei von Toronto nach und musste zu meiner Enttäuschung feststellen, dass Kopien von Polizeiberichten nur für die an dem Vorfall beteiligten Parteien oder deren Vertreter mit deren Zustimmung verfügbar waren.

Im nächsten Abschnitt waren die „Ermittlungsakten" und „Gerichtsmedizinische Akten" aufgeführt. Sie waren nach Gebiet und Datumsbereich aufgelistet, enthielten aber nichts für Toronto, allerdings gab es einen Eintrag für York County. Ich wusste, dass Toronto York County sich mit Metropolitan Toronto zusammengeschlossen hatte. Eine schnelle Wiki-Suche ergab, dass dies 1953 geschah, was aber keine Rolle spielte. Die verfügbaren Aufzeichnungen der Gerichtsmedizin endeten 1955, ein Jahr vor dem Mord an Anneliese Frankow.

Die Akten des Zentrums für forensische Wissenschaften kamen als nächstes, und die Details waren ermutigend:

Führt forensische Dienstleistungen für Polizeikräfte in ganz Ontario aus. Die Akten enthalten in der Regel einen Polizeibericht, in dem der Tatort und die gefundenen Beweismittel beschrieben werden, die Notizen, die das Laborpersonal bei der Untersuchung der eingereichten

Proben gemacht hat, sowie den Bericht des Labors an die Polizei.

Ich klickte auf den Link und wurde auf die Archivseite für forensische Wissenschaften weitergeleitet. Ich verspürte einen leisen Hauch der Hoffnung, als ich die verfügbare Zeitspanne sah: 1932-1961.

Doch dieser verschwand schnell.

Die Akten der Jahre 1931 bis 1951 waren in alphabetischer Reihenfolge geordnet. Die Akten der Jahre 1951 bis 1961 waren nach Aktenzeichen geordnet. Für diese Serie gab es weder ein Verzeichnis noch eine Suchhilfe.

Ich hätte vielleicht eine Chance gehabt, die richtige Akte über eine alphabetische Suche anzufordern, aber ich hatte keine Hoffnung, das Aktenzeichen herauszufinden. Wäre es möglich, Akten nach Datum anzufordern und sie nach dem Frankow-Mord zu durchsuchen? Ich zog einen gelben Notizblock aus einer Schublade und machte mir einen Vermerk. Möglicherweise könnte dies zu mehr Fragen als Antworten führen. Eine Liste würde diese Fragen überschaubar machen.

Nachdem die Kategorie Ermittlungsakten erschöpft war, ging ich zur nächsten Kategorie auf der PDF-Datei, Staatsanwaltschaft und Anklageschriften, und sah mir die verfügbaren Optionen an. Die Akten der Staatsanwaltschaft zur Anklageerhebung zwischen 1865-1984 sahen versprechend aus. Ich las mir die Beschreibung noch einmal durch.

Diese Akten wurden vom Staatsanwalt bei der Verfolgung eines Strafverfahrens vor dem Friedensgericht, dem Strafgericht des Bezirksgerichts, dem High Court of Ontario oder dem Supreme Court of Ontario angelegt. Jede Fallakte enthält den Namen des Angeklagten, die Anklage und das Plädoyer, die Daten der Gerichtstermine, die Prozessnotizen, die Namen der Zeugen, das Urteil und die Strafe. Die Akte enthält auch eine Kopie des ursprünglichen Tatberichts und eine Zusammenfassung der polizeilichen Ermittlungen. Weitere Informationen erhalten Sie, wenn Sie in der Beschreibungsdatenbank des Archivs nach dem Begriff „Staatsanwalt" und dem Namen des betreffenden Landkreises oder Bezirks suchen.

Ich klickte auf den Link der erwähnten Datenbank und gab „Staatsanwalt, York County, Toronto" ein, und nach kurzem Überlegen fügte ich „1956" hinzu, um die Suche zu verfeinern. Trotzdem erhielt ich eine Liste mit noch einundfünfzig Einträgen, in der die Schlüsselwörter hervorgehoben waren. Nur ein Eintrag erfüllte alle drei Kriterien: Summarische Strafurteile-Berufungsakten von York County. Was York County betraf, war dies kein Problem, da Toronto vor der Zusammenlegung zu York County gehörte. Was jedoch die Berufungsakten anging, gab es ein Problem. Die Staatsanwaltschaft hatte den Fall gewonnen. Für die Staatsanwaltschaft hätte es keinen Grund gegeben, in Berufung zu gehen. Und Horst war im Gefängnis ermordet worden, bevor er die Möglichkeit zur Berufung hatte.

Ich stand auf und streckte mich, um die Verspannungen in meinem Nacken und meinen Schultern zu lösen. Gerichtsakten, die nächste große Kategorie auf dem PDF, konnte eine halbe Stunde warten. Es war an der Zeit, etwas Stress abzubauen. Es war Zeit für einen Drei-Meilen-Lauf.

Es GEHÖRTE zu einer meiner Lieblingsbeschäftigungen, dem zwölf Meilen langen asphaltierten Wegesystem, das durch das

Stadtzentrum von Marketville verlief und entlang dem Dutch River durch Parks und Grünanlagen, vorbei an Sumpfgebieten und historischen Stätten, zu laufen. Kurz gesagt, ein Paradies für Läufer. Und was noch besser war: Das Wegenetz war nur wenige Schritte von meiner neuen Wohnung in der Edward Street entfernt.

Andere Läufer, händchenhaltende Paare und Mütter mit Babys in Kinderwagen genossen ebenfalls die Strecke. Ich lächelte, als ich an ihnen vorbeilief, und erhielt ein Nicken, ein Winken und gelegentlich ein „High Five" von ihnen. In Anbetracht des bevorstehenden *Around the Bay-Rennens*, das in einigen Monaten stattfinden würde, konzentriere ich mich bei den meisten meiner Läufe auf das Training: Schnelligkeitsübungen, um schneller zu werden, Zeit- und Langstreckenläufe, um die Ausdauer zu verbessern, Wiederholungsläufe am Berg für Kraft und Ausdauer. Beim heutigen Lauf ging es vor allem darum, den Kopf frei zu bekommen, damit ich mich auf die anstehende Aufgabe konzentrieren konnte. Das war ich Louisa Frankow schuldig.

Das war ich Anneliese schuldig.

GESTÄRKT DURCH DEN LAUF, einem schnellen Mittagessen, bestehend aus einem gegrillten Käsesandwich und Tomatensuppe, und einer anschließend noch schnelleren Dusche, goss ich mir eine Tasse Zimt-Rooibos-Tee ein und machte mich an die Arbeit, den Rest der verfügbaren Optionen des Archivs von Ontario in Angriff zu nehmen.

Jetzt, wo ich entspannt und tatenbereit war, erschien die Aufgabe, die vor mir lag, nicht mehr ganz so gewaltig, wie ich zuerst gedacht hatte. Von den vier verbliebenen Kategorien schien nur die Kategorie Gerichtsakten in Frage zu kommen. Strafregisterauszüge waren auf Personen, die zu einer

Gefängnisstrafe von weniger als zwei Jahren verurteilt wurden, und auf die meistens jugendlichen Straftäter, beschränkt. Bewährungs- und Entlassungsakten waren eindeutig nicht zutreffend, und Richterbücher und Urteile waren für Fälle gedacht, die mehr als fünfundsiebzig Jahre alt waren, mit der zusätzlichen Anforderung für den Namen des Richters.

Okay, dann war es eben Gerichtsakten. Eine Anforderung an die Datenbank der Archive mit dem Begriff „Strafakten" und dem Namen des betreffenden Bezirks zu durchsuchen, veranlasste mich, auf einen weiteren Link zu klicken. Ich gab „Strafakten, Toronto, 1956" in die Stichwortsuche ein. Von den einhundertfünfzehn Einträgen wies kein einziger alle drei gemeinsamen Nenner auf. Offenbar war 1956 ein sehr schlechtes Jahr, was die Archivierung von Akten anging. Noch mehr Pech.

Meine letzte Hoffnung im Archiv der Gerichtsakten waren die verschiedenen Bücher, die mit Strafprozessen zusammenhingen. Dazu gehörten die Protokollbücher, ein kurzer chronologischer Überblick über die vor einem Strafgericht verhandelten Fälle, die Verfahrensbücher für die an einem bestimmten Tag stattfindenden Verhandlungen und die Prozessbücher, die als Tagesplaner dienten. Es gab auch Urteilsbücher, deren Titel selbsterklärend waren, und Beschlussbücher - eine numerisch geordnete und gebundene Aufzeichnung aller vom Gericht erlassenen Verfügungen.

Eine Suche in der Datenbank mit dem empfohlenen Stichwort „Buch" ergab fünf Einträge, alle für Landzuweisungen im neunzehnten Jahrhundert. Ich schlug frustriert mit der Faust auf den Tisch. Wir konnten zwar Optionsscheine für Landzuweisungen aus dem Jahr 1819 archivieren, aber die Unterlagen zu einem Mordfall aus dem Jahr 1956 waren vernichtet worden.

Wurden sie wirklich vernichtet? Vielleicht habe ich einfach

nicht an der richtigen Stelle gesucht. Am Ende gab es eine Kontaktseite mit E-Mail und Telefonnummern.

Unsere Archivare sind zwar nicht in der Lage, Ihre Strafregisterrecherche für Sie durchzuführen, aber sie stehen Ihnen gerne zur Verfügung. Sie können sie anrufen, ihnen per Post oder E-Mail schreiben oder - am besten – besuchen Sie die Archive von Ontario.

Ich hatte keine Lust das Archiv zu besuchen, da ich nicht wusste, ob sich die Fahrt lohnen würde. Ich nahm den Hörer in die Hand und wählte.

Nach der automatischen Begrüßung auf Englisch und Französisch, wählte ich die englische Sprache, und entschied mich für die Option direkt mit einem Archivar zu sprechen. Eine Frau meldete sich, ihr Tonfall war heiter und fröhlich. Ermutigt erzählte ich ihr, dass ich nach einem Mord suche, der sich 1956 in Toronto ereignete, und hoffte, dass sie mir helfen könnte.

»Haben Sie es schon mit unserer Online-Datenbank versucht?«, fragte sie.

»Ja, aber ich weiß nicht, ob ich alles richtig gemacht habe. Ich konnte keine Unterlagen finden.«

»Leider ist es möglich, dass die Unterlagen vernichtet wurden. Nicht alles hat den Transfer überlebt.«

Ich fragte sie nicht, von wo Archive überführt wurden. Es spielte keine Rolle, woher die Dokumente kamen, wenn sie nicht mehr existierten. »Aber es ist doch möglich, dass ich etwas übersehen haben könnte, nicht wahr?«

»Lassen Sie uns Schritt für Schritt nochmal alles durchgehen, um uns zu vergewissern, dass Sie richtig vorgegangen sind. Gehen Sie zurück auf die Archiv-Seite und der Beschreibung der Datei.«

»Erledigt.«

»Geben Sie in der Stichwortsuche „Toronto, York County, strafrechtlich, 1956" ein und drücken Sie dann auf „suchen". Ich werde es gleichzeitig tun.«

Ich war mir ziemlich sicher, dass ich das bereits getan hatte, aber ich versuchte es nun nochmals. Und wieder waren die Unterlagen, die ich suchte, nicht vorhanden.

»Hmmm«, sagte die Frau. »Nichts in dieser Kategorie. Lassen Sie uns einen anderen Ansatz versuchen. Gehen Sie zurück zur Datenbank, löschen Sie das Stichwortfeld und wählen Sie die Option „Erweiterte Suche".«

Ich ging zurück und folgte ihren Anweisungen. »Erledigt.«

»Auf der linken Seite sehen Sie drei grüne Registerkarten. Wählen Sie die mittlere Registerkarte *„Gruppen von Archivalien suchen"*. Geben Sie bei den Stichwörtern „Strafregister, York und Supreme strafrechtlich" ein.«

Eine Liste mit acht Ergebnissen wurde angezeigt. Nur eines enthielt das Jahr 1956, und das hatte ich schon einmal gesehen. Warum hatte Horst Frankow nicht lange genug gelebt, um Berufung einzulegen? Dann hätte es wenigstens eine Aufzeichnung geben können.

»Es tut mir leid, es gibt sonst nichts, wo wir noch suchen könnten«, sagte die fröhliche Stimme am anderen Ende des Telefons. »Wir haben diese Unterlagen nicht.«

Ich wollte gerade auflegen, als mir noch etwas einfiel. »Hätten Sie Einzelheiten zu einem Arbeitsunfall?«

»Ja, insoweit es eine Autopsie gäbe. Wann war der Unfall?«

»Letztes Jahr.«

»Das wäre zu früh für die Archive. Sie könnten sich an das Büro des leitenden Gerichtsmediziners wenden. Ich bin mir nicht sicher, wie man vorgehen muss oder ob Ihnen Einsicht in die Akte gewährt wird.«

Ich hatte den Bericht des Gerichtsmediziners bereits gelesen. Die Einzelheiten über den Tod meines Vaters waren schon beim ersten Mal schwer genug zu lesen gewesen. Ich hatte auch die Berichte des Workplace Safety & Insurance Board und des Arbeitsministeriums mehrmals durchgelesen. Der Sturz meines Vaters aus dem dreißigsten Stock eines Neubaus war darauf zurückzuführen, dass sein Sicherheitsgurt versagt hätte, entweder weil er fehlerhaft oder nicht richtig angelegt worden war. In beiden Berichten stand nichts, was mich weitergebracht hätte, den Mord an meinem Vater zu beweisen, geschweige denn meinen Großvater zu belasten.

Ich legte auf und fühlte mich entmutigt und ziemlich erschlagen. Die Energie und Tatenkraft meines Laufs war nur noch eine ferne Erinnerung. Ich brauchte etwas oder jemanden, der mich aufmunterte.

Ich hätte Chantelle anrufen und sie bitten können, mich bei einem Glas Wein zu trösten, während wir den Fall besprachen, aber ich hatte einfach keine Lust, alles aufzuwärmen, was ich bisher noch nicht konkret erfahren hatte. Ich hätte Arabella zum Abendessen und zu einem längst überfälligen Besuch einladen können, aber da sie Louisa an Past & Present verwiesen hatte, würde sie wahrscheinlich ein Update haben wollen. Ich hätte mir ein neues Outfit kaufen können, aber ich hatte noch nie etwas von Einkaufstherapie gehalten. Ich hätte viele Dinge tun können, einige davon sogar mit Unmengen von Schokolade oder Butter-Pekannuss-Eiscreme.

Stattdessen rief ich Royce an.

16

———

ROYCE MELDETE sich nach dem ersten Klingelton. »Hey«, sagte ich.

»Hey zurück«, sagte er mit warmer Stimme. »Ich habe an dich gedacht.«

Warme Stimme hin oder her, an jemanden denken war nicht dasselbe wie anrufen. Einen Moment lang war es mir peinlich. Ich wollte nicht, dass Royce dachte, ich sei hinter ihm her. Andererseits waren wir doch nun Freunde, oder etwa nicht? Freunde brauchten keinen Vorwand, um einander anzurufen. Außerdem war dies das 21. Jahrhundert. Es war vollkommen akzeptabel, dass Frauen, Männer anriefen.

»Ich habe auch an dich gedacht. Ich könnte etwas Gesellschaft gebrauchen, die nichts mit Past & Present Investigations oder dem Fall, den wir soeben ermitteln, zu tun hat. Es scheint, dass jeder, den ich kenne, auf irgendeine Weise involviert ist. Außer dir natürlich.«

Royce gluckste leise. »Na, da fühle ich mich aber geehrt. Und dabei wollte ich dich gerade anrufen und zu einem Theaterstück einladen.«

»Echt, zu einem Theaterstück?«

»Zu eben einem solchen. Auch Bauunternehmer können das Theater genießen.«

Er sagte es in einem neckischen Ton, aber da sein Vater, ein Börsenmakler, „Royce Contracting" unter seinem Niveau betrachtete, wusste ich, dass er empfindlich sein konnte, wenn es um klischeehafte Ansichten über seinen Beruf ging. Ich beschloss, nicht auf die Bemerkung einzugehen. Was immer ich auch sagen würde, es wäre die falsche Antwort gewesen.

»Ich war schon ewig nicht mehr im Theater. Ich nehme deine Einladung gerne an.«

»Bevor du dich zu sehr darüber ereiferst: Es ist nicht gerade *Kinky Boots* im Royal Alexandra Theater.«

»Ich liebe das Royal Alex, aber ich nehme an, dass es sich um ein lokales Theater handelt?«

»Nicht lokal, wie in Marketville, aber ja, es ist ein regionales Theater. Porsche hat beschlossen, mit der Schauspielerei anzufangen. Sie ist Mitglied einer Repertoiregruppe in Muskoka. Sie führen „*Pygmalion – alias My Fair Lady*" auf. Sie spielt die Rolle der Eliza Doolittle.«

Porsche war die jüngere Schwester von Royce. Ihre gewebten Kissen und neuerdings auch Wandteppiche wurden in gehobenen Boutiquen in Muskoka, wo viele Wohlhabende Ferienhäuser besaßen, und im Einkaufsviertel von Yorkville in Toronto zu astronomischen Preisen verkauft. »Ich hatte keine Ahnung, dass Porsche singen, geschweige denn schauspielern kann.«

»Keiner von uns wusste es, aber Porsche ist immer für eine Überraschung gut. Sie hat fünf Karten für die Eröffnungsmatinee reserviert, die zufällig Ende des Monats stattfindet.«

Fünf Tickets. »Heißt das...«

»Ich fürchte, das tut es. Meine Tante und meine Eltern werden dort sein. Du weißt, was sie von Porsche halten, sie war immer ihr Liebling. Porsche hat einfach angenommen, dass ich ein Date mitbringen würde, und aus irgendeinem Grund dachte sie, dieses Date wärst du. Um ehrlich zu sein, habe ich gezögert, dich einzuladen. Ich weiß, dass es Spannungen geben wird nach... nun, nach letztem Jahr.«

Royce hatte Recht. Beide Seiten hatten nichts füreinander übrig. Die Suche nach der Wahrheit über meine Mutter hatte dafür gesorgt. Aber ich mochte Porsche, und wenn ich eine Beziehung mit Royce haben wollte, musste ich mich mit seiner Familie versöhnen. Die Frage war, ob ich eine Beziehung mit Royce wollte, oder ob es eine platonische Freundschaft bleiben sollte, bei der ich mich nicht mit seiner Familie einlassen musste. Mein Herz sagte Beziehung. Mein Kopf sagte mir, dass ich nicht wieder verletzt werden wollte. Ich schien immer alles zu vermasseln oder bei dem Versuch, dies zu verhindern, das Gegenteil zu bewirken. Mein Vater hatte es den Barnstable-Familienfluch genannt. Ich nannte es Verlierer-Radar. Aber Royce war kein Verlierer. Vielleicht würde es dieses Mal anders sein.

»Was sagst du dazu?« fragte Royce und unterbrach meine Gedanken. »Könntest du dich dazu überwinden? Wir werden in der Öffentlichkeit sein, so dass meine funktionsgestörte Familie sich von ihrer besten Seite zeigen wird. Und es würde Porsche wirklich viel bedeuten.«

»Lass mich darüber nachdenken, okay?«

»Okay.«

Ich hörte den Ton der Enttäuschung in seiner Stimme und versuchte, die Dinge wieder ins Lot zu bringen. »Hey, ich habe dich angerufen, erinnerst du dich? Ich wollte wissen, ob du Interesse an einem Abendessen hast. Ich weiß, es ist Montagabend, aber ich habe eine selbstgemachte Lasagne im Gefrierschrank, die darum bettelt, wieder aufgewärmt zu werden, und alle Zutaten für einen Salat, sofern du Balsamico-Dressing magst.«

»Ich mag Balsamico. Und warum hast du das Gespräch

nicht mit deiner Lasagne eröffnet? Ich bringe den Wein mit. Wann soll ich vorbeikommen?«

»Jederzeit. Ich werde hier sein.«

»Dann sehe ich dich um sechs. Und Callie?«

»Ja?«

»Ich weiß, dass meine Familie dich in der Vergangenheit verletzt hat, und ich kann nichts tun, um das zu ändern. Aber Porsche hatte Recht, als sie annahm, ich würde dich zu ihrem Stück einladen wollen. Ich möchte sehr gerne ein Teil deiner Gegenwart sein, in welcher Form auch immer, Freundschaft oder etwas mehr, obwohl ich ganz offen sagen möchte, dass ich auf das „Mehr" hoffe. Ich hoffe, du hoffst das auch.«

Royce legte auf, bevor ich antworten konnte, und das war auch gut so. Ich hatte darauf keine Antwort.

Ich hatte drei Stunden Zeit, bevor Royce zum Abendessen kommen würde, was mir genug Zeit ließ, um alles vorzubereiten und mich ein wenig auf Vordermann zu bringen. Okay, wem wollte ich was vormachen? Ich hatte vor, mich mehr als nur ein bisschen herauszuputzen. Selbst wenn ich mich besonders zurechtmachen wollte, würde eine halbe Stunde Vorbereitungszeit ausreichen, und die Lasagne würde erst nach Royce' Ankunft in den Ofen wandern. Den Salat zu machen, wenn er hier war, würde mir etwas zu tun geben, während wir Wein tranken und das Thema „wir" vermieden, was immer das auch heißen mochte.

Ich hatte Zeit, unsere Facebook-Seite und meinen Beitrag über Zugfahrpläne von Quebec City nach Toronto im Jahr 1952 zu überprüfen. Es gab mehrere Likes und fünf Kommentare. Die ersten drei waren allgemein gehalten, und obwohl ich das Feedback zu schätzen wusste, waren sie nicht besonders hilfreich:

Ich reiste 1955 mit dem Zug von Toronto nach Moncton, New Brunswick, und musste in Montreal umsteigen.

Tut mir leid, dass ich keine Informationen habe, ich war noch nicht geboren, aber was für eine wunderbare Art und Weise etwas zu recherchieren. So sollte Facebook genutzt werden.

Mein Vater war CN-Schaffner auf der Strecke von Toronto nach Montreal. Ich habe keine Ahnung, wie lange die Fahrt dauerte, aber er blieb immer über Nacht und arbeitete auf der Rückfahrt.

Die letzten beiden Kommentare enthielten etwas mehr Informationen:

Vermutlich legte die Canberra am Morgen in Quebec City an, um Zoll- und Einwanderungsformalitäten zu erledigen. Ein Mittagszug der Canadian Pacific würde etwa 3,5 Stunden gebraucht haben, um den Bahnhof Windsor in Montreal zu erreichen.

Der Reisende benötigte ein oder zwei Stunden, um zum CN-Hauptbahnhof umzusteigen, der nur wenige Blocks entfernt lag. (Das war in den Tagen vor dem CN-CP-Poolzugbetrieb.) Dann benötigte der CN-Schnellzug etwa sechs Stunden (15:30 bis 21:30 Uhr) bis zur Union Station in Toronto.

Das wäre ein Teil des Quebec-Windsor-Korridors gewesen, und eine Fahrt nach Toronto hätte sicherlich in Montreal Halt gemacht. Möglicherweise hätte man an einem der beiden Bahnhöfe in Montreal, Windsor (CPR) oder Central (CNR), umsteigen oder sogar zwischen diesen umsteigen müssen.

Es gab einen Link zu einer Wikipedia-Seite über Windsor Station. Ich klickte auf den Link und scannte den Eintrag. Er bot einen Überblick über die Geschichte des Bahnhofs, der heute ein historischer Ort ist und Büros, ein Hotel und Restaurants beherbergt. Das war zwar interessant, aber für den vorliegenden Fall nicht besonders relevant.

Im fünften und letzten Kommentar wurde eine Webseite namens *Old Time Trains* empfohlen. Ich sah mir die Webseite an und wusste, dass ich fündig geworden war. Es gab Links zu Dutzenden von Artikeln, Geschichten, Fotos und Archiven. Ich fand die Kontakt-Seite und verfasste eine E-Mail.

Hallo. Ich bin auf der Suche nach Informationen über eine deutsche Einwanderin, die nach dem Zweiten Weltkrieg in Nottingham, England, lebte und später mit der T.S.S. Canberra nach Kanada einwanderte, wo sie am 7. Juli 1952 in Quebec City ankam und sich in Toronto niederließ. Welchen Zug hätte sie von Quebec City nach Toronto genommen - ich nehme an, mit einem Zwischenstopp/Umsteigen in Montreal - und wie lange hätte die Reise gedauert? Wäre sie am selben Tag wie das Schiff angekommen? Sind Passagierlisten verfügbar? Ich danke Ihnen im Voraus für alle Informationen, die Sie mir geben können.

Mit freundlichen Grüßen,
Calamity Barnstable, Past & Present Investigations

Ich las die E-Mail noch einmal durch, war mit dem Geschriebenen zufrieden und drückte auf *Senden*. Ich machte mich für Royce' Besuch fertig: eine halbe Stunde Herumhantieren mit meinen Haaren und meinem Make-up, und weitere zwanzig Minuten An- und Ausziehen. Am Ende trug ich eine schwarze Jeans und einen moosfarbenen Pullover, der das Grün meiner schwarz umrandeten haselnussbraunen

Augen betonte. Ich begutachtete mich im Ganzkörperspiegel und war mit meiner Wahl zufrieden. Trotzdem hätte ich mich vielleicht noch ein Dutzend Mal umgezogen, wenn es nicht geklingelt hätte.

Man konnte über Royce sagen, was man will, er war immer pünktlich. Das mochte ich an einem Menschen.

Ich war ehrlich. Ich mochte ihn. Und offenbar mochte er mich auch. Es war erstaunlich, wie sich eine einigermaßen selbstbewusste siebenunddreißigjährige erwachsene Frau beim Klang einer Türklingel in einen sechzehnjährigen Teenager voller Angst verwandeln konnte. Ich wischte mir die Handflächen an meiner Jeans ab und ging zur Tür, um sie zu öffnen.

ROYCE HATTE einen Strauß gemischter Blumen mitgebracht - ein Sonderangebot aus dem Supermarkt, aber trotzdem schön -, sowie ein Baguette und zwei Flaschen australischen Weins: eine weiße und eine rote. Er folgte mir in die Küche, wo ich eine Vase und zwei Weingläser hervorholte. Obwohl die Vase nicht annähernd so kunstvoll war, erinnerte sie mich an die von Olivia. Ich verdrängte den Gedanken aus meinem Kopf. Heute Abend würde ich nicht mehr an den Fall denken.

»Wie ich sehe, hast du an alles gedacht«, sagte ich, stellte die Blumen in die Vase und stellte sie auf den Sims der Durchreiche. Auf diese Weise waren sie sowohl von der Küche als auch vom Büro aus zu sehen. »Vielen Dank.«

»Gern geschehen. Darf ich dir ein Glas Chardonnay einschenken?«

»Du darfst.«

Royce schenkte zuerst mir und dann sich selbst ein Glas Rotwein ein. Ich stellte den Ofen auf Vorheizen und führte Royce zu den bequemen Stühlen an der Durchreiche. Ich hatte schon Platz genommen, als mir auffiel, dass ich meinen Computer angelassen hatte. Ein Büro in meinem Wohnbereich zu haben, hatte seine Nachteile.

»Ich sollte ihn ausschalten. Ich habe für heute schon genug Arbeit erledigt. Ich will nicht in Versuchung kommen, zu googeln, wenn du weg bist.« Ich errötete. »Nicht, dass ich erwarte, dass du gleich nach dem Essen gehst oder so.«

»Ich weiß, was du meinst«, sagte Royce grinsend. »Du hast schon einen Fall an Land gezogen? Beeindruckend.«

Da er gefragt hatte, blieb mir nichts anderes übrig, als ihn über Louisa Frankows Wunsch, mehr über ihre Großmutter zu erfahren, zu informieren, aber ich hielt mich kurz und die Namen anonym. Abgesehen davon, dass ich einen Abend ohne Fachsimpelei verbringen wollte, musste ich auch die Vertraulichkeit der Kundin berücksichtigen. Ich wollte auch nicht über meinen Besuch bei Olivia sprechen. Ein solches Gespräch hätte dazu führen können, dass ich über Royce' Familie gesprochen hätte, ein Thema, das ich so lange wie möglich vermeiden wollte. Als ich ihm gerade von den Facebook-Posts erzählte, ertönte das Backofen-Signal.

»Wenn wir vor Mitternacht essen wollen, muss ich die Lasagne in den Ofen schieben und den Salat zubereiten.«

»Ich helfe dir beim Schneiden und Würfeln.«

Es war sehr eng in der Küche, aber wir arbeiteten Seite an Seite in „kameradschaftlicher" Stille. Es gab viele Möglichkeiten, einen Salat aufzupeppen, aber ich tendierte zu einfachen Zutaten. Römersalat, rote und gelbe Paprika, Champignons, Sellerie. Selbstgemachte Knoblauchbutter-Croutons - wenn ich etwas Knuspriges beifügen wollte, waren mir die Kalorien egal. Der Knoblauch hätte ein Grund zur Sorge sein können, aber er war bereits in der Lasagne, und außerdem würden wir ihn beide essen.

»Croutons?« fragte ich. »Ich kann etwas von dem Brot nehmen, das du mitgebracht hast. Es ist besser, wenn es einen

Tag alt ist, aber es kann trotzdem funktionieren. Für den Balsamico-Öl-Essig-Dip wird noch genügend Brot übrigbleiben.«

»Selbstgemachte Croutons?«

»Gibt es etwa noch andere?«

»Ich habe noch nie selbstgemachte Croutons gegessen. Kann ich helfen?«

Ich nahm eine große Sautierpfanne aus dem Schrank, gab Butter hinein und stellte die Pfanne auf den Herd. »Du kannst die zwei Knoblauchzehen zerkleinern, während ich das Brot vorbereite. Wenn der Knoblauch fertig ist, kannst du die Butter bei mittlerer Hitze schmelzen lassen. Sobald die Butter geschmolzen ist, gibst du den Knoblauch zusammen mit einem Teelöffel Meersalz in die Butter.«

Ich schnitt das Brot in Zentimeter große Würfel, während Royce sich um den Rest kümmerte.

»Sobald die Butter, der Knoblauch und das Salz vermischt sind, fügst du die Würfel hinzu - und stell sicher, dass sie auf allen Seiten gleichmäßig mit Butter bedeckt sind«, sagte ich. »Ich lege das Pergamentpapier auf ein Backblech und anschließend die von dir vorbereiteten Brotwürfel darauf. Die Croutons brauchen etwa zwanzig Minuten zum Backen, aber ich lege sie bereits jetzt darauf, damit sie abkühlen, bevor wir essen. Ich muss nur daran denken, sie ein paar Mal umzudrehen.«

»Ich werde dich daran erinnern.«

»Du bist ein guter Mann.«

»Ich werde dich daran erinnern«, sagte Royce und beugte sich vor, um mich sanft auf die Stirn zu küssen, wobei seine Hände zärtlich mein Kinn streichelten.

Ich würde meinen Computer also doch nicht ausschalten müssen. Ich hatte das Gefühl, dass ich im Laufe des Abends nicht mehr an die Arbeit denken würde. Ich hoffte, dass der Fluch der Familie Barnstable mit meinem Vater gestorben war.

17

———————

WIR HATTEN GERADE zu Abend gegessen, und der Menge des Essens nach zu urteilen, das Royce zu sich genommen hatte, hatte er jeden Bissen genossen.

»Wo hast du kochen gelernt?«, fragte er und schob seinen Teller zur Seite.

»Mein Vater war eigentlich ein ziemlich guter Koch. Er hatte zwar keine umfangreiche Speisekarte, aber er machte ein gutes ungarisches Gulasch, seine Piroggen waren so gut wie die jeder ukrainischen Baba, und seine Crêpes waren sagenhaft. Ich habe sie nie hingekriegt. Bei mir wird der Teig einfach nicht dünn genug. Aber eines hat er mir beigebracht: keine Angst zu haben, etwas auszuprobieren, egal, ob es ums Kochen, Backen oder das Leben geht.«

»Du musst ihn vermissen.«

»Das tue ich, mehr als ich es für möglich gehalten hätte. Es ist schon komisch, weißt du. Wenn deine Eltern leben, denkst du nicht wirklich, dass es eine Zeit geben könnte, in der sie nicht mehr da sein werden. Na ja, vielleicht doch, wenn sie wirklich alt sind, aber mein Vater war Mitte fünfzig, so fit und gesund wie jemand, der nur halb so alt ist.« Ich hörte meine

Stimme beben. »Es tut mir leid. Es ist nur schwer für mich, dass er nicht mehr da ist.«

Royce nahm meine Hand und drückte sie sanft. »Ich weiß, dass er bei einem Unfall auf der Baustelle gestorben ist, aber ich weiß nicht, was passiert war. Willst du darüber reden?«

Mein Instinkt sagte mir: Nein, noch nicht. Das Thema auf einen anderen Tag, eine andere Zeit verschieben. Stattdessen ertappte ich mich dabei, dass ich zu viel erzählte. »Ich glaube nicht, dass sein Tod ein Unfall war. Nach Angaben der Arbeitsschutzbehörde und seines Arbeitgebers, Southern Ontario Construction, war ein fehlerhafter Sicherheitsgurt schuld. Entweder war der Gurt fehlerhaft oder er hatte ihn nicht richtig angelegt, als wäre er ein Schwachkopf, der keine Schnalle schließen konnte. Er stürzte aus dem dreißigsten Stock eines im Bau befindlichen Wohnblocks und landete auf dem darunter liegenden Betongehweg. Er starb innerhalb weniger Augenblicke, wenn nicht sogar sofort beim Aufprall.«

»Aber wenn es kein Unfall war, was war es dann?«

»Ich glaube, er könnte ermordet worden sein.« Ich ließ meinen Verdacht, dass mein Großvater dahinterstecken könnte, aus. Er sollte unvoreingenommen bleiben, aber Royce starrte mich bereits mit unverhohlener Neugierde an.

»Mord? Warum hätte jemand deinen Vater ermorden wollen?«

Weil aus dem Brief, den mein Vater mir in einem Bankschließfach hinterlassen hatte, hervorging, dass dies nicht sein einziger Arbeitsunfall war, sondern dass er zwei vorhergehende Unfälle in letzter Sekunde vermieden hatte. Weil das Akzeptieren, dass es sich wirklich um einen unglücklichen Arbeitsunfall gehandelt hatte, bedeutete, dass ich aufhören musste, mich mit seinem Tod zu beschäftigen und mit diesem Abschnitt meines Lebens abschließen musste. Weil ich meinen Großvater und alles, wofür er stand, hasste, und solange ich ihm die Schuld geben konnte, ich diesen Hass weiter schüren konnte.

Royce hatte meine Hand losgelassen. Ich las seinen Gesichtsausdruck, und erkannte, dass das Gerede über Tod und Mord jede Chance auf einen romantischen Abend zunichte gemacht hatte. Der Fluch der Familie Barnstable lag immer noch auf mir. Ich hatte es mir selbst zuzuschreiben.

»Es tut mir leid. Ich habe zu viel gesagt. Du denkst wahrscheinlich, ich sei verrückt.«

Royce schüttelte den Kopf, seine braunen Augen waren weich und ernst. »Ich glaube nicht, dass du verrückt bist, aber ich glaube, dass du wegen des Unfalls deines Vaters in einem Konflikt steckst. Sag mir warum.«

Es wäre gut gewesen, eine objektive Meinung zu hören. »Es gab einen Brief...«

»Okay.«

»Warte hier.«

Ich stieg die Treppe hinauf, holte den Ordner mit der Aufschrift „Dad" unter dem Bett hervor, atmete tief ein und ging die Treppe wieder hinunter.

»Mein Vater hatte einen Brief in einem Bankschließfach hinterlassen«, sagte ich und schob die Mappe zu Royce hinüber. »Vielleicht interpretiere ich da zu viel hinein. Die Arbeitsschutzbehörde und das Arbeitsministerium haben eine gründliche Untersuchung durchgeführt.«

Royce nahm die Dokumente aus der Mappe und begann zu lesen, wobei er die Stirn in Falten legte. »Könntest du eine Fotokopie des Briefes machen und mir einen Textmarker bringen?«

Ich fragte nicht warum, sondern ging einfach zum Drucker und machte eine Kopie, suchte einen gelben Textmarker, reichte ihm beides und sah zu, wie er begann, bestimmte Abschnitte des Briefes zu markieren.

»Ich hebe die Abschnitte, die für dein Anliegen relevant sein könnten, hervor«, sagte Royce. »Dann können wir jeden einzelnen Abschnitt mit einem unvoreingenommenen Auge überprüfen.«

Ich wusste nicht, wie unvoreingenommen meine Augen sein würden, aber die Idee hatte etwas für sich. »Einverstanden, aber ich denke, es ist am besten, wenn du am Anfang anfängst.«

Royce begann zu lesen. Ich spürte, wie sich meine Kehle zusammenzog, als er die nun vertrauten Worte laut vorlas.

Ja, ich weiß, dass du es hasst, Calamity genannt zu werden, aber ich denke, wenn ich tot bin, wirst du darüber hinwegsehen. Wenn du diesen Brief liest, dann bin ich es wohl. Ich hoffe auch, dass du mir den Marketville-Nachtrag im Testament verzeihst.

Royce hielt inne und sah zu mir auf. »Soll ich weitermachen?«

Ich nickte nur, denn ich traute meiner Stimme nicht.

Natürlich wusste ich, dass die Möglichkeit bestünde, dass du das Jahr einfach abwarten würdest und Misty Rivers die Ermittlungen übernähme, und vielleicht hätte ich darauf bestehen sollen, vor allem, wenn ich dich vor möglichen Verletzungen oder Schaden bewahren wollte. Die Sache ist die, dass ich so viele Jahre versucht habe, dich davor zu schützen, die Wahrheit zu erfahren. Ich habe mich geirrt. Du hattest ein Recht darauf, sie zu erfahren, vielleicht nicht, als du sechs Jahre alt warst, aber sicherlich, als du alt genug warst, um sie zu verstehen. Stattdessen ließ ich die Jahre verstreichen und sprach nie über deine Mutter. Das war ihrem Andenken genauso unfair wie dir gegenüber.

Royce hielt inne, seine Augen lasen in meinem Gesicht. Ich nickte wieder und schloss die Augen, während er las.

Ich weiß Folgendes: Deine Mutter hatte dich geliebt. Sie liebte mich auch, obwohl ich zugeben muss, dass wir unsere Höhen und Tiefen hatten. Welche Ehe hat das nicht? Vor allem bei zwei Menschen, die selbst noch sehr jung waren, als sie dich auf die Welt brachten. Ich glaube jedoch nicht und habe auch nie geglaubt, dass deine Mutter uns freiwillig verließ. Etwas oder jemand zwang sie dazu zu gehen. Viele Jahre lang dachte ich, sie würde zurückkommen. Das ist der Grund, warum ich das Haus im Snapdragon Circle 16 behalten habe. Wie hätte sie uns sonst finden sollen, wenn nicht durch dieses Haus? Das war zu einer Zeit, lange vor den sozialen Medien und dem Internet.

Die Jahre vergingen, und nach einer Weile begann sogar ich, die Hoffnung aufzugeben. Leith Hampton, ein alter, lieber Freund, trotz seiner aufgeblasenen Art und seiner vielen Ehen, hatte mich vor Jahren angefleht, die Suche aufzugeben, nachdem ein Privatdetektiv, dem ich viel Geld bezahlte, nichts herausgefunden hatte. Lange Zeit hatte ich diesen Rat beherzigt. Schließlich war der Detektiv von einem alten Freund empfohlen worden, einem Mann, dem ich uneingeschränkt vertraute.

Die Dinge änderten sich, als Misty Rivers das Haus mietete. Sie sagte mir, dass es in dem Haus nicht spukt, sondern dass es vom Geist deiner Mutter besessen sei. Ich weiß, dass das weit hergeholt klingt, aber eine andere Mieterin hatte das Gleiche angedeutet.

Misty war überzeugt, dass deine Mutter ermordet wurde, und sie wollte mir helfen, die Wahrheit herauszufinden. Ich gebe zu, dass ich anfangs skeptisch war. Ich glaube nicht an Geister oder Hellseher, aber ich konnte das Verschwinden deiner Mutter nie nachvollziehen. Ich beschloss, ihr zu vertrauen.

Royce zögerte. »Wir kommen zu dem ersten Abschnitt, den ich markiert habe. Okay?«

»Ja«, sagte ich, meine Stimme war kaum vernehmbar.

Wir hatten kaum mit unseren Recherchen angefangen, als ich in meiner Mittagspause fast getötet wurde. Bei der Baustelle handelte es sich um ein neues Wohnungsbauprojekt mit mehr als nur ein paar Komplikationen, und die Bauarbeiten waren weit hinter dem Zeitplan zurück. Um Zeit zu sparen, nahm einer der Arbeiter jeden Tag die Essensbestellung auf und gab sie telefonisch bei einem örtlichen Restaurant auf, um das Essen dort abzuholen. An diesem Tag sollte ich zufällig das Essen abholen.

Er hörte auf zu lesen. »Es hätte jeder andere Arbeiter sein können. An diesem Tag war es zufällig dein Vater.«

»Aber alle Arbeiter wussten, dass es sein Tag war«, sagte ich etwas defensiv. »Sie wussten, dass er derjenige war, der die Bestellung aufgab und abholen sollte.«

»Willst du damit sagen, dass du einen der anderen Arbeiter verdächtigst?«

Nun war es an der Zeit die Wahrheit zu sagen. »Nein ... eigentlich glaube ich, dass mein Großvater dafür verantwortlich gewesen sein könnte ...« Ich verstummte, als ich sah, wie sich der Zweifel in Royce' Augen einschlich.

»Dein Großvater?« Royce starrte mich an, der Zweifel verwandelte sich in etwas, das ich nicht lesen konnte und nicht definieren wollte. »Woher sollte dein Großvater wissen, dass dein Vater an diesem Tag das Mittagessen abholen würde?«

Darauf hatte ich keine Antwort. Nach einigen

Augenblicken des Schweigens wandte Royce seine Aufmerksamkeit wieder dem Brief zu.

Ich wollte gerade die Yonge Street überqueren, um zum Sandwich-Shop zu gelangen, als einer der Lieferwagen unserer Baufirma über die rote Ampel fuhr. Wäre da nicht ein anderer Fußgänger gewesen, ein älterer Mann, der mich in letzter Sekunde mit seinem Stock zurückhielt, hätte ich nie die Gelegenheit gehabt, diesen Brief zu schreiben.

Royce sah mich sanft an. »Die Yonge Street ist eine der belebtesten Straßen in der Innenstadt von Toronto. Der Verkehrsinfarkt ist legendär. Die Fahrzeuge versuchen immer, das Warten an einer roten Ampel zu vermeiden. Es wird erwartet, dass man eine gelbe Ampel überfährt; dass die Ampel auf halbem Weg über die Kreuzung rot wird, weiß jeder.«

»Aber es war ein Firmenwagen, was bedeutet, dass jemand von Southern Ontario Construction ihn gefahren hatte.«

»Hätte dein Großvater einen Firmenwagen gefahren?«

Ich musste zugeben, dass das unwahrscheinlich gewesen wäre. Ein Cadillac passte viel besser zu seiner Art. »Es ist möglich, dass mein Vater gesehen hatte, dass die Ampel von Gelb auf Rot umsprang, und anfing, die Straße zu überqueren, bevor die Ampel grün wurde. Das tat er öfters.«

»So wie fast jeder andere Fußgänger in Toronto, der zu seinem nächsten Ziel eilt«, sagte Royce lächelnd.

»Was ist mit dem älteren Mann und seinem Stock? Er hatte noch nicht begonnen, die Straße zu überqueren. Vielleicht hatte er die Gefahr gespürt.«

»Vielleicht war er aber auch nur vorsichtig, weil er auf das Signal zum Gehen wartete.«

Ich wusste, dass Royce recht hatte. »Lies einfach weiter, okay?«

Royce schien dankbar dafür.

Etwa eine Woche später ereignete sich ein weiterer Zwischenfall - diesmal als ich die Baustelle verlassen wollte. Ich hatte bereits meinen Schutzhelm abgenommen und befand mich gerade außerhalb des Gebäudes, als eine Nietpistole aus dem dreißigsten Stockwerk herunterfiel und meinen Kopf um weniger als einen Zentimeter verfehlte. Hätte mich diese Nietpistole getroffen, wäre ich sofort tot gewesen.

»Es geht um noch mehr in dem Brief«, sagte Royce, »aber das ist der letzte hervorgehobene Abschnitt. Es ist gut möglich, dass diese Nietpistole jeden beliebigen Fußgänger hätte treffen können. Wie leicht wäre es, eine Person dreißig Stockwerke tiefer mit einer gewissen Genauigkeit zu treffen?«

Ich musste zugeben, dass das gar nicht so einfach und wahrscheinlich unmöglich war. Ich kramte in meiner Handtasche herum, bis ich meinen Kakaobutter-Lippenbalsam fand, und trug ihn auf, wobei der vertraute Geschmack meine Nerven beruhigte. Konnte ich mich all die Monate geirrt haben? Konnten die Unfälle *nur* Unfälle gewesen sein? Hatte mein Hass auf meinen Großvater meine Objektivität getrübt?

Zum ersten Mal seit dem Tod meines Vaters zwang ich mich, zuzugeben, dass dies durchaus möglich gewesen sein könnte.

Nicht nur möglich. Wahrscheinlich. Ich steckte die Fotokopie zurück in die Mappe, zusammen mit dem Originalbrief und dem Rest der Todesdokumente meines Vaters: sein Testament, die Berichte der Arbeitsschutzbehörde und des Arbeitsministeriums sowie die Autopsie des Gerichtsmediziners, während ich den Augenkontakt mit Royce vermied.

»Es tut mir leid«, sagte Royce und nahm wieder meine Hand. »Ich sollte wohl gehen, damit du das verarbeiten kannst.«

Ich entzog meine Hand und hielt meinen Blick abgewandt, entschlossen, nicht zu weinen. »Ja. Das solltest du wahrscheinlich.«

Nachdem Royce gegangen war, löschte ich das Licht, zündete eine Kerze an und saß im Halbdunkeln. Ich versuchte, Frieden mit meiner Entscheidung zu finden, die Sache loszulassen. Als am nächsten Morgen die Sonne aufging, saß ich noch immer da, lange nachdem die Kerze ausgebrannt war.

18

Infolge des Schlafmangels, fühlte ich mich wie benebelt. Ich überlegte, ob ich kurz laufen sollte, aber ich wusste, dass es aussichtslos war. Vielleicht später, wenn die Nachwirkungen des Weins abgeklungen waren. Ich trank nicht häufig Kaffee, aber ich machte mir eine starke Tasse, bevor ich meinen Computer einschaltete, um meine E-Mails abzurufen. Ich war erfreut, eine Antwort von *Old Time Trains* vorzufinden.

Vielen Dank für Ihre Anfrage. Es gab eine Reihe von Personenzügen zwischen Québec City, Québec, und Toronto, Ontario, obwohl diese immer vom Windsor-Bahnhof der Canadian Pacific Railway (CPR) in Montreal ausgingen. Damit meine ich, dass Montreal ein wichtiger Terminal war, an dem die Züge starteten und endeten. Die Fahrgäste mussten an den Ausgangspunkten umsteigen, da es keine durchgehenden Verbindungen gab, auch wenn es dem Fahrplan nach wie eine durchgehende Fahrt erschien. Unter bestimmten Umständen wurden ein oder mehrere Waggons von einem Zug ab- und an einen anderen angehängt, so dass der Fahrgast nicht aussteigen musste. Dies war jedoch, unter anderem, weitgehend von der zurückgelegten Strecke, der Tageszeit und der Passagierzahl abhängig.

Welchen Zug Ihre deutsche Einwanderin nahm, hing von der Ankunftszeit des Schiffes ab, von der Zeit, die für die Abfertigung bei der Einwanderungsbehörde benötigt wurde, sowie von der Möglichkeit, dass sie einen Zwischenstopp in Quebec City einlegen wollte. Die wichtigeren Züge der CPR verließen Quebec City an sieben Tagen in der Woche um 13.15 Uhr und 17.00 Uhr und kamen um 17.00 Uhr bzw. 21.10 Uhr in Montreal an. Die Züge, die Quebec City verließen, wurden als Frontenac bezeichnet, höchstwahrscheinlich nach dem Chateau Frontenac in Quebec City, und als Viger nach dem Place Viger Hotel in Montreal. Der Nachtzug nach Toronto war der Chicago Express Nr. 21. Die Züge verließen Montreal an sieben Tagen der Woche unter anderem um 22:15 Uhr (Nachtzug Nr. 21) und kamen um 7:00 Uhr in Toronto an.

Ich habe keine Passagierlisten, aber ich schlage vor, dass Sie sich an die Historiker von Pier 21 (Canadian Museum of Immigration) in Halifax wenden, da sie über solches Material verfügen und möglicherweise einen Kontakt für Ankünfte in Quebec City herstellen können.

Ich hoffe, diese Informationen sind hilfreich. Ich wünsche Ihnen alles Gute bei Ihrer Suche.

Die Antwort war ausführlicher, als ich erhofft, geschweige denn erwartet hatte. Mein erster Schritt war, *Old Time Trains* eine E-Mail mit einem aufrichtigen Dankeschön zu schicken. Mein nächster Schritt war die Weiterleitung der E-Mail an Chantelle.

Chantelle, hier eine Antwort auf meinen Facebook-Post mit der Bitte um Informationen über den Zug aus Quebec

City. Der Absender erwähnte eine Kontaktperson im Kanadischen Museum für Einwanderung. Hoffentlich kann sie uns mit Passagierlisten für die genannten Züge helfen. Callie.

Daraufhin suchte ich nach einem Foto des Chicago Express Nr. 21 und fand eins, zusammen mit einer ausführlichen Geschichte des Zuges, auf *Old Time Trains*. Ich lud das Bild herunter, um es auf die Facebook-Seite zu stellen, fügte einen Link zu dem Foto hinzu und beschriftete es:

Alle an Bord! Ich habe soeben eine ausführliche Antwort auf meine Zug-Frage von @Old TimeTrains erhalten. Sie bestätigt, dass es einen Zwischenstopp im CPR-Windsor-Bahnhof in Montreal gegeben hätte, und es wurden auch die Namen der Züge und die Abfahrtszeiten in Quebec City und Montreal angegeben. Abgebildet: Nr. 21 Chicago Express. Vielen Dank an alle, die sich gemeldet haben. Wir wissen Ihre Hilfe zu schätzen.

Gestärkt durch den Erfolg meines Zug-Posts, entschloss ich mich zu einem weiteren Post. Ich scannte Annelieses Postkarten von der *T.S.S. Canberra* ein und postete sie in einer Gruppe auf Facebook mit der Beschriftung:

Ich suche alte Unterlagen von der T.S.S. Canberra, Greek Line, insbesondere von der Reise, die Southampton, England, um den 25. Juni startete und am 7. Juli 1952 in Quebec City endete. Andere Daten, Anfang der 1950er Jahre, wären ebenfalls von Interesse. Speisekarten des Schiffes, Passagierlisten usw. Vielen Dank im Voraus für alle Kommentare und Mitteilungen.

Danach fühlte ich mich endlich wieder wie ein Mensch, bereitete ein paar Rühreier und Toast sowie eine Tasse Zimt-

Rooibos-Tee zu. Ich war gerade mit dem Essen fertig, als das Telefon klingelte.

Royce.

Ich antwortete, fest entschlossen, meine Stimme fröhlich zu halten. »Hey, was gibt's?«

»Ich wollte mich noch einmal für das Abendessen von gestern Abend bedanken.«

»Gern geschehen. Irgendwann müssen wir das wiederholen.« Ich hielt inne und war mir nicht sicher, wie oder ob ich den Brief erwähnen sollte. Ich war noch am Überlegen, als Royce die peinliche Stille füllte.

»Etwas am Unfall deines Vaters hat mich nicht losgelassen. Ich habe vielleicht einen Weg gefunden, wie du mehr erkunden kannst.«

»Ich glaube nicht, dass ich den Mut habe, noch einmal in dieses Kaninchenloch zu kriechen.«

Schweigen am anderen Ende. Dann: »Warum hast du keine Anklage erhoben? Immerhin hast du deinen Vater durch einen Arbeitsunfall verloren. Eine Klage würde zumindest alle versteckten und sonstigen Fakten ans Licht bringen.«

Ich war der Meinung, dass unsere Gesellschaft viel zu prozesssüchtig geworden war, vor allem bei kleineren Vorfällen, wobei ich den Tod meines Vaters nicht als geringfügig bezeichnet hätte. »Ich werde es in Betracht ziehen.«

»Es ist deine Entscheidung. Der andere Grund, warum ich anrufe, ist um herauszufinden, ob du an einer Wiederholung des Abendessens interessiert wärst, dieses Mal würde ich das Essen zubereiten. Ich bin zwar nicht ganz so versiert beim Kochen wie du, aber ich habe ein paar Hühnchenrezepte im Repertoire.«

»Ich mag Hühnchen, vor allem, wenn jemand anderes kocht. An welchen Tag denkst du?«

»Wie wäre es mit Samstagabend?«

»Das passt mir.«

Ich legte auf und ertappte mich dabei, wie ich ein paar Takte von „To Make You Feel My Love" summte. Ich dachte an den Fluch der Familie Barnstable und musste lachen. „Bad Timing" von Blue Rodeo wäre hier wohl angebrachter. Verflucht noch Mal, fast alles von Blue Rodeo, besonders wenn Jim Cuddy es sang, eignete sich besser. Der Mann hatte eine Stimme wie geschaffen für traurige Lieder.

Vielleicht würde es dieses Mal anders sein. Ich begann wieder zu summen.

ICH SUMMTE IMMER NOCH, als ich eine E-Mail-Antwort von Chantelle erhielt.

Gut gemacht mit den Zuginformationen, Callie. Anhand der Antworten können wir davon ausgehen, dass Anneliese am 8. oder spätestens am 9. Juli in Toronto angekommen war. Das ist zwar kein großes Puzzleteil, aber ich würde vorschlagen, dass wir es in unseren Bericht an Louisa aufnehmen, zusammen mit einigen Fotos von den Zügen und Bahnhöfen. Das wird helfen, Annelieses Reise zu veranschaulichen und Louisa zu zeigen, dass P&P gründlich ist.

Das war eine gute Idee. Ich machte mir eine Notiz und las dann weiter.

Ich habe mich bei meiner Kontaktperson im kanadischen Einwanderungsmuseum am Pier 21 erkundigt, und sie hat ihre Sammlung gründlich auf die *T.S.S. Canberra*, Greek Line, überprüft. Ich habe ihre Kommentare kursiv gedruckt, zusammen mit meinen Gedanken zu jedem Thema.

„Leider haben wir nur zwei Berichte über Personen, die mit der Canberra gereist sind. Der eine handelt von einer Familie, die 1930 auf der Canberra waren, und die andere von jemandem, der 1951 reiste, aber letzteres ist kein Bericht, sondern nur eine Anmerkung."

In beiden Fällen lohnte es sich nicht, der Sache

nachzugehen. Es war bedauerlich, dass es keine Berichte gab, die Annelieses Reise erwähnten, aber nicht unerwartet.

„Wir haben keine Passagierlisten für die Canberra."

Das ist eine enttäuschende Nachricht. Ich habe gesehen, dass du auf unserer Facebook-Seite für die *Canberra* Erkundungen alte Unterlagen einbeziehst. Ich hoffe, dies führt zu den gleichen Ergebnissen wie bei deinem *„Zug-Post"*. Dabei kam mir noch eine Idee. Bevor Arabella den Glass Dolphin eröffnete, hatte sie mehrere Ozeandampfer-Poster und verschiedene Erinnerungsstücke von einem Sammler in Niagara Falls gekauft. Wir wissen, dass sie nichts von der *Canberra* im Laden hat, aber wenn sie noch die Kontaktdaten des Sammlers hat und diese noch gültig sind, kann er uns vielleicht zu einem anderen Sammler oder einer Quelle verweisen, die uns weiterhelfen könnte. Es ist möglich, dass Arabella dies schon versucht und nichts gefunden hat, aber ich überlasse es dir, das zu überprüfen.

Ich machte eine weitere Notiz, diesmal um Arabella anzurufen.

„Die Einwanderungsunterlagen aller nach 1935 eingereisten Personen sind durch das kanadische Datenschutzgesetz geschützt und können nur von den Personen, die eingewandert sind, oder, wenn die eingereisten Personen vor mehr als zwanzig Jahren verstorben sind, über den Zugang zu Informationen und Datenschutz eingesehen werden."

Die Einwanderungsunterlagen von Anneliese liegen uns bereits vor. Wir wissen auch, dass Anton Osgoode als Einkäufer für Eaton's an Bord war. Mit der möglichen Ausnahme von Horst Frankow glaube ich nicht, dass der Einwanderungsstatus von irgendjemandem relevant wäre. Es ist jedoch ein interessanter Punkt, den man bei zukünftigen Untersuchungen berücksichtigen sollte.

Sollten wir uns entschließen, einen schriftlichen Antrag bezüglich Horst zu stellen, müssten wir zumindest einen Nachweis über seinen Tod, sein Geburtsdatum und das Jahr seiner Einreise vorlegen. Wir wissen, dass Horst im Gefängnis starb, aber wir haben keine Sterbeurkunde, und wir haben definitiv weder sein Geburtsdatum noch das Jahr seiner Einreise nach Kanada. Ich glaube nicht, dass es sich lohnt, herauszufinden, wann und wie er nach Kanada eingewandert war, um die erforderlichen Ermittlungsstunden gegenüber Louisa zu rechtfertigen.

„Ich sehe, dass die Canberra Southampton am 28. Juni 1952 verlassen hatte. Die Überfahrt dauerte im Durchschnitt acht Tage.”

Ich habe den Facebook-Post aktualisiert und das Datum hinzugefügt, an dem die *Canberra* Southampton verlassen hatte. Anhand des Stempels auf Annelieses Einwanderungspapieren wissen wir, dass sie am 7. Juli in Quebec City gelandet war.

„Das britische Abfahrtsmanifest für diese Überfahrt ist möglicherweise über www.ancestry.ca verfügbar. Ich würde empfehlen, dass Sie sich dort ein weltweites Konto einrichten, um Zugang zur Abfahrtsliste zu bekommen und sie zu speichern, oder dass Sie zu Ihrer örtlichen öffentlichen Bibliothek gehen, da viele Bibliotheken diese Informationen der Öffentlichkeit kostenlos zur Verfügung stellen. Suchen Sie unter der UK-Datenbank, Outward Passenger Lists, 1890-1960.”

Das ist ein toller Tipp. Da ich bereits ein weltweites Konto bei Ancestry.ca habe, werde ich es weiterverfolgen und dich wissen lassen, was dabei herauskommt.

Over and out,

Chantelle.

Ich hatte die E-Mail gerade zu Ende gelesen, als mein Telefon klingelte. Ich schaute auf die Anrufanzeige: privater Anrufer. Ich seufzte. Es war wahrscheinlich jemand, der mir die Heizungsschächte säubern wollte.

»Hallo.«

»Callie, hier ist dein Großvater.«

Ich war überrascht, Corbin Osgoodes raue Stimme zu hören, aber durchaus nicht erfreut darüber. Ich überging die Höflichkeitsfloskeln. »Was kann ich für Sie tun?«

»Ich habe gehört, dass du meine Mutter im Pflegeheim besucht hast.«

»Das habe ich. Olivia ist eine reizende Frau.«

»Ich will nicht, dass du sie weiterhin besuchst.«

»Ich hatte den Eindruck, dass sie meine Besuche genoss.«

»Dann hast du dich geirrt. Außerdem will ich nicht, dass sie in der Vergangenheit lebt. Das ist nicht gesund.«

»Über die Vergangenheit zu sprechen ist kaum dasselbe wie in der Vergangenheit zu leben.«

»Ich bin nicht bereit, weiter darüber zu diskutieren. Ich habe der Verwaltung des Cedar County Seniorenheims bereits mitgeteilt, dass du keinen Zugang mehr erhältst. Ich rufe dich nur aus Höflichkeit an, damit du nicht in die Verlegenheit kommst, dorthin zu gehen und abgewiesen zu werden.«

Ich wollte ihn anschreien oder beschimpfen, aber es widerstrebte mir, ihm diese Genugtuung zu geben. »Danke, dass Sie so rücksichtsvoll sind.« Ich legte auf, bevor er noch ein Wort sagen konnte.

ALS SICH MEIN Blutdruck wieder normalisiert hatte und mein Verlangen, gegen die Wand zu schlagen oder mit Gegenständen zu werfen, abgekühlt war, nahm ich mein Notizbuch zur Hand und schrieb die mir bisher bekannten Fakten auf.

•Anton Osgoode hatte Anneliese Prei auf der *Canberra* kennengelernt. Die beiden hatten eine Romanze an Bord.

•Anneliese war schwanger, als sie Horst Frankow heiratete. Ausgehend von der Zeitachse könnte das Baby entweder von Anton oder von Horst sein, wobei Anton der wahrscheinlichste Kandidat gewesen sein könnte.

•Anneliese stattete Olivia einen Besuch ab, die dreijährige Sophie im Schlepptau. Laut Olivia sah Sophie wie Anton aus.

•Olivia stellte Anton zur Rede, eine Entscheidung, die sie nach wie vor bereut, obwohl sie den Grund dafür nicht näher erläuterte.

•Kurz nachdem Anneliese und Sophie Olivia einen Besuch abgestattet hatten, wurde Anneliese auf den Hinterkopf geschlagen und erlag ihren Verletzungen.

•Die Mordwaffe wurde nie gefunden. Horst wurde des Mordes angeklagt und wegen Totschlags im Kingston Penitentiary-Gefängnis inhaftiert, wo er drei Wochen später in der Dusche erstochen wurde.

DAS WAREN DIE FAKTEN. Dass Olivia auf die Kristallvase starrte, als wäre sie die Mordwaffe, hätte ich mir auch einbilden können. Tatsächlich wäre ich vielleicht sogar zu diesem Schluss gekommen, wenn ich mehr Zeit gehabt hätte, darüber nachzudenken.

Aber nicht jetzt. Nicht nachdem Corbin Osgoode angerufen hatte, um mir mitzuteilen, dass mir der Zugang zu Olivia verwehrt wurde. Er verbarg etwas, da war ich mir sicher.

Etwas, wovon Olivia wusste und es mir noch nicht gesagt hatte. Was er zu verbergen hatte, blieb unklar. Ich konnte es kaum erwarten, es herauszufinden. Und ich würde es herausfinden. Es war nur eine Frage der Zeit.

19

Corbins Anruf hatte meine Neugierde geweckt, und zwar nicht nur in Bezug auf meine Urgroßmutter. Es war an der Zeit, einen Anwalt zu finden, der auf Arbeitsunfälle spezialisiert war und den Tod meines Vaters untersuchen würde. Vielleicht war es zu spät, und vielleicht gab es keinen Fall, aber Royce hatte recht. Eine Klage könnte zu mehr Informationen führen oder mir zumindest die Gewissheit verschaffen, dass ich alles getan hatte, was ich tun konnte.

Ich hörte für mein Leben gerne Talk-Radio. Es war nicht so, dass ich keine Musik mochte, aber wenn es ums Zuhören ging, bevorzugte ich Talk-Radio. Meine Lieblingssendungen waren Newstalk 1010 Toronto und Talk 640 Toronto und ich wechselte je nach Moderator und Thema hin und her. Es war faszinierend, ein und dieselbe Geschichte von ein Dutzend verschiedenen Perspektiven und unterschiedlichen Standpunkten der Diskussionsteilnehmer und Anrufer zu hören, vor allem, wenn es um Politik ging.

An den Wochenenden bestand ein Großteil des Talk-Radios aus bezahlten Sendungen, die von Anlageberatung und Gartenarbeit bis hin zu Immobilien und Arbeitsrecht reichten.

Der Anwalt für Arbeitsrecht war wortgewandt und stellte interessante Fälle vor. Was konnte er mir über den Fall meines Vaters sagen?

Ich suchte nach seinen Kontaktinformationen, kam mir aber ein wenig albern vor. Was sollte ich sagen? Ich klopfte mit meinem Stift auf den Tisch und nahm meinen Mut zusammen. Dann dachte ich an Corbin, nahm mein Telefon und wählte.

Ich gab der Mitarbeiterin der Telefonzentrale eine Kurzfassung meines Anliegens und erwähnte die Radiosendung. Sie willigte ein, mich mit einem der Juniorpartner zu verbinden.

»Kat Fowler. Was kann ich für Sie tun?« Die Stimme am anderen Ende der Leitung klang jung.

»Mein Vater starb vor dreizehn Monaten bei einem Arbeitsunfall. Ich möchte wissen, ob es eine Möglichkeit gibt, seinen Arbeitgeber zu verklagen. Oder ob es zu spät dafür ist.«

»Normalerweise haben Sie zwei Jahre Zeit, um eine Klage einzureichen. Erzählen Sie mir von dem Unfall.«

»Er arbeitete in einem Hochhaus-Neubau im dreißigsten Stock. Sein Sicherheitsgurt war entweder defekt oder nicht richtig befestigt. Er stürzte in den Tod.«

»Hatte es sich Ihr Vater zur Gewohnheit gemacht, seinen Sicherheitsgurt nicht zu tragen oder anzuschnallen?«

»Southern Ontario Construction, sein Arbeitgeber, sagte ja. Offenbar gab es auf der Baustelle noch weitere Mitarbeiter, die bereit waren, die Aussage des Arbeitgebers zu bestätigen.«

»Das ist eine interessante Situation, aber ich fürchte, meine Antwort wird Ihnen nicht gefallen.«

»Warum nicht?«

»Das Unternehmen Ihres Vaters wäre über die Arbeitsschutzbehörde versichert gewesen. Leider können Sie den Arbeitgeber nicht verklagen, da Arbeitgeber nicht für die Fahrlässigkeit ihrer Mitarbeiter verklagt werden können wenn diesen aus eigenem Verschulden ein körperlicher Schaden zufügt wird. Um diesen Schutz zu erhalten, zahlen sie Versicherungsprämien. Es ist jedoch sehr wahrscheinlich, dass das Arbeitsministerium den Vorfall untersucht und gegen das Unternehmen Anklage erhoben hätte, wenn es zu dem Schluss gekommen wäre, dass es fahrlässig gehandelt hätte. Diese Anklage würde unter das „Gesetz über Gesundheit und Sicherheit am Arbeitsplatz" fallen.

»Das Arbeitsministerium stufte den Tod als Unfall ein. Es wurde keine Fahrlässigkeit seitens der Southern Ontario Construction festgestellt.«

»In diesem Fall bleibt Ihnen nur übrig, den Hersteller des Gurtes zu verklagen, wenn nachgewiesen werden kann, dass der Gurt in irgendeiner Weise fehlerhaft war, und wenn der Hersteller nicht durch die Arbeitsschutzbehörde versichert war. Zum Beispiel, wenn es sich um ein amerikanisches oder ausländisches Unternehmen handelt. Der Wert einer solchen Klage kann beträchtlich sein, denn Sie können nicht nur in Ihrem eigenen Namen für den „Verlust von Fürsorge, Unterstützung und enger Gemeinschaft" klagen, sondern auch für alle Einkommensverluste, die Sie in Zukunft aufgrund seines Todes erleiden könnten.«

Ich hatte bereits einige Nachforschungen zu diesem Sicherheitsgurt angestellt und nach ähnlichen Fällen wie dem meines Vaters gesucht, und war überrascht, dass der Gurt nicht im Ausland hergestellt worden war.

»Made in Ontario«, sagte ich, wohl wissend, dass ich damit jede Hoffnung auf eine Klage verloren hatte.

»Es tut mir leid«, sagte Kat Fowler. »Meiner Meinung nach ist das kein Fall, den Sie vor Gericht bringen, geschweige denn gewinnen können. Es steht Ihnen natürlich frei, eine zweite Meinung einzuholen.«

Ich dankte ihr für ihre Zeit und legte auf. Ich würde keine zweite Meinung einholen, mich auf keine unerbittliche Suche nach einer Wahrheit, die ich nie herausfinden würde, begeben und das Lesen und Wiederlesen des letzten Briefes meines Vaters an mich, bei dem ich jedes Wort analysierte, bis ich dachte, ich würde verrückt werden, unterlassen.

Es war an der Zeit, diese Sache hinter mir zu lassen.

Ich zog meine Laufklamotten an und machte mich auf den Weg.

NACH EINEM NEUNZIGMINÜTIGEN Lauf schob ich die übrig gebliebene Lasagne in den Backofen und duschte schnell, bevor ich mein Handy auf Nachrichten überprüfte.

Es gab eine SMS von Arabella, keine Details, nur: *„Ruf mich an, wenn du daheim bist."* Gutes Timing. Ich könnte sie nach ihrem Ozeandampfer-Memorabilien-Sammler fragen. Ich rief sie zurück.

»Der Glas Dolphin, Arabella Carpenter am Apparat.«

»Hey Arabella, hier ist Callie, und große Geister denken ähnlich. Ich hatte vor, dich heute anzurufen. Was gibt's?«

»Ich habe einen Hinweis auf einige Unterlagen, die dir bei deinen Ermittlungen helfen könnten.«

»Das ist großartig. Was hast du gefunden?«

»Nichts Konkretes, aber ich habe den Mann kontaktiert, der mir die Eisenbahn- und Ozeandampfer-Poster verkauft hatte. Er hat nichts, was mit der *T.S.S. Canberra* zu tun hatte, aber er ist mit anderen Leuten befreundet, die sich für alte Druckerzeugnisse interessieren. Er hat ein paar Anrufe getätigt, und es gibt einen Mann in Toronto, der einen Verwandten hatte, der in den frühen 1950er Jahren mit der *Canberra* rüberkam. Meinem Gesprächspartner zufolge ist die Sammlung nicht riesig, aber sie könnte von Interesse sein, vor allem, wenn die Zeitachse stimmt.«

Selbst wenn nichts dabei herauskommen würde, wäre es

doch etwas, was wir Louisa mitteilen konnten, um unsere Bemühungen zu demonstrieren. »Das klingt vielversprechend.«

»Ja und nein. Der betreffende Mann hat kein Interesse daran, etwas aus seiner Sammlung zu verkaufen. Er misstraut den Antiquitätenhändlern, weil er vor ein paar Jahren über den Tisch gezogen wurde. Er will mit mir auf keiner Ebene verhandeln. Er ist jedoch bereit, mit dir zu sprechen.«

»Ich würde ihn gerne anrufen.«

»Ich gebe dir seine Nummer, aber sei gewarnt. Er möchte sich persönlich mit dir treffen und dein Büro sehen, bevor er eine Entscheidung trifft. Ich weiß nicht, ob er super vorsichtig oder ein totaler Spinner ist.«

»Ich weiß deine Sorge zu schätzen, aber wenn er etwas von der *Canberra* besitzt, müssen wir es uns ansehen. Ich sorge dafür, dass Chantelle hier ist, wenn er kommt, falls es dich beruhigt.«

»Das tut es. Sein Name ist Geoffrey Burrell, das ist g-e-o-f-f, nicht j-e-f-f.« Arabella ratterte seine Telefonnummer und E-Mail-Adresse herunter und wünschte mir Glück.

Ich rief Chantelle an, um zu erfahren, wann sie Zeit hätte, und versprach, sie zurückzurufen, sobald ich mit Geoffrey Burrell gesprochen hatte.

Ich hatte Glück. Geoffrey nahm nach dem zweiten Klingelton ab. Ich stellte mich als Partnerin von Past & Present Investigations vor.

»Ich habe Ihren Anruf erwartet.« Geoffreys Stimme hatte das näselnde Timbre eines älteren Mannes. »Ich habe gehört, dass Sie sich für die *T.S.S. Canberra* interessieren.«

»Ja. Alles, was Sie haben, könnte von Bedeutung sein, aber wir sind speziell an der Fahrt von Southampton im Juni 1952 interessiert. Das Schiff kam am 7. Juli in Quebec City an.«

»Verzeihen Sie meine Neugier, aber warum gerade diese Reise?«

»Unsere Klientin versucht, mehr über ihre Großmutter

herauszufinden, die Passagierin auf diesem Schiff war. Leider kann ich Ihnen weder den Namen der Klientin noch den Namen der Großmutter nennen. Es besteht eine Vertraulichkeitsvereinbarung.«

»Das respektiere ich. Hätten Sie mir gesagt, wer die Klientin ist, hätte ich das Gespräch mit einem entschiedenen, aber höflichen „Kein Interesse" beendet.«

»Dann werden Sie uns helfen?«

Es herrschte ein längeres Schweigen. Ich wartete. Ich vermutete, dass Geoffrey kein Mann war, den man drängen konnte. Und ich hatte recht.

»Okay, ich komme in Ihr Büro und zeige Ihnen, was ich habe. Wenn etwas dabei ist, das Ihrer Klientin helfen könnte, können Sie Fotokopien machen und an sie weitergeben, unter einer Bedingung. Sie müssen versprechen, die Bilder nicht ins Internet zu stellen. Nicht auf Ihrer Webseite und schon gar nicht auf Ihrer Facebook-Seite. Ich will nicht, dass meine Sammlung im Cyberspace zu sehen ist.

»Sie haben mein Wort.«

»In dem Fall kann ich morgen früh vorbeikommen, wenn Sie Zeit haben.«

Ich überprüfte meinen Terminkalender. »Wie wäre es mit zehn Uhr morgens? Meine Partnerin, Chantelle Marchand, wird auch hier sein.«

»Zehn Uhr morgens ist perfekt. Übrigens, Mistys Blog hat mir heute besonders gut gefallen. Es war, als ob sie mir die Hand reichen und mich um Hilfe bitten würde. Ich habe eine Schwäche für Liebesgeschichten.« Er legte auf, bevor ich antworten konnte, und das war auch gut so. Wieder einmal hatte ich absolut keine Ahnung, was Misty gepostet hatte.

20

MISTY HATTE einen zweiten Eintrag auf ihre *Messages-Seite* gestellt. Die abgebildete Tarotkarte, „Die Zwei der Kelche", zeigte eine Frau mit einem blauen Umhang auf einem langen weißen Gewand, ein Mann in einer gelb-schwarzen Tunika und wadenhohen Stiefeln. Beide trugen eine Blumenkrone und hielten einen goldenen Kelch. Der Mann streckte die Hand nach der Frau aus, ohne sie zu berühren. Über ihnen schwebte ein geflügelter Löwenkopf. Der Löwe saß auf einem Stab, um den sich zwei Schlangen wanden. Ich las *Mistys Message.*

DIE ZWEI DER KELCHE (ELEMENT: WASSER)

Die meisten Leser werden „Die Zwei der Kelche" als Karte der Liebenden betrachten, und es gibt sicherlich ein Element der Liebe, der Anziehung und der Sexualität, aber ich ziehe es vor, diese Karte aus den Nebenarkana unter dem übergreifenden Thema der Partnerschaft zu interpretieren. Man beachte den Caduceus (das Abzeichen der Mediziner) und den Kopf eines geflügelten Löwen, wobei die Flügel wie ein schützendes Dach über Mann und Frau erscheinen. Dies symbolisiert Frieden, Harmonie und Gleichgewicht.

MISTYS MESSAGE: Die Form der Partnerschaft hängt davon ab, in welcher Beziehung sie zur Vergangenheit, Gegenwart oder Zukunft steht. Ihre Rolle, egal wie gering sie auch sein mag, wird eine bedeutungsvolle sein, die gegenseitiges Vertrauen und Respekt beinhaltet. Wird sie zwei Liebende wieder zusammenführen? Vielleicht. Oder vielleicht wird sie Licht in das Leben vergangener Liebender, die nicht mehr unter uns weilen, bringen.

Misty hatte „Die Zwei der Kelche" in eine Anfrage für Informationen verwandelt, indem sie gegenseitige Partnerschaft offerierte. Ich hätte dankbar sein sollen, denn irgendetwas in der Formulierung des Beitrags, hatte bei Geoffrey Burrell Anklang gefunden. Allerdings wusste ich nicht, was sie dazu bewegte, das Leben früherer Liebhaber hinzuzufügen. Sie wusste nichts von Anneliese und Anton. Könnte Misty tatsächlich übersinnliche Kräfte haben? Ich schüttelte den Kopf. Chantelle musste sie auf den neuesten Stand gebracht haben.

»SCHULDIG IM SINNE DER ANKLAGE«, sagte Chantelle. Wir nippten am Tee und knabberten an gekauften Schokokeksen, während wir auf Geoffrey Burrell warteten. Wenn er pünktlich wäre, würde er innerhalb der nächsten zehn Minuten eintreffen.

»Warum?«

»Warum nicht? Ihr letzter Beitrag war erfolgreich. Sie mag zwar keine Partnerin sein, aber sie ist Teil unseres Teams. Ich habe ihr keine Namen genannt, nur die Grundzüge der Geschichte. Ich hoffe, du bist deshalb nicht böse auf mich.«

»Ehrlich gesagt, bin ich erleichtert. Ich kann damit umgehen, dass Misty das Tarot auf ihre eigene unnachahmliche Art und Weise interpretiert, vor allem, wenn es uns Hinweise oder Kunden bringt, aber eine echte Hellseherin ist sie deshalb für mich noch lange nicht.«

Chantelle lachte. »Du glaubst im Allgemeinen nicht, dass es echte Mediums gibt.«

Sie hatte recht. Trotzdem schienen *Mistys Messages* Anklang zu finden. »Ich sollte wahrscheinlich nicht so abweisend sein. Ihr Konzept scheint gut anzukommen. Vielleicht sollten wir sie zu weiteren Messages aufmuntern. Ich habe jedoch keine Vorstellung, welcher Art sie sein sollten.«

»Ich bin mir sicher, dass sie alle möglichen Ideen hat, vor allem, wenn wir ihr auch nur die kleinste Anweisung geben. Und sie hat bisher großartige Arbeit an der Webseite geleistet.«

Ich gab zu, dass ich außer dem letzten Beitrag keinen weiteren gelesen habe.

»Im Ernst? Das musst du dir ansehen. Misty hat Unterseiten für die große und die kleine Arkana eingerichtet, zusammen mit einem Foto von jeder einzelnen Karte des Tarotdecks. Ich habe die Statistiken gecheckt, und beide Seiten haben bereits eine Menge Zugriffe.«

Ich versprach ihr, mir die Seiten anzusehen, als es an der Tür klingelte. »Das wird Geoffrey Burrell sein.«

Ich habe immer geglaubt, dass die meisten Menschen zu ihrer Stimme passen, d.h. eine kräftige und ungestüme Stimme wird im Allgemeinen mit einer Person von großzügigem Geist und Proportionen in Verbindung gebracht, während man sich bei sanften und weichen Stimmen eher jemanden, der jung, sexy und schlank ist, vorstellt oder vielleicht einen Marilyn Monroe-Typ, also eine dralle Blondine, die sich ihrer Reize bewusst war. Sollte das in der Tat die Regel sein, dann war Geoffrey Burrell die Ausnahme, denn er war ebenso dick und korpulent wie seine Stimme dünn und näselnd war. Seine Körpergröße, oder das Fehlen einer solchen, war in seinem Falle nicht gerade von Vorteil.

Mit Socken bin ich 1,70 m groß. Er war gut zwei Zentimeter kleiner als ich.

Ich nahm Geoffreys Mantel und hängte ihn an den Dielenbaum, ein fabelhaftes Stück, das ich in einem hiesigen Möbelgeschäft, das auf mennonitische Waren spezialisiert war, gefunden hatte. Er war aus einem gebeizten Baumstamm gefertigt, der eine Zeitlang gewässert worden war, mit Eisenbahnnägeln als Haken und einem aus Kiefernholz geschnitzten Sockel. Er sah nicht nur gut aus, sondern er ergänzte auch den vorderen Flurschrank, der mit sechs Mänteln bereits total vollgestopft war.

Geoffrey zog seinen senfgelben Pullover über seinen beachtlichen Bauch und schlüpfte aus den Schuhen, seine schwarze Lederaktentasche die ganze Zeit in der Hand haltend, als ob ich sie nehmen und damit weglaufen würde. Ich schätzte seine Körpergröße um zwei weitere Zentimeter nach unten. Der Mann mochte auf die achtzig zugehen und noch so kahl und faltig sein, wie an dem Tag, an dem er auf die Welt kam, aber er trug Absätze. Ich unterdrückte ein Grinsen. »Sie brauchen Ihre Schuhe nicht auszuziehen.«

»Ich würde ihr schönes Parkett nur ungern verschmutzen. Außerdem fühle ich mich am wohlsten, wenn ich nur Socken trage.«

Wahrscheinlich ist er es leid, Absätze zu tragen, dachte ich und unterdrückte ein Kichern. Ich bat ihn herein und stellte ihm Chantelle vor.

Nach dem Austausch von Höflichkeiten und dem höflich abgelehnten Angebot von Tee, Kaffee oder Keksen kam Geoffrey zur Sache, öffnete die Aktentasche und zog eine dünne grüne Mappe mit Plastikhüllen heraus. Ich war lächerlich aufgeregt, weil ich wissen wollte, was sich darin befand.

»DAS SIND ARCHIVTAUGLICHE POLYESTERHÜLLEN«, sagte Geoffrey, wobei seine Stimme einen gelehrten Ton annahm. »Sie bestehen aus einem glasklaren, säurefreien, nicht vergilbenden oder trübenden Schutzhüllenmaterial, das es uns ermöglicht, die Dokumente ungehindert zu handhaben und zu betrachten. Außerdem sind die Hüllen knitterfrei und unbiegsam, was ein gutes Maß an Halt und Widerstand gegen Beschädigungen bietet. Sollten Sie sich entscheiden, eine Fotokopie anzufertigen, können wir das Dokument natürlich vorsichtig aus seiner Archivhülle herausnehmen.«

Ich wich Chantelles Blick aus, denn ich wusste, dass wir beide in Gelächter ausbrechen würden, wenn wir Augenkontakt hätten. Geoffrey Burrell hatte mir gerade mehr über archivtaugliche Polyesterhüllen erzählt, als ich jemals wissen wollte oder musste.

»Es ist faszinierend, wie die Technik unsere Vergangenheit schützen kann«, sagte ich und ignorierte Chantelles Tritt unter dem Tisch.

»Nicht wahr?« Geoffrey öffnete die Mappe bis zur ersten Hülle. »Ich fürchte, ich habe nicht viel Material, das mit der *Canberra* zu tun hat, aber Sie fragten nach allem, das möglicherweise von Interesse sein könnte, und ich kann sicherlich die mutmaßliche Bedeutung der einzelnen Gegenstände in Bezug auf Ihren Fall erläutern.«

Geoffrey entnahm vorsichtig ein cremefarbenes Büchlein mit der Aufschrift „Liste der Passagiere: *T.S.S. Canberra* Greek Line" in blauer Schrift. Auf dem Hintergrund war in zartem Grün ein griechischer Gott abgebildet, der einen dreizackigen Speer hielt. Ich erinnerte mich an meinen Unterricht in griechischer Mythologie in der High School. Das musste Poseidon sein, der griechische Gott des Meeres. Ich warf einen Blick auf Chantelle und wusste, dass sie dasselbe dachte wie ich. Könnte dies die Passagierliste von Annelieses Reise sein?

»Ich fürchte, sie ist nicht vom Juni 1952«, sagte er und ließ damit die Luft aus meinem Ballon. »Die *Canberra* fuhr von 1948 bis 1954 für die Greek Line.« Geoffrey schlug das Titelblatt auf, das auf Montag, den 4. Juni 1951, für die Fahrt von Montreal nach Cherbourg, Southampton und Bremerhaven datiert war.

Ich spürte einen Anflug von Enttäuschung, aber falls mein Gesicht dies verriet, nahm Geoffrey es nicht wahr. »Diese spezielle Passagierliste ist nicht vom Juni 1952, aber so hätte eine intakte Passagierliste ausgesehen«. Er blätterte eine Seite um, auf der die Offiziere des Schiffes aufgeführt waren, und verweilte einen Moment, bevor er zur nächsten Seite blätterte, auf der die Passagiere der ersten Klasse verzeichnet und in drei Listen aufgeteilt waren: Cherbourg, Southampton und Bremerhaven. Jede Liste umfasste weniger als ein Dutzend Personen, von denen viele zur selben Familie gehörten. Im Fall von Cherbourg zum Beispiel gab es drei Nachnamen und zehn Passagiere.

Auf den folgenden Seiten waren die Passagiere der Touristenklasse aufgeführt, die mehr als siebzig Namen pro Kategorie umfassten. Anton Osgoode stand nicht auf der Liste, nicht dass ich es erwartet hätte. Einige der Namen waren mit Bleistift angekreuzt. »Was bedeuten die Bleistiftstriche?«

»Sehr aufmerksam von Ihnen und eine gute Frage«, sagte Geoffrey in anerkennendem Ton. »Reisende würden die Passagierliste sorgfältig geprüft und analysiert haben. Waren irgendwelche wichtigen Leute an Bord? Aristokraten, Geschäftsmagnaten, hohe Geistliche, Prominente und Parlamentarier waren von Interesse. Man suchte auch nach anderen Passagieren aus der Heimatgemeinde des Reisenden, insofern diese angegeben war. In dieser speziellen Liste sind die Städte der Reisenden nicht aufgeführt, aber viele Listen enthielten diese Angaben. In diesem Fall nehme ich an, dass diese Häkchen eine Hilfe waren, um sich an die Namen der anderen Gäste zu erinnern, die am Tisch saßen.«

Chantelle studierte die Passagierliste und runzelte konzentriert die Stirn. »Hätte ein Passagier der ersten Klasse die Möglichkeit, in der Touristenklasse zu speisen oder jemanden zu treffen?«

Ich wusste, dass sie an die Postkarte dachte, die Anneliese aus dem Musiksalon der ersten Klasse aufbewahrt hatte. Da Anton Osgoode Einkäufer bei Eaton's war - eine prestigeträchtige Position zu jener Zeit, wenn man Olivia glauben darf - könnte er in der ersten Klasse gereist sein. Anneliese Prei, die mit einem deutschen Pass reiste und aus England ausgewandert war, wäre mit Sicherheit in der Touristenklasse gewesen.

»Lassen Sie sich nicht von Rose und Jack und der *Titanic* irreleiten«, sagte Geoffrey lachend. »Die Passagiere der ersten Klasse würden sich niemals unter die Touristenklasse mischen. Das wurde einfach nicht getan. Sollte es einem Passagier der Touristenklasse irgendwie gelungen sein, auf das Deck der ersten Klasse zu gelangen, was unwahrscheinlich, wenn nicht gar unmöglich war, so wäre er eiligst entfernt und auf sein Deck zurückgebracht worden.«

Das bedeutete, dass die Postkarte des Musiksalons nichts weiter als ein Souvenir war. Es bedeutete auch, dass Anton in der Touristenklasse gereist war. Ich fragte mich, ob ihm das was ausgemacht hatte, oder ob es in der Touristenklasse vielleicht bessere Chancen gab, einen schuldfreien Seitensprung zu begehen. Mir wurde klar, dass ich einem Mann, den ich nie kennen gelernt hatte, gegenüber unfair war, zumal Anneliese nicht schuldlos war. Immerhin war sie laut ihrem Pass nach Kanada eingewandert, weil sie einen Verlobten hatte.

Geoffrey starrte mich erwartungsvoll an, und mir wurde klar, dass ich wahrscheinlich etwas übersehen hatte, während sich die Geschichten in meinem Kopf drehten. »Tut mir leid, ich habe gerade über alles nachgedacht, was Sie uns bisher erzählt haben.«

Die Antwort schien ihn zu besänftigen, denn er wandte sich einem Abschnitt mit allgemeinen Informationen für Passagiere zu. Dort wurde vor dem Öffnen von Bullaugen gewarnt (was definitiv nicht zu empfehlen war), es gab Informationen über die Wäscherei, Fundsachen, Post und Telegramme, Gepäck, Aufbewahrung von Wertsachen und Gottesdienste. Mit Erstaunen stellte ich fest, dass Liegestühle für eineinhalb Dollar pro Tag vermietet wurden, Kissen und Teppiche kosteten zusätzlich fünfundsiebzig Cent pro Stück.

Anneliese hatte bei der Einwanderung ein Reisegeld von etwa vierzig Dollar erhalten, ihre Reise dauerte neun Tage. Luxusartikel wie Liegestühle hätten fast die Hälfte ihrer Zuteilung verbraucht. Ich war mir nicht sicher, was der Teppich zu bedeuten hatte, und fragte Geoffrey danach.

»Eigentlich war es eine dicke Wolldecke und kein Teppich, den man auf den Boden legt,« sagte Geoffrey. »Der Rest der Seite erklärt sich von selbst, aber ich finde sie trotzdem interessant, vor allem was die Mietkosten betrifft.«

»Das tue ich auch«, sagte ich. »Das gibt einem wirklich ein Gefühl für die Reise.«

»Ich kann mir fast vorstellen, dort zu sein«, sagte Chantelle.

Geoffrey strahlte. »Ganz genau. Jetzt verstehen Sie, warum ich seit Jahren davon fasziniert bin. Sollen wir weitermachen?«

Chantelle und ich nickten gleichzeitig.

Die nächste Hülle enthielt ein tägliches Programm von Veranstaltungen und Aktivitäten auf der *R.M.S. Sylvania* im Juli 1957. Programm war als „*Programme*" geschrieben, vielleicht um es hochtrabender erscheinen zu lassen, obwohl unten auf der Seite in Kursivschrift vermerkt war, dass dieses Programm für die Touristenklasse bestimmt war.

»Die Bezeichnung *R.M.S.* steht für Royal Mail Ship oder Dampfschiff und bezeichnet ein Hochseeschiff, das im Auftrag der britischen Royal Mail Post befördert«, sagte Geoffrey. »Wie Sie sehen können, stammt dieses Programm von der Jungfernfahrt der *Sylvania*.«

Die Ehrfurcht in seinem Tonfall machte deutlich, dass Geoffrey stolz auf dieses Programm war, auch wenn es mir schwer fiel zu verstehen, was es mit der *Canberra* zu tun hatte. Ich überlegte gerade, wie ich höflich fragen könnte, als Geoffrey fortfuhr.

»Dieses Programm ist zwar nicht von der *Canberra*, aber es ist ein gutes Beispiel dafür, was man erwartet hätte. Es hätte ein Programm für die erste Klasse und eines für die Touristenklasse gegeben. Ich habe es auch deshalb ausgewählt, weil es Anweisungen für die Passagiere enthält, die sich auf das Aussteigen vorbereiteten, zusammen mit einem Vermerk über die Zeitumstellung um Mitternacht.

»Es scheint, als hätte es viele Veranstaltungen gegeben«, sagte ich und sah mir die Liste der Veranstaltungen an. Ein Quiz-Wettbewerb, Musik zum Nachmittagstee mit *George Forbes und dem „Sylvania"-Tanzorchester* in der Lounge, eine Cocktail-Stunde im Smoke Room, eine BBC-Radiosendung (*wenn die Empfangsbedingungen es zuließen*) und ein Filmabend, in diesem Fall *Brothers in Law* mit Richard Attenborough, Ian Carmichael und Terry Thomas. Es gab eine Kostümparade, gefolgt von einer Tanzveranstaltung mit *George Forbes und dem „Sylvania"-Tanzorchester*.

»Die Programme wurden täglich in jede Kabine geliefert«, sagte Geoffrey. »Auch die Veranstaltungen des Tages wurden am Nachmittag oder Abend zuvor bekannt gegeben. Es gab Ausnahmen, wie z. B. einen Kostümball, bei dem die Leute Zeit brauchten, um sich ihre Kostüme auszudenken und vorzubereiten, oder das Abschiedsessen, für das der Zeitpunkt festgelegt war.«

»Faszinierend«, sagte ich, und meinte es auch so. Wie muss es für jemanden gewesen sein, der nach Kanada kam, um ein neues Leben zu beginnen, jemand, der die Lebensmittelrationen und die Schrecken des Krieges aus erster Hand erlebt hatte?

Ich wollte nun sehen, was Geoffrey sonst noch hatte. Was er uns bisher gezeigt hatte, war interessant, aber ich wurde langsam unruhig. Ich wollte etwas sehen, das mit Annelieses Reise zu tun hatte. Ich vermied den Blickkontakt mit Chantelle. Ich wollte nicht, dass Geoffrey dachte, wir würden uns nicht für seine Sammlung interessieren.

»Ich kann es kaum erwarten, den Rest Ihrer Mitbringsel zu sehen«, sagte ich in der Hoffnung, ihn auf die netteste Art und Weise zur Eile zu bewegen.

Die Aufforderung wurde gut aufgenommen. Geoffrey führte uns durch eine Handvoll Mittags- und Abendmenüs von verschiedenen Reisen und verschiedenen Schiffen, obwohl keines von der Greek Line, geschweige denn von der *Canberra* stammte. Dennoch schien er von ihnen begeistert zu sein, so dass es angebracht schien, die eine oder andere Frage zu stellen.

Mir fiel nicht eine einzige Frage ein. Zum Glück kam Chantelle zur Rettung.

»Wurden die Speisekarten genau wie die Veranstaltungsprogramme täglich in die Kabinen gebracht?«

»Das glaube ich nicht. Ich persönlich habe noch nie eine Speisekarte gefunden, die speziell für eine Kabine bestimmt war«, sagte Geoffrey. »Wie in einem Restaurant wäre das Menü für die Mahlzeit am Tisch zu finden gewesen. Man wollte den Eindruck geben, als wäre man in einem feinen Hotel mit einem ausgezeichneten Restaurant. Wie Sie an den Speisekarten sehen können, wäre das Essen für die meisten Ansprüche ziemlich exotisch gewesen.«

Ich musste zugeben, dass das Essen wirklich exotisch klang. Eine Speisekarte der *Queen Mary* vom 31. Juli 1947 enthielt zwei Suppen: Klare Schildkröte und etwas namens Potage

Nelusko. Die Fischauswahl war ebenso verlockend: Steinbutt Poche, Sauce Riche, und Rotbarbe, Meunière. Außerdem gab es gebratene Rinderlende mit Meerrettichsahne und Mousseline vom Schinken, Florentine. Bei Gemüse, Kartoffeln und Desserts reichte die Palette vom Gewöhnlichen, wie frischem Brokkoli oder Salzkartoffeln, bis hin zum Unerwarteten, wie Praliné-Parfait oder Charlotte Russe, einem Dessert aus Schlagsahne, Obst, Gelatine und Löffelbiskuits.

»Was war mit den Sitzplätzen?« fragte ich. »Sie haben vorhin erwähnt, dass die Passagiere oft die Namen ihrer Tischnachbarn ankreuzten. Aber würden Sie immer mit der gleichen Gruppe von Leuten zusammensitzen wollen?« Das würde bedeuten, dass Anneliese und Anton immer am selben Tisch zusammengesessen hätten.

»Ein Passagier saß immer an dem ihm zugewiesenen Tisch«, sagte Geoffrey, »obwohl es nicht undenkbar ist, dass es innerhalb einer Tischgruppe zu Platzwechseln kommen konnte. Es hätte sein können, dass man gelegentlich den Tisch wechseln wollte, und dass die Entscheidung im Ermessen des Oberkellners gelegen hätte. Am Ende der Reise hätten die Kellner an Ihrem Tisch auf ein Trinkgeld gehofft und es wahrscheinlich auch erwartet.«

Nachdem er die Weichen für seine große Offenbarung gestellt hatte, war Geoffrey endlich bereit, uns die letzte Hülle der Mappe zu zeigen.

Es handelte sich um eine Passagierliste, aber im Gegensatz zum vorherigen Exemplar, das sich in tadellosem Zustand befand, war dieses Exemplar schon etwas abgenutzt. Das Titelblatt war vorhanden und bestätigte, dass es von der Reise der *Canberra* im Juni 1952 von Bremerhaven, Southampton und Cherbourg nach Quebec City stammte, aber die Passagierliste war entfernt worden. Enttäuschend, denn es wäre schön gewesen, die Namen von Anneliese Prei und Anton Osgoode in gedruckter Form zu sehen, aber immerhin etwas, das man Louisa zeigen könnte.

»Ich vermute, dass die Passagierliste herausgenommen wurde, um sie jemandem als Andenken zu geben, aber das ist nur eine Vermutung«, sagte Geoffrey. »Sie könnte aus allen möglichen Gründen entfernt worden sein.«

»Ich bin sicher, dass unsere Kundin sich darüber freuen wird, auch wenn die Namen der Passagiere fehlen«, sagte Chantelle, und ich nickte zustimmend.

»Sie sind offenbar beide zu höflich, um zu fragen, warum ich etwas in einem so schlechten Zustand gekauft habe«, sagte Geoffrey mit einem Lächeln.

»Es scheint nicht zum Rest der Dokumente in Ihrer Sammlung zu passen«, sagte ich, »aber ich bin froh, dass Sie es getan haben.«

»Noch mehr Höflichkeit, für die ich mich bedanke, aber ich habe mir das Beste für den Schluss aufgehoben. Ich habe es gekauft, weil sich darauf Unterschriften von Passagieren befinden. Ich glaube, ich habe Ihnen gesagt, dass ich eine Schwäche für Liebesgeschichten habe.«

»Das haben Sie, in der Tat«, sagte ich.

»Vielleicht interpretiere ich da zu viel hinein, aber ich konnte nicht widerstehen. Natürlich ist mir klar, dass die Unterschriften Ihnen oder Ihrer Klientin nichts sagen werden, aber ich bin sicher, dass es ihr trotzdem gefallen wird.« Geoffrey blätterte die Seite um, lehnte sich zurück und wartete auf unsere Reaktion. Ich unterdrückte ein Aufstöhnen, um nichts zu verraten. Ein kurzer Blick auf Chantelle zeigte, dass sie wie gebannt auf die Seite starrte.

Ich konnte es ihr nicht verdenken. Denn auf dem cremefarbenen Kartenmaterial mit der Überschrift *Autogramme* stand in Großbuchstaben die mit Bleistift geschriebene Überschrift von Tisch acht. Dreizehn Unterschriften befanden sich auf der Seite, einige mit Schnörkeln geschrieben, andere in einer germanischen, spitzen, krampfhaften Schrift. Von der Postkarte des Speisesaals der Touristenklasse der *Canberra* wusste ich, dass an den Tischen vierzehn Personen Platz fanden. Es lag auf der Hand, dass der Besitzer der Karte nicht unterschrieben hatte, aber ich sehnte mich danach zu erfahren, wer diese Person war, denn neben jeder Unterschrift befand sich eine kleine, aber filigrane Bleistiftzeichnung.

»So etwas habe ich nie wieder gesehen«, sagte Geoffrey. »Der Künstler war sehr talentiert, finden Sie nicht auch? Was für eine wunderbare Art, sich Jahre später an Menschen zu erinnern.«

Ich nickte, fasziniert von den Zeichnungen, die vor mir lagen. Ein Tischtennisschläger, ein Buch, das Kreuz-Ass, ein Rennprogramm, eine Badekappe, ein Stück Kuchen, eine Teetasse, ein Klavier, ein Radio, ein Liegestuhl und ein Weinglas.

Nur zwei Unterschriften hatten eine ähnliche Zeichnung neben der Unterschrift. Es handelte sich um ein Doppelherz mit den Initialen A.P. in der einen und A.O. in der anderen.

Anneliese Prei und Anton Osgoode.

21

———

Nachdem wir ihm schriftlich zugesichert hatten, die Dokumente nicht im Internet zu veröffentlichen, erlaubte mir Geoffrey, Farbfotokopien der interessantesten Dokumente anzufertigen, darunter auch von der wichtigen Autogrammseite.

In unausgesprochener Absprache haben weder Chantelle noch ich erwähnt, dass uns einer der Namen bekannt war.

»Wow«, sagte Chantelle immer wieder, sobald er gegangen war. Sie drehte in rasantem Tempo Runden um den Tisch.

»Wow, in der Tat.« Ich tupfte etwas Kakaobutter-Lippenbalsam auf, dann noch mehr und hoffte, dass sich Chantelle setzen würde. Sie machte mich schwindelig.

Sie ging weiter auf und ab. »Wie hoch war die Wahrscheinlichkeit, dass Geoffrey ausgerechnet diese Autogrammseite besitzen würde? Ganz davon zu schweigen, dass wir mit ihm bekanntgemacht wurden?«

Ich hatte über dieselben Fragen nachgedacht. Ich habe nie an die Geisterwelt geglaubt, mein Vater sei als typisches Beispiel genannt, denn er hat noch nie versucht mir aus dem Jenseits etwas über seinen Tod zu mitzuteilen. Ich habe auch

Geschichten über Mordopfer gehört, die in den Häusern spuken, in denen sie ermordet wurden, bis der Mörder gefunden wurde. Wer kannte das nicht? Aber ich habe diese Geschichten nie geglaubt. Ich bin stolz darauf, ein logischer Mensch zu sein. Geister, Gespenster und Tarotkarten widersprachen der Logik. Es gab immer eine plausible Erklärung, und Mistys letzter Beitrag und Geoffrey Burrells Autogrammseite bildeten da keine Ausnahme.

»Ich halte das für einen glücklichen Zufall.«

Chantelle rollte mit den Augen. »Ist das dein Ernst? Ein glücklicher Zufall?«

»Zufall oder nicht, was sollen wir als nächstes tun?«

»Ich habe darüber nachgedacht, Misty zu bitten, die Tarotkarten für uns zu lesen.«

Ich hatte zwar nichts gegen Misty einzuwenden, und *Mistys Messages* hatten uns, trotz meiner früheren Vorbehalte, eine Kundin und eine großartige Ressource eingebracht. Aber das hieß noch lange nicht, dass ich sie in alles einweihen wollte.

»Ich will nicht, dass sie von der Autogrammseite erfährt.«

»Sie muss es nicht wissen. Wir können einfach um eine allgemeine Lesung bitten.«

Ich war nicht überzeugt. »Was wird sie denn sagen? Dass die Ermittlungen auf der richtigen Spur sind? Dass wir uns vor Fremden mit Geschenken in Acht nehmen sollten? Ich halte das nicht für praktisch.«

Chantelle ließ sich nicht beirren. »Okay, vielleicht ist Misty nicht die beste Wahl, aber ich möchte es trotzdem versuchen. Hast du mir nicht erzählt, dass du bei einer Hellseherin warst, als du das Verschwinden deiner Mutter untersucht hattest?«

Ich war gezwungen zuzugeben, dass ich es getan hatte. »Aber es ging nicht um eine Lesung. Ich brauchte jemanden, der die Tarotkarten deutete, die ich im Snapdragon Circle gefunden hatte.«

»Und hatte sie? Sie interpretiert?«

»Ja.«

»Jetzt kommen wir weiter«, sagte Chantelle ein wenig selbstgefällig. »Wie war ihr Name und wo finden wir sie?«

»Ihr Name war Randi und sie arbeitet bei Sun, Moon & Stars.«

»Der Laden hinter Nature's Way Whole and Organic Foods? Ich wusste, dass sie Kristalle und gefärbte Halstücher verkaufen, aber ich hatte keine Ahnung, dass dort eine Hellseherin arbeitet.«

»Ich weiß nicht, was andere ... Hellseher tun ... aber Randi bietet Lesungen mit Tarot, Teeblättern und persönlichen Gegenständen an.«

Chantelles graue Augen funkelten. »Du musst einen neuen Termin mit ihr vereinbaren. Ich habe Nachforschungen über Hellseher und persönliche Gegenstände angestellt. Es gibt so etwas wie Psychometrie, auch bekannt als Token-Objekt-Lesung. Dabei handelt es sich um eine Form der außersinnlichen Wahrnehmung, bei der man durch physischen Kontakt mit einem Objekt unbekannter Geschichte Assoziationen herstellen kann.«

»Ich halte das für Betrug.«

»Das Grundkonzept besteht darin, dass eine Person, die über psychometrische Fähigkeiten verfügt, einen Gegenstand in der Hand hält und dadurch in der Lage ist, etwas über die Geschichte des Gegenstandes, die Person, die ihn besaß, und die Erfahrungen, die diese Person machte, während sie ihn besaß, zu erzählen. Der Psychometriker kann möglicherweise wahrnehmen, was für ein Mensch die Person war, was sie tat und sogar wie sie gestorben ist.«

»Tatsächlich?«

Chantelle hatte meinen Sarkasmus entweder übersehen oder einfach ignoriert. »Manchmal kann der Psychometrist die Emotionen, die die Person zu einem bestimmten Zeitpunkt empfand, spüren, weil Emotionen am stärksten in einem

Gegenstand aufgezeichnet sind. Wenn Randi einen persönlichen Gegenstand von Anneliese hätte, könnte das helfen. Auch einer von Sophie könnte nicht schaden, vor allem wenn es etwas ist, das sie von ihrer Mutter geerbt hat.«

»Angenommen, ich wäre bereit, es zu versuchen - wir haben von keinem der beiden ein persönliches Objekt. Ich glaube nicht, dass alte Fotos als Objekt gelten.«

»Vielleicht haben wir im Moment nichts«, sagte Chantelle, »aber es gibt ja noch Sophies Schmuckkästchen. Kannst du mit Randi einen Termin vereinbaren, falls sich darin etwas befinden sollte, das auf Anneliese zurückgeführt werden könnte?«

»Warum machst du nicht den Termin? Es ist deine Idee.«

»Weil ich an solche Dinge glaube, was auch bedeutet, dass ich leicht zu überzeugen bin. Du hingegen bist eine geborene Skeptikerin. Wenn das alles nur Schall und Rauch ist, wirst du es sofort durchschauen.«

Da hatte sie Recht. »Gut, ich mache den Termin, aber nur, wenn die Schmuckschatulle etwas enthält, das sich lohnt, zu Randi gebracht zu werden.«

»Ich bin mir sicher, dass sie etwas derartiges enthält«, sagte Chantelle.

Darüber war ich mir auch ziemlich sicher. Der Gedanke tröstete mich nicht. Psychometrie in der Tat. Als Nächstes würde ich meinen Tag nach meinem Horoskop planen.

ICH ÜBERLEGTE GERADE, was ich in meinen Bericht für Louisa schreiben sollte, als mein Telefon klingelte. Keine Anrufererkennung.

» Past & Present Investigations, Calamity am Apparat.«

»Hi Callie, ich bin's, Louisa. Nachdem ich eine sehr unangenehme Reise hinter mir habe, bin ich endlich wieder zu Hause. Von dem Flug von Halifax nach Toronto will ich gar nicht erst anfangen. Doch wie dem auch sei, Sie erwähnten in Ihrer Nachricht Fortschritte gemacht zu haben.«

»Das haben wir. Es gibt noch viel zu tun, aber wir haben Fortschritte gemacht und haben einige gute Hinweise.«

»Das ist großartig.«

»Was den Bericht betrifft, so gibt es einige Unklarheiten, die ich lieber erst ansprechen würde, wenn wir sie geklärt haben. Aus dem Zusammenhang gerissen, könnten sie eher verwirren als hilfreich sein.«

»Darüber habe ich nachgedacht. Ich weiß, dass ich anfangs regelmäßige Berichte verlangt habe, aber ich war noch nie in der Lage Dinge stückchenweise zu verdauen. Wenn es Ihnen nichts ausmacht, würde ich lieber warten, bis Sie die Ermittlungen abgeschlossen haben.«

Ich atmete einen leisen Seufzer der Erleichterung. Es wäre falsch gewesen, Informationen über Anton Osgoode zurückzuhalten, besonders angesichts der Autogrammseite, aber ich musste herausfinden, welche Rolle er, wenn überhaupt, bei Annelieses Mord gespielt hatte. Oder zumindest versuchen, es herauszufinden.

»Wenn Sie das wirklich wollen.«

»Das will ich. Ich vertraue darauf, dass Sie hart an dem Fall arbeiten. Wenn wir dieses Gespräch in sechs Monaten immer noch führen würden, wäre das eine andere Sache.«

»Sechs Monate? Wenn wir dieses Gespräch in drei Monaten noch führen werden, sollten Sie uns feuern.«

»Also gut. Soll ich Ihnen immer noch Sophies Schokoladenschachtel und ihren Schmuck bringen? Ich fürchte, ich hatte noch keine Zeit, beides zu sortieren. Wem mache ich hier etwas vor? Ich konnte mich so kurz nach ihrem Tod einfach nicht damit auseinandersetzen. Wenn man mich in eine geschäftliche Situation bringt, egal wie schwierig, kann ich rücksichtslos sein, aber wenn es um persönliche Angelegenheiten geht, halte ich mich zurück.«

»Das ist eine normale Reaktion. Eines Tages werden Sie Trost in diesen Dingen finden. In der Zwischenzeit könnte es bei den Sachen etwas geben, das uns bei unseren Ermittlungen weiterhilft.«

»Gut, ich werde morgen früh in Marketville sein, um einen unserer Franchisenehmer zu besuchen. Ich werde heute Abend alles vorbereiten und die Sachen auf dem Weg dorthin abliefern. So gegen zehn Uhr, je nach Verkehrslage.«

»Bis dann.«

Der morgige Tag schien noch in weiter Ferne zu liegen. Geduld mag eine Tugend sein, aber sie war noch nie eine von mir gewesen. Ich tippte mit den Fingern auf den Tisch und überlegte, was ich als Nächstes tun sollte. Ich konnte mich nicht konzentrieren; die Autogrammseite hatte mich mehr erschüttert, als ich zugeben mochte. Die Doppelherzen bedeuteten, dass Anneliese und Anton ihre Schiffsromanze nicht geheim gehalten hatten, zumindest was den Autogrammjäger betraf. Die Wahrscheinlichkeit war groß, dass auch die anderen an Tisch acht davon wussten oder es vermuteten.

Hatte einer der Tischnachbarn Kontakt zu Anton oder Anneliese gehalten? Damals wäre es nicht so einfach gewesen wie heute, aber es war möglich.

Was, wenn einer von ihnen ein Erpresser war, der zu weit gegangen war? Nach drei Jahren deshalb noch einen Mord zu begehen machte nicht viel Sinn, aber eine gründliche Suche bedeutete, dass ich die Namen in meine Zeitungsrecherche einbezog.

Ich legte die Autogrammseite vor mich hin und begann, die anderen elf Unterschriften zu entziffern, was bei einigen nicht einfach war, und fügte sie der Liste von neun Namen hinzu, die ich bereits in meinem Notizbuch notiert hatte.

Zwanzig Namen. Es schien überwältigend, aber ich war schon einmal mit überwältigenden Herausforderungen konfrontiert worden, als ich nach der Wahrheit über meine Mutter suchte. Ich könnte es wieder tun.

Wenigstens war es dieses Mal nicht persönlich.

Es sei denn, dass es vielleicht doch persönlich werden könnte.

Diese verdammten Osgoodes machten nichts als Ärger.

ICH ZWANG MICH, alle Gedanken an Anton Osgoode zu verdrängen und ging auf die Facebook-Seite von Past & Present.

Keine Antwort auf meine Anfrage nach irgendwelchen Dokumenten oder Informationen von der *T.S.S. Canberra.* Umso dankbarer war ich für das Treffen mit Geoffrey Burrell.

Ich wusste, dass regelmäßige Beiträge auf Facebook die Anzahl unserer Follower erhöhen würde, was für unser Unternehmen wichtig war, aber ich wusste nicht, worüber ich posten sollte. Ich nippte an einer Tasse Zimt-Rooibos-Tee und dachte über die Möglichkeiten nach. Nach ein paar Minuten hatte ich es. Perlen. Anneliese Prei Frankow hatte an ihrem Hochzeitstag eine Perlenkette getragen, zusammen mit passenden Perlenohrringen. Ich wusste, dass es unmöglich war, ihre Perlenkette zu finden, aber mit etwas Glück würde sie genug Interesse wecken, um einen interaktiven Beitrag zu erstellen.

Ich suchte im Internet, bis ich eine ähnliche dreireihige Perlenkette fand, die Anneliese an ihrem Hochzeitstag trug, und begann, den Beitrag zu verfassen.

Perlen: Glück oder nicht?

In der antiken griechischen Kultur glaubte man, dass

Perlen das Eheglück fördern und vor Tränen am Tag der Hochzeit schützen würden. Der moderne Aberglaube besagt, dass Perlen niemals in einen Verlobungs- oder Ehering eingearbeitet werden dürfen, da sie sonst „Tränen in die Ehe" bringen. Bräute werden besonders davor gewarnt, an ihrem Hochzeitstag Perlen zu tragen, damit sie ihr neues Leben nicht mit Kummer beginnen.

Was glauben Sie, und warum?

Für einen kurzen Augenblick hatte ich das Gefühl, Anneliese in der anderen Welt einen Schritt näher gekommen zu sein, verpasste mir dann aber selbst einen gedanklichen Schlag auf den Kopf. So langsam brachte mich das Ganze aus der Fassung.

Das hatte mich jedoch nicht davon abgehalten, den Post zu veröffentlichen.

22

Louisa erschien pünktlich um zehn Uhr mit einer durchsichtigen Kunststofftasche. Erneut fiel mir ihre Ähnlichkeit mit Anneliese auf. Wie zuvor war sie konservativ gekleidet, diesmal trug sie einen marineblauen Blazer mit passender Hose, ein cremefarbenes Top und Perlenohrringe, die denen, die Anneliese an ihrem Hochzeitstag getragen hatte, unheimlich ähnlich waren. Könnten es dieselben Ohrringe sein?

Sie reichte mir eine Schachtel, die erstaunlich leicht war. »Der Schmuck meiner Mutter und die Schokoladenschachtel. Es ist eine magere Ausbeute, aber ich hoffe, Sie haben recht und es hilft Ihnen weiter. Auf jeden Fall besteht keine Eile, die Sachen zurückzubekommen. Ich brauche sie in absehbarer Zeit nicht.«

»Erlauben Sie mir Dinge, die uns möglicherweise weiterhelfen könnten, ins Internet zu setzen? Ich sage nicht, dass wir das tun werden, denn die Wahrscheinlichkeit ist gering, aber ich möchte diese Möglichkeit offen halten. Ich habe eine Vereinbarung aufgesetzt, die Sie unterschreiben können, wenn Sie einverstanden sind.« Ich reichte ihr das

Dokument. »Darin steht im Wesentlichen, dass wir Fotos auf Facebook, Twitter und unserer Webseite veröffentlichen können, aber keine Fotos von Menschen. Ihr Name und die Namen aller Beteiligten werden anonym bleiben.«

Glücklicherweise schien Louisa nichts daran auszusetzen zu haben. Sie las das Dokument, unterschrieb es kommentarlos und machte sich bereit zu gehen. »Ich fürchte, ich bin im Dienst und kann nicht bleiben, aber ich schätze Ihre Aufmerksamkeit für Details. Schicken Sie mir eine E-Mail, wenn Sie noch Fragen haben. So können Sie mich wahrscheinlich am besten erreichen. Ich werde in den nächsten Wochen viel unterwegs sein, aber ich schaue mindestens einmal am Tag in meine E-Mails, wenn nicht öfter.«

»Wird gemacht.« Ich zögerte einen Moment, aber ich wusste, wenn ich jetzt nicht fragte, würde ich es nie tun. »Ich habe Ihre Ohrringe bewundert. Sie sehen einzigartig und alt aus.«

Louisa hob ihre Hand an ihr Ohr und lächelte, als ihre Finger sie berührten. »Das liegt daran, dass sie wirklich alt sind. Sie gehörten meiner Mutter. Früher waren sie zum Anklipsen, aber sie hatte sie vor ein paar Jahren als Ohrstecker umändern lassen. Ich trage sie sehr oft. Meine Mutter hatte immer gesagt, dass man Perlen tragen muss, damit sie am Leben bleiben.«

»Diesen Ausdruck habe ich noch nie gehört. Gibt es zufällig eine passende Halskette?«

»Nein. Nur die Ohrringe.«

Ich verspürte einen unangemessenen Anflug von Enttäuschung. »Sie werden denken, dass dies eine seltsame Bitte ist, aber ist es möglich, diese Ohrringe für eine kurze Zeit hierzulassen? Ich verspreche, sie Ihnen so schnell wie möglich zurückzugeben.«

»Sie wollen meine Ohrringe? Wie könnte das den Ermittlungen nützen?« Louisa musterte mich, ihre braunen

Augen waren neugierig. »Sie müssen darauf nicht antworten, ich muss es nicht wissen. Ich vertraue Ihnen. Wenn Sie sagen, dass Sie die Ohrringe benötigen, dann glaube ich Ihnen.« Sie nahm sie schnell ab, reichte sie mir und schlüpfte zur Tür hinaus. Sie war weg, bevor ich mich bedanken konnte.

Als erstes holte ich das Foto von Annelieses Hochzeitstag hervor. Unter einer Lupe verglich ich die Ohrringe mit denen, die Louisa mir gegeben hatte. Absolut sicher konnte ich natürlich nicht sein, aber sie sahen identisch aus.

Ich musste mir zwar noch den restlichen Schmuck ansehen, aber ich glaubte, dass wir jetzt unser Objekt für Randi hatten. Ich sah auf die Uhr. Zehn Uhr dreißig. Wenn ich Glück hatte, würde Chantelle noch zu Hause sein.

Sie hatte eine halbe Stunde Zeit, bevor sie ins Fitnessstudio musste. Ich gab ihr ein kurzes Update.

»Ihr müsst den Schmuck ohne mich durchgehen.« Ich hörte das Bedauern in ihrer Stimme. »Ich habe heute zuerst meinen eigenen Pilates- und Spinning-Kurs. Nach zwei Stunden Pause springe ich dann für eine der anderen Trainerinnen ein, die sich krank gemeldet hat. Gewichte sind nicht gerade meine Stärke, aber sie konnten in letzter Minute niemanden anderen finden.« Sie gluckste trocken. »Was sagt das wohl über mich aus?«

Ich lenkte sie wieder in die richtige Richtung. »Okay, ich sehe mir den Inhalt der Schmuckschatulle ohne dich an. Was ist mit den Fotos?«

»Kannst du bis morgen früh damit warten? Ich unterrichte früh am Morgen, und werde der Fitnessmanagerin sagen, dass ich keine Extraschichten übernehmen kann. Sie wird zwar sauer sein, wenn sich wieder jemand krank melden sollte, aber das wird sie schon verkraften. Ich kann um elf da sein.« Chantelles Stimme nahm einen flehenden Ton an. »Es ist nur so, dass wir gut zusammenarbeiten, wenn es um Fotos geht.«

»Ich werde mein Bestes tun, um der Versuchung zu

widerstehen,« neckte ich sie. Es würde Willenskraft erfordern, nicht heimlich einen Blick hineinzuwerfen. Es war, als ob man wüsste, dass Butter-Pekannuss-Eis im Gefrierfach oder Kartoffelchips im Schrank waren. Normalerweise hätte man kein Verlangen danach, aber plötzlich konnte man nur noch an Chips und Eiscreme denken.

Eiscreme, Kartoffelchips und Perlen. Ich würde heute Nacht garantiert von ihnen träumen. In der Zwischenzeit hatte ich ein Schmuckkästchen zu öffnen. Ich nahm die Juwelierlupe aus meiner Detective Callie-Schublade, dankbar, dass Arabella Carpenter sie mir empfohlen hatte, und machte mich an die Arbeit.

DAS SCHMUCKKÄSTCHEN WAR aus cremeweißem Vinyl mit einem geprägten Blattgoldmuster, das an mehreren Stellen abgenutzt war, und einem Furnier aus tiefsitzendem Schmutz, das nur von jahrzehntelangem Gebrauch herrühren konnte.

Es war die Art von Schmuckkästchen, die es seit den 1940er Jahren gab und die man immer noch in jedem Kaufhaus für ein paar Dollar kaufen konnte; nicht das, was ich erwartet hatte. Ich hatte mir polierten schwarzen Lack mit einer komplizierten Cloisonné-Einlage oder etwas aus brüniertem Mahagoni mit Messingbeschlägen vorgestellt. Ich hoffte, dass das Innere vielversprechender als das Äußere sein würde.

Als ich das Kästchen öffnete, ertönte eine blechern klingende Melodie. Ich summte sie mit und suchte in den Tiefen meines Gedächtnisses nach dem Lied. Es dauerte ein paar Takte, aber schließlich erkannte ich es: „Some Enchanted Evening" aus dem Musical *South Pacific*. Ich starrte auf das türkisfarbene Samtinnere. Darin befanden sich eine Ringschatulle aus grünem Samt und ein rechteckiges

Kunstlederetui. Die restlichen Stücke, insgesamt ein halbes Dutzend, waren sorgfältig in bunten Organzasäckchen verstaut. Ich legte den Inhalt auf den Tisch und versuchte zu entscheiden, wo ich anfangen sollte.

Letztendlich entschied ich mich für die Organzabeutel, nicht so sehr, weil ich sie am interessantesten fand, sondern weil ich das Beste für den Schluss aufheben wollte, und das Ringkästchen war am vielversprechendsten.

Es dauerte nicht lange, bis ich erkannte, dass die Organzabeutel ein Reinfall waren. Es gab eine silberne Halskette mit einem Kristallanhänger, hübsch genug, aber eindeutig zeitgenössisch; eine Kette aus Lapislazuli, die einen gewissen Wert haben könnte, wenn die Steine echt wären - was angesichts des billigen Verschlusses unwahrscheinlich war; vier Armreifen aus Sterlingsilber, die durch mangelndes Polieren oder Gebrauch schwarz angelaufen waren; und ein Armband mit abwechselnd silberfarbenen Abstandshaltern, bernsteinfarbenen Kristallen sowie karamellfarbenen und schokoladenbraunen Glasperlen. Ein Etikett im Beutel wies das Armband als Golden Rescue -„Circle of Hope"-Armband aus, eine Organisation, die die Adoption von Golden Retrievern förderte.

In den beiden letzten Beuteln befanden sich ein Paar Kristallohrringe, die zu dem Anhänger passten, und ein Jadekreis an einer Lederschnur. Beides gehörte auf keinen Fall zu Annelieses Garderobe.

Als nächstes nahm ich mir die Kunstlederschachtel vor. Darin befanden sich acht Broschen in verschiedenen Formen und Größen. Drei waren mit dem Avon-Stempel versehen und zwei weitere mit „Sarah Coventry". Anhand der Designs verwarf ich sie als zu neu, um von Interesse zu sein, obwohl ich mich an eine Zeit erinnerte, in der Sarah Coventry-Schmuck bei Home Partys der letzte Schrei waren.

Übrig blieben eine AnsTecknadel mit einer roten Metallrose

aus den 1970er Jahren, ein goldfarbener Kranz mit Granat- und Aurora-Borealis-Steinen, der mich an eine alte Brosche erinnerte, die ich im Glass Dolphin gesehen hatte. Die Brosche war rund und hatte einem Durchmesser von etwa zweieinhalb Zentimetern, besetzt mit Aquamarin- und Saphirsteinen, goldfarbenen Fleur-de-Lis und klaren Strasssteinen, die einen großen zentralen Strassstein umgaben.

Ich nahm meine Juwelierlupe zur Hand und betrachtete die runde Brosche. Das Gold hatte sich durch Schmutz und Alter verfärbt, und die Steine hatten etwas von ihrem Glanz eingebüßt, aber sie war sicher einmal schön gewesen, wenn auch nicht besonders wertvoll. Ich war keine Expertin für alten Schmuck, aber diese Brosche sah aus, als könnte sie aus den 1950er Jahren stammen. Die Fleur-de-Lis, ein ausgesprochen französisches Symbol, interessierte mich ebenfalls. Ich fragte mich, ob Anneliese diese Brosche in Quebec City als Andenken an ihre Reise gekauft hatte.

Ich nahm die Fotos von Anneliese wieder hervor und suchte nach Hinweisen auf die Brosche, fand aber keine. Daher legte ich sie beiseite.

Blieb noch die grüne Samtschachtel. Ich öffnete sie und spürte, wie mir der Atem im Hals stecken blieb. Denn in der Schachtel befand sich ein schmaler gelbgoldener Ehering mit filigranen Verzierungen. Ich ging zurück zu den Fotos von Anneliese, auf denen sie mit Sophie spielte, und vergrößerte mit der Juwelierlupe noch einmal ihre Hände.

Es gab keinen Zweifel. Dieser filigrane Ehering hatte Anneliese gehört. Wie die dreijährige Sophie in seinen Besitz gekommen war, konnte man nur vermuten, aber sie hatte ihn besessen, ebenso wie die Perlenohrringe und wahrscheinlich auch die Brosche mit der Lilie.

Es war an der Zeit, einen Termin mit Randi zu vereinbaren.

23

Als Chantelle am nächsten Morgen eintraf, war ich voller Ungeduld. Ich hatte es kaum geschafft, die Fotos nicht ohne sie durchzugehen; nur der Gedanke an Chantelles Enttäuschung hielt mich davon ab. Ich legte den Ehering und die Fotos, auf denen Anneliese ihn trug, die Ohrringe, die Brosche und die Juwelierlupe vor ihr auf den Tisch und machte mich daran, Tee zu kochen. Außer, dass Louisa die Ohrringe getragen hatte und dass der Ring und die Brosche in der Schmuckschatulle waren, sagte ich nichts. Es war wichtig, dass Chantelle ihre eigenen Schlussfolgerungen zog.

Sie ließ sich Zeit, studierte jeden Gegenstand sorgfältig und fing wieder von vorne an. »Hast du bereits einen Termin mit Randi gemacht?«

Ich nickte. »Ich sehe sie morgen früh.« Die Verkäuferin mit der sanften Stimme von Sun, Moon & Stars, die ich vom letzten Jahr wiedererkannte, war am Telefon gewesen, als ich den Termin vereinbarte. Ich war überrascht und mehr als nur ein bisschen beeindruckt gewesen, dass sie sich an mich erinnerte. Dann wurde mir klar, dass sie eine Anruferkennung hatten, und es war mir peinlich.

»Gut. Du solltest alle drei mitnehmen. Wir wissen, dass der Ring mit Sicherheit Anneliese gehörte. Die Fotos beweisen dies. Das Gleiche gilt für die Ohrringe.«

»Was ist mit der Brosche?«

»Diese hat definitiv einen Hauch von Vintage, und die Fleur-de-Lis lässt mich vermuten, dass Anneliese sie als Souvenir in Quebec City gekauft haben könnte.«

»Genau mein Gedanke. Möchtest du den Rest des Schmucks sehen?«

»Macht es dir etwas aus?«

Als Antwort schob ich ihr das Kästchen vor die Nase und nippte an meinem Tee, während sie die einzelnen Organzabeutel und dann die Kunstlederschachtel öffnete. Es dauerte keine zehn Minuten, bis sie zum selben Entschluss kam wie ich. In dem Schmuckkästchen befand sich nichts, was Anneliese gehört haben könnte.

»Denkst du, du solltest etwas mitnehmen, das Sophie gehört hat, wenn du Randi siehst?«

»Ich darf bis zu drei Dinge zur Lesung mitbringen. Falls Randi es mir erlauben würde, könnte ich eventuell mehr mitbringen, andernfalls denke ich, dass dies die wichtigsten Gegenstände sind.«

»Dazu habe ich nichts einzuwenden. Jetzt lass uns die Schokoladenschachtel öffnen.«

Ich tat, wie mir geheißen, und nahm einen Briefumschlag heraus, der mit „Sophie 1961 bis 1969" beschriftet war. Darin befand sich ein kleiner Stapel Fotos, den ich vor uns hinlegte. Es stimmte mich traurig, dass es für die Jahre 1956 bis 1961 keine Aufzeichnungen gab, dass sich niemand die Mühe gemacht hatte, dieses kleine Mädchen vom dritten bis zum siebten Lebensjahr zu fotografieren, oder wenn doch, eventuelle Fotos vor dem Verschwinden zu bewahren. Ich schaute Chantelle an und erkannte an ihren tränenerfüllten Augen, dass sie das Gleiche dachte.

Man könnte Sophie im Alter von acht Jahren am besten als robustes Kind beschreiben. Es gab vier Fotos. Auf dreien lächelte sie breit, auf dem vierten aß sie Zuckerwatte. Im Hintergrund waren Fahrgeschäfte zu sehen, auf einem ein Riesenrad und eine Achterbahn, auf einem anderen ein Karussell und eine überdachte Raupe. Sie trug eine Stretchhose und einen gemusterten Pullover, der zwar etwas europäisch aussah, allerdings nicht im Sinne der Pariser Laufstegmode. Ihr schulterlanges Haar war so dunkel und gewellt wie das von Horst hell und glatt gewesen war. Ich suchte nach einem Anzeichen dafür, dass Horst Frankow ihr leiblicher Vater gewesen sein könnte, fand aber keins.

Sie hatte jedoch eine verblüffende Ähnlichkeit mit Anton Osgoode, bis hin zu dem Grübchen in der Mitte ihres Kinns. Ich biss mir auf die Lippe, sehnte mich nach meinem Kakaobutter-Lippenbalsam, widerstand aber dem Drang. Der Lippenbalsam war mein Geheimnis, und ich wollte nicht, dass Chantelle mir jetzt einen Haufen Fragen stellte, zumal meine eigenen Erinnerungen immer wieder zum Vorschein kamen.

»Ich kenne das Raupenfahrgeschäft«, sagte ich. »Es war früher auf der Ex. Mein Vater nahm mich jedes Jahr mit dorthin. Diese Bilder müssen dort aufgenommen worden sein. Ich bin mir sogar sicher, dass das Food Building im Hintergrund dieses Bildes zu sehen ist.«

Die Ex, wie die „Torontonians" sie liebevoll nannten, war die Canadian National Exhibition. Sie fand von Mitte August bis zum Labor Day statt und bestand bereits seit dem neunzehnten Jahrhundert, wenngleich sie heutzutage zugegebenermaßen etwas in die Jahre gekommen war. Aber 1961 war sie in ihrer Blütezeit. Neben den Fahrgeschäften und Spielen im Vergnügungspark erinnerte ich mich an die CNE-Konzertbühne, in der aufstrebende oder bald wieder vergessene Musikgruppen auftraten. Es gab auch den International Pavillon, der mit seinen Bonsai-Bäumen aus

Japan, den angeblich aus Frankreich stammenden Lavendelsäckchen und den farbenfrohen russischen Matroschka-Puppen, die mich verzaubert und fasziniert hatten, so exotisch wirkte. Aber mein Favorit war bei weitem das Food Building mit seinen winzigen Puderzucker-Donuts und Kostproben von Pfannkuchen bis hin zu Nudeln.

»Ich besuchte die CNE erstmals vor einigen Jahren, nachdem ich mit Lance, dem Verlierer, nach Marketville gezogen war«, sagte Chantelle. »Ich erinnere mich an den Gauner am Eingang, der unsichtbare Hunde an einem Kunststoffgurt an einer Leine verkaufte, und wie er rief: „Hündchen, Hündchen, wer will ein Hündchen?" „Hündchen, Hündchen, wer will ein Hündchen?" Aber ich kann mich nicht daran erinnern, ein Raupenfahrgeschäft gesehen zu haben.«

»Es befand sich im Kinderbereich des Vergnügungsparks und wurde wahrscheinlich irgendwann in den letzten Jahrzehnten als unsicher eingestuft. Das Fahrgeschäft bestand aus einer Reihe von Wagen, die auf einer hügeligen Strecke fuhren. Wenn es an Fahrt gewann, wurde jeder Wagen von einem Baldachin überspannt, der an eine Raupe erinnerte. Die Dunkelheit im Inneren hatte mich beim ersten Mal erschreckt, aber danach wurde es schnell langweilig.«

»Als Sophie die CNE besuchte, lebten ihre Pflegeeltern zu dieser Zeit höchstwahrscheinlich in der Gegend von Toronto«, sagte Chantelle. »Ich vermute, dass diese Fotos von neuen Pflegeeltern gemacht wurden. Warum sollten sie sonst nicht schon vorher Fotos gemacht haben?«

»Jemand könnte sie für einen Tag mitgenommen haben. Ein Freund der Familie, vielleicht.«

»Ich nehme an, dass dies möglich gewesen sein könnte. Andererseits sind wir keinen Schritt weitergekommen, da wir nicht wissen, wer die Fotos gemacht hatte.«

Vielleicht waren wir nicht weitergekommen, aber zum ersten Mal, seit wir mit den Ermittlungen begonnen hatten, fühlte ich eine Verbindung zu Sophie. Nostalgie konnte das auslösen.

ZWEI FOTOS von Sophie waren auf der Rückseite mit „Weihnachten 1961" beschriftet. Es gab das obligatorische Foto auf dem Knie des Weihnachtsmanns, auf dem Sophie verlegen dreinschaute. Ich vermutete, dass sie im Alter von acht Jahren aufgehört hatte, an den Weihnachtsmann zu glauben - wenn sie nach Annelieses Tod überhaupt noch daran geglaubt hatte. Ich empfand einen Anflug von Mitgefühl für dieses schwarzäugige Mädchen. In wie vielen Häusern hatte sie bereits gelebt, als dieses Bild aufgenommen wurde?

Das andere Foto zeigte Sophie lächelnd vor einem Weihnachtsbaum. Der Baum war mit einer Vielfalt unpassendem Glasschmuck, selbstgebastelten Luftschlangen und Lametta geschmückt worden. Ich lächelte und erinnerte mich, wie ich mich in der Grundschule bemühte, aus rotem und grünem Bastelpapier sorgfältig Streifen zu schneiden, die ich mit Klebeband zu Kreisen formte und miteinander verkettete. Ein silberner Stern aus Alufolie, so wie es aussah, krönte den Baum.

»Bis hin zu dem Stern aus Alufolie und dem nicht zusammenpassenden Schmuck, erinnert er mich an den Baum, den mein Vater und ich geschmückt hatten, als ich noch klein war«, sagte ich.

Chantelle lachte. »Sechs Kinder an Weihnachten, du hättest mal unseren Baum sehen sollen. Es gab Popcornketten und Schmuck aus Watte und Filzresten und was wir sonst noch in der Schule gebastelt hatten. Meine Eltern hatten nicht viel Geld, aber jeder von uns bekam ein Geschenk von ihnen und eines vom Weihnachtsmann, plus unsere Strümpfe. Das Geschenk von unseren Eltern war immer etwas Vernünftiges wie Pyjamas oder Hausschuhe. Der Weihnachtsmann brachte die Spielzeuge und Puppen, und in den Strümpfen befanden sich normalerweise Socken, Unterwäsche, Kaugummi und unsere Lieblingssüßigkeiten. Es gab immer ein Geschenk für die ganze Familie, das wir uns teilen konnten. Die tausendteiligen Puzzles waren unsere Lieblingspuzzles. Mein Vater baute sie auf einem Kartentisch im Spielzimmer im Keller auf, und wir setzten sie alle abwechselnd zusammen.

»Ihr hattet ein Spielzimmer?«

»Ja. Eine Tischtennisplatte, ein Billardtisch, ein Puzzletisch, eines dieser Hockeyspiele mit den Metallspielern, Puppenhäuser und so weiter. Für jede Art von Spielzeug gab es Aufbewahrungskisten, und es war die Hölle los, wenn wir nach dem Spielen nicht aufräumten. In diesem Zimmer herrschte ein organisiertes Chaos, vor allem, wenn wir alle dort unten mit unseren Freunden spielten. Ich frage mich manchmal, wie meine Eltern den Lärm ertragen haben.«

Da ich als Einzelkind mit einem alleinerziehenden Vater aufwuchs, konnte ich mir den Lärm oder das überfüllte Spielzimmer nicht vorstellen. Ich malte mir aus, wie es wohl gewesen wäre, aber ich empfand keinen Neid. Ich schätzte unsere ruhigen Weihnachtsfeiertage, einen der wenigen Tage, an denen mein Vater nicht auf einer Baustelle arbeitete - und ich hatte immer einen guten Vorrat an Büchern, um mich zu beschäftigen und Ärger zu vermeiden, wenn er da war. Puppen und anderes Spielzeug hatten mich nie besonders interessiert.

»Ich wünschte, es wäre noch jemand auf dem Bild«, sagte Chantelle und unterbrach meine Gedanken. »Etwas, das uns einen Hinweis geben würde.«

Ich nickte, aber meine Aufmerksamkeit galt bereits dem nächsten Bild, einem etwas größeren Foto von Sophie in weißen Leder-Go-Go-Stiefeln und einem lindgrünen Minikleid mit einem elfenbeinfarbenen Peter-Pan-Kragen aus Spitze. Sie war einige Zentimeter gewachsen, und ihr dunkles, gewelltes

Haar, das in der Mitte gescheitelt war, reichte ihr jetzt bis zur Hälfte des Rückens. Ich drehte es um, um zu sehen, ob auf der Rückseite etwas geschrieben stand. Nichts. »Wie alt sind wir beim Abschluss der achten Klasse?«

»Dreizehn?"

»Das habe ich mir auch gedacht. Ich glaube, das ist ihr Abschlussfoto aus der achten Klasse. Das heißt, es besteht wieder fünf Jahre Abstand zwischen den Fotos.«

»Die Stiefel sind süß, aber was für ein grässliches Kleid«, sagte Chantelle. »Die sechziger Jahre in ihrer hässlichsten Form.«

Ich bezweifelte, dass es überhaupt jemanden gibt, dem lindgrün gut steht. Außerdem passt die Farbe nicht zu Sophies blasser Gesichtsfarbe. Mit den Stiefeln hatte sie allerdings recht. Sie waren süß.

»Sollte es von ihrer Abschlussfeier sein, ist es das einzige. Ich vermute, dass die Schule Fotos von allen Schülern machen ließ. Leider gibt es keinen Hinweis darauf, wer der Fotograf war, geschweige denn, wo sich die Schule befand.«

»Die Schule zu kennen, wäre schön gewesen, aber was den Fotografen angeht, glaube ich nicht, dass es eine Rolle spielen würde. Die Wahrscheinlichkeit, dass er noch im Geschäft ist, ist gering, und er hat im Laufe der Jahre tausende von Schülerfotos gemacht. Was haben wir denn sonst noch? Und erzähle mir nicht, dass wieder fünf Jahre fehlen.«

»Dein Wunsch ist mir Befehl«, sagte ich und nahm ein Foto heraus, das eine große Gruppe von Teenagern vor den Horseshoe Falls in Niagara Falls zeigt, während das Sightseeing-Boot, die *Maid of the Mist*, im Hintergrund den Niagara River entlangfährt. Die Kinder lächelten so, wie man lächelt, wenn man angewiesen wird, „Cheese" zu sagen. Ich benötigte ein paar Augenblicke, um Sophie zu erkennen.

»Das muss ihr Schulausflug in der achten Klasse gewesen sein«, sagte ich. »Die Niagarafälle waren der typische

Jahresausflug an meiner Schule. Wir begannen mit dem Skylon-Aussichtsturm, wobei wir uns alle einbildeten, dass die Horseshoe Falls auf der kanadischen Seite schöner waren als die amerikanischen Fälle. Dann ging es weiter zu *Ripley's Believe It or Not!*, Louis Tussauds Wachsfigurenkabinett und zur Blumenuhr. Ich habe es nie geschafft, mit der „*Maid of the Mist*" zu fahren.«

»Warum nicht?«

Ich zuckte mit den Schultern. »Logistik? Das Boot gehörte einem amerikanischen Unternehmen, das heißt, es fuhr von der amerikanischen Seite der Fälle ab. Stell dir vor, dreißig Kinder und drei Lehrer über die Regenbogenbrücke zu bringen, nur um eine kurze Bootstour zu machen.«

»Trotzdem, ein Schulausflug zu den Niagarafällen hört sich gut an. So etwas haben wir an meiner Schule in Ottawa nie gemacht.«

»Wirklich?«

»Nicht, dass ich wüsste. Das erste Mal, als ich die Niagarafälle besuchte, war ich mit Lance, dem Verlierer, in den Flitterwochen.« Chantelles Stimme überschlug sich ein wenig. Obwohl Chantelle es nie zugeben würde, wusste ich, dass sie immer noch Gefühle für ihn hegte. Oder vielleicht lag es daran, dass sie verloren hatte und daran gewöhnt war zu gewinnen. Wie dem auch war, sie war immer noch verletzt.

Ich schob ihr das Foto zu und reichte ihr eine Lupe. »Erkennst du jemanden? Außer Sophie?« Ich sagte ihr nicht, dass ich es bereits versucht hatte und gescheitert war.

Sie runzelte konzentriert die Stirn und bewegte das Vergrößerungsglas von Gesicht zu Gesicht. Nach ein paar Minuten schaute sie auf und schüttelte den Kopf. »Kein Glück, aber ich könnte es einscannen und versuchen, es auf dem Bildschirm zu vergrößern.«

»Versuch es. Ich mache mir keine großen Hoffnungen, aber es kann nicht schaden.«

Chantelle machte sich daran, das Foto einzuscannen, um uns beiden eine Kopie per E-Mail zu senden, damit wir es später ansehen konnten. In der Zwischenzeit legte ich fünf Streifen mit kleinen Schwarz-Weiß-Fotos auf den Tisch, vier Posen pro Streifen.

»Diese Fotos wurden in einem dieser Fotoautomaten in einem Einkaufszentrum gemacht«, sagte ich. »Sophie sieht reifer aus als auf ihrem Abschlussfoto. Was denkst du denn? Neunte Klasse im Sommer? Dann wäre sie auf diesem Foto vierzehn.«

Chantelle lehnte sich in ihren Stuhl zurück, nachdem sie mit dem Scannen fertig war. »Hmmm.« Chantelle studierte die Fotos. »Wer wohl der Typ ist, der sich neben ihr aufspielt? Sieht aus, als wäre er achtzehn oder neunzehn, zu alt für einen Freund und zu jung für einen Vormund. Vielleicht ein Freund ihrer Pflegefamilie?«

Der Junge machte sich für die Kamera zum Affen, streckte die Zunge heraus und schielte, während Sophie versuchte, es ihm nachzumachen, ihr glückliches Lächeln war ansteckend. Ich spürte, wie sich meine Kehle zusammenzog. Es war fünfzig Jahre her, als diese Fotos aufgenommen wurden, aber es bestand kein Zweifel. Der junge Mann auf den Fotos war Corbin Osgoode.

Mein Großvater.

24

CORBIN KANNTE SOPHIE FRANKOW ALSO, als sie ein Mädchen war, und möglicherweise auch später als Erwachsene. Das erklärte auch, warum er darauf bestand, dass ich die Kommunikation mit Olivia einstellte. Seine Mutter wusste von Sophies Existenz als dreijähriges Kind. Olivia könnte sie aufgespürt oder später im Leben gefunden haben. Sicherlich hätten die Osgoodes die finanziellen Mittel gehabt, um beides zu tun. Das Letzte, was Corbin wollte, war, dass ich von seiner unehelichen Halbschwester erfuhr.

Ich wusste nicht, ob Chantelle eine Verbindung zwischen Corbin und Sophie vermutete. Dann wurde mir klar, dass es dafür keinen Grund gab. Sie hatte meinen Großvater nie kennengelernt. Das einzige Foto von Corbin, das sie je gesehen hatte, war neben einem dreißig Jahre alten Artikel im *Toronto Star* gewesen.

Wieder einmal wusste ich, dass ich Chantelle erzählen sollte, was ich von Olivia erfahren hatte. Und wieder einmal tat ich es nicht. Ich wusste nur, dass ich Kopien von den Filmstreifen machen lassen würde. Ob ich Corbin damit konfrontieren würde oder es schaffte, Olivia die Fotos zu zeigen, blieb abzuwarten.

»Von diesem Stapel ist nur noch ein Foto übrig.«

Sophie blies die Kerzen auf einem weiß-rosa glasierten Geburtstagskuchen aus, ihr gewelltes Haar reichte ihr jetzt bis zur Taille. Ich zählte die Kerzen: sechzehn. »Sie wurde am dreiundzwanzigsten März geboren. Wahrscheinlich hat man sie bis zum Abschluss der zehnten Klasse im Juni dem Jugendamt unterstellt.«

»Wenigstens hatte jemand eine Party für sie geschmissen«, sagte Chantelle, »obwohl ich mir nicht vorstellen kann, dass man mit sechzehn Jahren auf sich allein gestellt ist, mit nicht mehr als einer zehnten Klasse Bildung.«

Darauf gab es nichts zu erwidern, also schob ich alle Fotos zurück in den Umschlag. »Willst du den Rest der Schokoladenschachtel in Angriff zu nehmen?«

»Lass uns loslegen.«

Der Inhalt bestand aus allerlei Fotos, Grußkarten und einem dünnen Briefumschlag. Ich sortierte die Fotos und Karten in zwei Stapel und legte den Umschlag beiseite. »Fotos oder Grußkarten zuerst?«

»Bleiben wir bei den Fotos.«

Es wurde schnell klar, dass alle Fotos von Louisa stammten. Jedes war auf der Rückseite mit einem Datum und dem Anlass versehen. Sophies Handschrift war klein und krakelig.

Das Geld mag knapp gewesen sein, aber wie bei den meisten Müttern, die zum ersten Mal ein Kind bekamen, wurde jedes frühe Ereignis für die Nachwelt festgehalten. „Louisas erste Weihnachten, 1982", „Louisas erste Ostern, 1983", „Louisas erster Canada Day" und schließlich „Louisas erster Geburtstag". Es gab eine Handvoll Bilder, auf denen Louisa um einen Couchtische krabbelte und sich beim Laufen daran festhielt, und dann alleine lief. Die Fotos waren ordnungsgemäß mit „Louisa lernt krabbeln" und „Louisa lernt laufen" beschriftet. Louisas Ähnlichkeit mit Anneliese war von Anfang an offensichtlich.

Nach dem ersten Geburtstag wurden die Fotos seltener, aber die jährlichen Weihnachts- und Geburtstagsfotos wurden weiterhin gemacht. Mit Ausnahme einiger Mädchen wechselten die Kinder auf den Fotos, als Louisa heranwuchs und neue Freunde fand, aber der selbstgebackene Geburtstagskuchen blieb derselbe: Schokolade mit rosa Zuckerguss, eine Zahlenkerze in der Mitte. Die Fotos hörten nach ihrem Schulabschluss in der achten Klasse auf und hinterließen eine große Lücke bis zum letzten Foto, ihrem Abschluss der zwölften Klasse und dem Abschlussball im Jahr 2000.

»Das könnte Louisa auf dem Abschlussballfoto sein«, sagte Chantelle. »Das Pfauenblau steht ihr ausgesprochen gut. Sie sieht wunderschön aus.«

Das tat sie wirklich. Das Kleid war ärmellos, hatte ein tailliertes, paillettenbesetztes Mieder und einen bodenlangen Taftrock. Ihr blondes Haar hatte sie zu einer Hochsteckfrisur geflochten, wobei lose Strähnen ihr Gesicht sanft umrahmten. Sie trug die perlenbesetzten Ohrringe.

»Wie viele besondere Anlässe mögen Annelieses Ohrringe schon gesehen haben. Wenn sie nur sprechen könnten.«

»Vielleicht werden die Grußkarten etwas offenbaren«, sagte Chantelle.

Das war Wunschdenken. Wie die Fotos waren auch die Geburtstagskarten alle an Louisa gerichtet. Es gab eine für jedes Jahr vom ersten bis zum achtzehnten Lebensjahr, alle mit der Unterschrift „Mit all meiner Liebe, Mama".

»Sie muss nach der zwölften Klasse ausgezogen sein, um die Universität oder das College zu besuchen.«

»Wir können Louisa fragen, aber ich sehe nicht, inwiefern das für unsere Ermittlungen von Bedeutung ist.«

Chantelle hatte nicht ganz unrecht, aber es war ihr

niedergeschlagener Ton, der mich beunruhigte. Hatte sie die Hoffnung verloren mehr zu finden? Ihre sonst so perfekte Körperhaltung war herabhängenden Schultern gewichen. Von den Ermittlungen zum Verschwinden meiner Mutter wusste ich, dass es für jede positive Spur ein Dutzend Hinweise gab, die ins Leere liefen. Aber dieser Aspekt war für sie neu.

»Du hast wahrscheinlich recht. Wie dem auch sei, wir haben noch diesen einen weißen Umschlag.« Ich wirbelte mit meinen Fingern und Händen wie ein Magier und rief Abrakadabra. Chantelle verdrehte die Augen, aber wenigstens hatte ich sie zum Lachen gebracht. Ich öffnete den Umschlag, entnahm einen Zeitungsausschnitt und legte ihn auf den Tisch.

Einen Moment lang saßen wir wie erstarrt da, die Stille zwischen uns war spürbar, während wir lasen, was vor uns lag.

Es war ein Ausschnitt aus einem Nachruf im *Toronto Star* vom 19. April 1987.

Anton Arthur OSGOODE: 1922-1987

Er verstarb am 18. April 1987 im Alter von 66 Jahren in Toronto im Kreise seiner Familie nach einem kurzen Kampf mit Lungenkrebs. Anton wird von seiner geliebten Frau Olivia (geb. Rosemount), seinem Sohn Corbin und seiner Schwiegertochter Yvette sehr vermisst werden.

Anton war besonders stolz auf seine lange Karriere bei Eaton's Department Store, wo er als Verkäufer begann und sich bis zum Chefeinkäufer für Glas und Porzellan hocharbeitete. Er war ein loyaler Mitarbeiter und wurde bis zu seiner Pensionierung im Jahr 1986 sehr geschätzt. Antons Einkaufsreisen führten ihn häufig nach England, Irland und darüber hinaus. Er erzählte gern von seinen Abenteuern an Bord von Schiffen, bevor Flugreisen zur Norm wurden.

Der Rest des Nachrufs enthielt Angaben darüber, wann und wo die Trauerfeier in Toronto stattfinden würde. Es gab ein Foto von Anton, das offensichtlich aufgenommen wurde, bevor er erkrankte. Ich war erstaunt, wie sehr Corbin ihm ähnelte, vor allem im Bereich der Nase und Augen.

Aber das war es nicht, was unsere Aufmerksamkeit erregte. Es war das, was Sophie handschriftlich auf den Anfang des Nachrufs notiert hatte.

„Onkel Toni."

25

———

Sobald ich die Worte „Onkel Toni" las, wusste ich, dass ich einen Weg finden musste, Olivia wieder zu besuchen, Corbin sei verdammt.

»Es scheint, dass Anton Osgoode weiterhin in Sophies Leben involviert war«, sagte Chantelle.

Ich nickte. »Die Frage ist, wie sehr?«

»Involviert genug, um ihn als Onkel zu bezeichnen und seine Todesanzeige aufzubewahren. Vielleicht kannst du es von deiner Urgroßmutter erfahren, wenn du sie das nächste Mal besuchst.«

»Ja, was das angeht…… Ich wurde von meinem Großvater von der Liste der zugelassenen Besucher gestrichen.« Ich informierte Chantelle über Corbins Telefonat. »Ich dachte, er tat es, weil er etwas verheimlicht. Jetzt bin ich mir dessen doppelt sicher.«

»Doppelt sicher? Verschweigst du mit etwas?«

»Es war nur so dahingesagt.« Ich holte meinen Kakaobutter-Lippenbalsam heraus.

»Wir sind Partner. Wir müssen ehrlich zueinander sein, wenn wir mit diesem Geschäft Erfolg haben wollen.«

Ich wusste, dass sie Recht hatte, und wollte ihr auch erzählen, dass Corbin der Junge auf dem Filmstreifen aus dem Fotoautomaten war, aber andererseits konnte ich mich nicht dazu durchringen ihr zu sagen, dass Anton Osgoode möglicherweise Anneliese getötet haben könnte. Plötzlich wurde es mir klar.

»Horst Frankow ist im Gefängnis gestorben.«

»Äh, ja, das wissen wir doch bereits«, sagte Chantelle. »Nette Hinhaltetaktik, aber sie wird nicht funktionieren.«

»Ich versuche nicht, dich hinzuhalten. Hör mir einfach zu. Stell dir vor du bist ein Pflegekind, und das Einzige, was du aus deiner Vergangenheit besitzt, ist ein kleiner Koffer mit einigen Fotos und Dokumenten, die deiner Mutter gehörten. Sophie wäre sie immer wieder durchgegangen, um nach Hinweisen zu suchen. Anhand der Heiratsurkunde hätte sie angenommen, dass ihr Vater Horst Frankow war. Ich kann nicht glauben, dass ihr niemand von Horst erzählt hatte, als sie aufgewachsen war. Die Pflegeeltern hätten es doch sicher gewusst.«

»Wir sprechen von einer anderen Zeit. Damals waren die Dinge anders, nicht so freizügig. Unter den gegebenen Umständen hätte es sich um eine vertrauliche Unterbringung bei einer Pflegefamilie handeln können. Zumindest wären die Pflegeeltern zur Verschwiegenheit verpflichtet worden. Davon abgesehen muss ich dir zustimmen. Es ist naheliegend, dass Sophie irgendwann versucht hätte, ihn zu finden. Vielleicht erst, als sie nicht mehr der Vormundschaft des Jugendamtes unterstanden hatte.«

»Und als sie es versuchte, erfuhr sie, dass Horst der böse Mann war, der ihre Mutter ermordet hatte.«

»So sehe ich das auch.«

»Meinst du, Louisa weiß es?«

»Nein, sonst hätte sie etwas gesagt, meinst du nicht? Ich vermute, dass Sophie dieses Geheimnis mit ins Grab genommen hat. Aber wir werden es Louisa sagen müssen, wenn wir unseren Abschlussbericht einreichen.«

»Glaubst du nicht, dass sie das vorher wissen will?«

»Louisa zieht einen endgültigen Bericht laufenden Aktualisierungen vor. Außerdem könnten wir gegenteilige Informationen finden.«

»Aha. Gegenteilige Informationen. Kommen wir jetzt zu dem Teil, wo du auf Nummer sicher gehen willst?«

»Sagen wir einfach, dass es etwas gibt, dem ich nachgehen muss. Ich verspreche dir, so bald wie möglich mitzuteilen, was ich erfahren habe, egal wie das Ergebnis aussehen wird, aber das ist etwas, das ich selbst erledigen muss. Ich hoffe, dass du kein Problem damit hast.«

Chantelle lehnte sich zurück und musterte mich mit ihren grauen Augen. Ich weiß nicht, wonach sie gesucht hat, aber ich muss den Test bestanden haben. »Ich kann warten.«

Ich wollte sie umarmen. »Danke.«

»Ist das alles? Denn ich vermute, dass es noch mehr gibt.«

Wie immer, war ich wieder erstaunt, wie leicht Chantelle mich durchschauen konnte. Meistens war ich dankbar dafür, vor allem, wenn es zu meinen Gunsten lief. Gerade jetzt wünschte ich, ich wäre etwas weniger durchschaubar.

»Es geht um den Jungen auf dem Filmstreifen aus dem Fotoautomaten. Ich habe ihn erkannt.«

»Wirklich? Wer ist er? Woher kennst du ihn? Er müsste jetzt Ende sechzig sein.«

»Zweiundsiebzig, um genau zu sein, und als wir das letzte Mal miteinander sprachen, forderte er mich auf, diese Ermittlungen einzustellen.«

»Willst du mir sagen, was ich bereits vermute? Dass der Junge auf dem Foto dein Großvater ist?«

Ich nickte. »Der unvergleichliche Corbin Osgoode.«

»Dann musst du ihn damit konfrontieren und ihn dazu bringen, dir zu sagen, was er weiß.«

»Du kennst meinen Großvater nicht. Eine Konfrontation wird nicht funktionieren. Er wird mich einfach ausschließen.« *So wie er meine Mutter ausgeschlossen hatte, als sie ihm sagte, sie sei schwanger.* »Ich muss mir eine andere Strategie einfallen lassen.«

»Was für eine andere Strategie?«

»Ehrlich gesagt? Ich weiß es nicht. Ich glaube immer noch, dass Olivia den Schlüssel zu allem hat. Ich muss irgendwie versuchen, sie wiederzusehen.«

»Ich könnte es versuchen. Corbin hat dir verboten, Olivia zu besuchen, aber das kam von ihm, nicht von ihr.«

»Meine Besuche schienen ihr Freude zu bereiten.« Ich dachte einen Moment lang darüber nach. »Es könnte funktionieren. Ich habe ihr gesagt, dass du mein Interesse an der Genealogie geweckt hast und dass ich an meinem Stammbaum arbeite. Es wäre also nicht völlig abwegig, wenn du in meinem Namen dorthin gehen würdest. Die Frage ist nur, ob du den Fotostreifen mit Sophie und Corbin mitnehmen solltest.«

»Das würde ich nur als letztes Mittel tun, aber ich denke es wäre besser, wenn ich sie einfach zum Reden bringen könnte. Wie ich sie zum Reden bringen kann, wird die Herausforderung sein.«

»Was ist mit deiner Ahnenforschung über Horst und Anneliese? Du könntest ihr sagen, dass ich von deren Stammbaum fasziniert war, als mir klar wurde, dass Sophie eine Verwandte sein könnte, und dass du dich bereit erklärt hast, mir zu helfen.«

»Das ist ein guter Ansatz, aber ich bin bei beiden auf eine Wand gestoßen. Die Eingabe ihrer Namen in die Datenbank hat nicht eine einzige Spur ergeben.«

»Ist das typisch?«

»Nein, aber andererseits ist diese Suche untypisch. Normalerweise gibt es mehr Informationen. Zum Beispiel einen Eintrag betreffend der Eltern und etwaiger Geschwister, oder wo und wann sie geboren wurden. Namen von Geschwistern, Ehegatten der Geschwister und so weiter, wobei jeder Name eine weitere Sprosse auf der Leiter darstellt. Die einzigen Informationen, die wir über Horst haben, sind sein Vor- und Nachname. Auf der Heiratsurkunde war nicht einmal ein zweiter Vorname vermerkt. Wir wissen nicht, wann er nach Kanada eingewandert war oder von wo aus. Ich kann die Ausreisedokumente von Großbritannien überprüfen, aber es gibt sehr viele davon, und ich habe keine Ahnung, wo ich anfangen soll. Wir können davon ausgehen, dass er Anneliese in Nottingham kennengelernt hatte, aber das ist nur eine Vermutung und bringt uns nicht weiter. Ich bin mir nicht einmal sicher, ob das wichtig ist.

»Apropos britisches Ausreisedokument: Hast du Annelieses Namen auf der *T.S.S. Canberra* gefunden?«

»Hier gibt's nichts Positives zu berichten. Es gibt viele Ausreisedokumente in den Akten, aber ihres ist nicht dabei.« Chantelle lächelte reumütig. »Es könnte schlimmer sein. Wenigstens haben wir die Autogrammseite. Auf der Passagierliste wäre jeder einzelne Passagier aufgeführt, aber mal ehrlich, was können wir mit den Informationen anfangen?«

Was, in der Tat? Ich wusste es nicht, aber es wäre schön gewesen, es herauszufinden. Ich bemerkte den mürrischen Gesichtsausdruck von Chantelle und versuchte, sie aufzumuntern. »Zumindest geht das Wichtigste aus Annelieses Pass hervor: ihr Geburtsdatum, dass sie in Stettin, Deutschland, geboren wurde. Das Datum ihres Todes ist uns auch bekannt. Das sollte dir helfen, mehr herauszufinden.«

Chantelle seufzte. »Nur dass Stettin jetzt Szczecin in Polen ist. 1945 erließen die Nazis einen Evakuierungsbefehl, und die meisten deutschen Einwohner der Stadt flohen, wahrscheinlich mit nicht viel mehr als den Kleidern, die sie am Leib trugen. Ihre Dokumente wurden vernichtet oder möglicherweise tief in einem Kirchenkeller irgendwo in Europa vergraben. Wenn Anneliese irgendwelche Verwandten hatte, tot oder lebendig, sind sie nicht in der Ancestry-Datenbank aufgeführt. Was soll ich sagen? Ahnenforschung ist eine wunderbare Sache, aber sie ist keine Zauberei.«

Die Ergebnisse waren enttäuschend, aber nicht völlig unerwartet. Wenn Anneliese oder Horst noch lebende Verwandte gehabt hätten, hätte sich jemand für Sophie gemeldet, oder es hätte in Annelieses Handkoffer einen Hinweis darauf gegeben, ein Foto oder einen Brief, irgendetwas.

»Ist schon okay. Du kannst das immer noch als Tarnung benutzen, wenn du Olivia besuchst. Sei ehrlich und sag ihr, dass du nichts gefunden hast, aber spiel meine Enttäuschung hoch. Sag ihr, dass ich versuche, so viel wie möglich über Sophie herauszufinden. Was ja auch stimmt.«

»Ich werde morgen hingehen. Hoffentlich wird sie mich empfangen.«

»Wenn sie das nicht tut, müssen wir zu Plan B übergehen.«

»Und das wäre?«

»Corbin ohne eine Auseinandersetzung zu konfrontieren? Und bevor du mich fragst, wie ich das anstellen will: Ich habe keine Ahnung.»

»Vielleicht hat Randi die Antwort«, sagte Chantelle und lachte.

Auch ich musste darüber lachen. »Oder Misty. Ich rufe sie an und bitte sie um eine Tarotkartenlesung. Vielleicht halten wir eine Séance im Wohnzimmer ab.«

Chantelle kicherte immer noch, als sie ging.

26

———

ICH BETRACHTETE DIE GEGENSTÄNDE, die ich zu Randi mitnehmen wollte. Anneliese, Sophie und Louisa hatten alle die Perlenohrringe getragen. Würde das die Sache komplizierter machen? Ich hatte die Fleur-de-Lis-Brosche und ihren Ehering. Vielleicht würde das ausreichen.

Nach langem Überlegen blieb ich bei meiner ursprünglichen Entscheidung, alle drei Schmuckstücke mitzunehmen. Ich hatte mich von einem völligen Skeptiker zu einem hoffnungsvollen Zyniker entwickelt, der sich über Psychometrie informieren sollte. Bei einer Google-Suche fand ich mehrere Links. Nach einer kurzen Suche fand ich einen, der das Konzept gründlicher erklärte als Chantelle.

Die Psychometrie beruht auf der Theorie, dass der menschliche Geist eine Aura in alle Richtungen ausstrahlt, die alles, was sich in ihrem unmittelbaren Umkreis befindet, beeinflusst. Da alle Gegenstände porös sind, werden in den winzigen Löchern in der Oberfläche des Gegenstands Fragmente der geistigen Aura von Personen gespeichert, die den Gegenstand besaßen. Wenn ein Gegenstand in der

Familie weitergegeben wurde, enthält er Informationen über seine früheren Besitzer.

So vielversprechend dies auch klang, genügte es jedoch nicht, mich meines zynischen Mantels zu entledigen. Ich suchte nach wissenschaftlichen Beweisen über die Psychometrie und wurde für meine Bemühungen belohnt.

Es gibt keinen wissenschaftlichen Beweis für die Existenz der Psychometrie. Skeptiker erklären angebliche Erfolge der Psychometrie mit Cold Reading und Confirmation Bias.

Cold Reading ist eine Technik, die von Mentalisten, Hellsehern, Wahrsagern, Medien und Illusionisten angewendet wird. Ein geübter Cold Reader kann durch die Analyse der Körpersprache, des Alters, der Kleidung, der Frisur, der Rasse oder der ethnischen Zugehörigkeit, der Art des Sprechens usw. von einer Person schnell und ohne Vorkenntnisse eine große Menge an Informationen erhalten.

Randi war mir da schon einen Schritt voraus. Sie kannte mich bereits ganz gut, und der Versuch, meine Haare, meine Sprache oder meine Kleidung zu verändern, würde daran nichts ändern. Wenigstens ging es dieses Mal nicht um mich oder ein Familienmitglied.

Beim Cold Reading werden in der Regel Vermutungen mit hoher Wahrscheinlichkeit angestellt, wobei schnell auf Signale reagiert wird, ob die Vermutungen in die richtige Richtung gehen oder nicht, dann werden zufällige Verbindungen hervorgehoben und verstärkt, und es wird schnell von fehlgeschlagenen Vermutungen abgerückt.

Vor Beginn der eigentlichen Lesung wird der Leser versuchen, die Versuchsperson zur Mitarbeit zu bewegen. Er kann etwas wie: „Ich sehe vielleicht Bilder, die etwas unklar sind und die für Sie mehr bedeuten als für mich. Mit Ihrer Hilfe könnte ich vielleicht mehr herausfinden", sagen.

Ich musste laut lachen. Fallen Menschen wirklich auf so etwas herein? Ich las weiter.

Sobald er sich der Zusammenarbeit der Person sicher ist, macht der Cold Reader entweder eine Reihe prüfender Bemerkungen oder stellt Fragen, wobei er die verbalen und nonverbalen Antworten der Person bewertet. Anhand von subtilen Hinweisen, wie Veränderungen des Gesichtsausdrucks oder der Körpersprache, lässt sich feststellen, ob eine bestimmte Art der Befragung effektiv ist. Vielversprechende Wege der Befragung werden weiterverfolgt, unproduktive schnell aufgegeben. Der Cold Reader wird die von der Versuchsperson mitgeteilten Fakten immer wieder verfeinern und neu formulieren, um seine angeblichen übersinnlichen Fähigkeiten zu verstärken.

Ich würde bei einem Cold Reading offensichtlich auf der Hut sein müssen, obwohl ich mich noch nie gut verstellen und einen neutralen Gesichtsausdruck aufsetzen konnte. Ich googelte „Wie nutzen Hellseher Bestätigungsfehler?" und fand, was ich suchte.

Bestätigungsfehler sind ein Grund dafür, dass ein Hellseher im Durchschnitt nur einen richtigen Treffer pro Dutzend Vermutungen erzielt, aber vom Kunden nach der Lesung als „völlig richtig liegend" bezeichnet wird. Bestätigenden Beweisen wird viel mehr Bedeutung beigemessen, als widersprüchlichen Beweisen.

Beim Cold Reading macht der Hellseher mehrere zweideutige Aussagen. Die Versuchsperson wird sich selektiv, wenn auch unbewusst, an die Aussagen des Hellsehers erinnern, die auf ihr Leben zutreffen, und nicht an die, die nicht zutreffen. Ein Hellseher wird zum Beispiel eine sehr allgemeine Beschreibung über einen Verwandten und dessen Beziehung zur Versuchsperson geben und etwas wie: „Warum spüre ich diese Distanz?" sagen. Die Antwort der Person könnte lauten, dass ihr Vater sehr weit weg lebt, oder dass ihr Vater distanziert war, ein Mann, der seiner Familie keine Liebe entgegenbrachte. In jedem Fall hat das Medium neue Informationen, die es später zusammen mit anderen „Enthüllungen" verwenden kann.

Vorsicht ist besser als Nachsicht. Vielleicht war an der Psychometrie etwas dran, vielleicht aber auch nicht. Ich würde Randi morgen wie versprochen besuchen, aber mit einer guten Portion gesunden Menschenverstands und Skepsis.

ICH WUSSTE, dass ich mit der Zeitungsrecherche beginnen sollte, aber die Erinnerungen an die vielen Stunden und mühsame Arbeit, die ich in der Cedar County Reference Library verbracht hatte, um nach Hinweisen auf das Verschwinden meiner Mutter zu suchen, hielten mich davon ab. Ich hatte Stunden damit verbracht, in ein Mikrofilm-Lesegerät zu starren, und Shirley hatte mir dabei geholfen.

Wenigstens konnte ich meine Online-Suche bequem von meinem Homeoffice aus tätigen, aber ich ahnte, dass sie genauso mühsam sein würde. Andererseits befürchtete ich auch, dass ich Dinge über Anneliese oder Anton herausfinden würde, die ich besser begraben gelassen hätte. Ich war mir meines Hinauszögerns bewusst, beschloss aber, unsere Facebook-Seite zu überprüfen, bevor ich mich an die Archive begab.

Es gab drei neue „Likes" für die Seite, mehrere „Likes" für

Beiträge und ein paar „Shares". Vor allem die Perlenkette schien auf Anklang gestoßen zu sein. In einem Kommentar hieß es, die drei Stränge stünden für die Vergangenheit, die Gegenwart und die Zukunft. *Mit ziemlicher Sicherheit handelt es sich um ein Hochzeitsgeschenk des Bräutigams an die Braut, ohne dass Tränen beabsichtigt waren.* Es brachte unsere Ermittlungen nicht voran, aber ich fand das Konzept toll, und kleine Details wie dieses, die ich in meinen Bericht an Louisa aufnahm, zeugten von einer gewissen Liebe zum Detail.

Als nächstes checkte ich meine E-Mails und öffnete die von Chantelle, mit dem von ihr eingescannten Foto von Sophie und ihren Klassenkameraden in Niagara Falls. In der Vergrößerung waren die Gesichter zwar körnig, aber gut zu erkennen. Ich betrachtete jedes Gesicht genau und suchte nach etwas oder jemandem, der mir auffallen könnte. Ohne Erfolg.

Enttäuscht richtete ich meine Aufmerksamkeit wieder auf unsere Webseite.

Misty hatte eine weitere Nachricht gepostet, dieses Mal mit einem Foto der „Sieben der Kelche". Die Karte zeigte die Silhouette eines Mannes, der mit dem Rücken zum Leser stand. Er schien von den sieben goldenen Kelchen, die auf einer Kumuluswolke vor ihm schwebten, fasziniert zu sein. Jeder Becher enthielt einen anderen Gegenstand. In der obersten Reihe befand sich ein wunderschöner blauer Kopf ohne Körper, eine verschleierte Gestalt, die sich nach außen streckte und ein geheimnisvolles, pilzförmiges, geisterhaftes Wesen bildete sowie eine Schlange, die sich aus dem Becher herausschlängelte. In der unteren Reihe befanden sich ein blaues Schloss, überquellende juwelenartige Schätze, ein Lorbeerkranz mit einem in den Becher gezeichneten Totenkopf darunter und ein blauer Drache.

Sieben der Kelche (Element: Wasser)
    Die Farbe der Kelche steht für Emotionen. Es gibt viele

Theorien darüber, was der Inhalt jedes Kelches zu bedeuten hat. Einige glauben, dass sie die Versuchung darstellen. Andere wiederum, dass diese Objekte nichts weiter als Illusionen sind. Meiner Meinung nach stehen sie für die vielen Möglichkeiten, die dem Einzelnen gegeben sind, auch wenn jeder Weg eine gewisse Herausforderung und ein mögliches Risiko darstellt. Das Schloss hat zum Beispiel keine Fenster, der Kopf hat keinen Körper, und in den Becher unter dem Lorbeerkranz ist ein Totenkopf eingezeichnet. Was hat es den Sieger gekostet?

MISTYS MESSAGE: Es gibt einen Unterschied zwischen Kontemplation und Prokrastination. Haben Sie über eine Handlung nachgedacht oder sind Sie ihr aus dem Weg gegangen? Es gibt viele verschiedene Wege, die Sie wählen können und jeder bringt seine eigenen Konsequenzen mit sich. Das Wichtigste ist, dass Sie handeln, damit Sie daraus lernen und vorwärtskommen.

Verdammt, es war, als spräche mich Misty direkt wegen des Herauszögerns der Archivsuche an. Die Skeptikerin in mir kannte die Antwort: Wenn die Nachricht mich nicht betroffen hätte, würde ich sie übergehen. Und wenn ihre Botschaft bei mir Anklang fand, würde sie auch bei anderen Anklang finden. Ich setzte nun jeden ihrer Beiträge alle zwei Tage auf unsere Facebook-Seite, in der Hoffnung, dass sie für Dialog sorgen würden. Danach twitterte ich den letzten Beitrag mit einem Foto und dem Hashtag #tarot und richtete auf Pinterest unter dem Konto von Past & Present Investigations eine Pinnwand mit *Mistys Botschaften ein,* in der ich für jeden Beitrag eine Pinnwand erstellte.

Ich schickte eine E-Mail an Misty, mit Kopie an Chantelle, und teilte ihnen mit, was ich getan hatte, und bat Misty, Pinterest, Facebook und Twitter zu aktualisieren, wenn sie eine neue Nachricht schrieb, und ermutigte sie, ein Instagram-Konto einzurichten. Ich versuchte mir einzureden, dass ich Dinge nicht mehr am Aufschieben war, sondern in Bewegung setzte, und damit ich nicht abgelenkt würde, wenn Misty das nächste Mal eine Botschaft schrieb, aber ich wusste, dass sie recht hatte. Es war an der Zeit, zu handeln und vorwärtszuschreiten.

Es FING GUT AN. Ich gab „Historical Newspapers" in den Suchbegriff für die Toronto Public Library ein und fand Links zum *Toronto Star* und zur *Globe and Mail*.

Ich klickte das Tutorial auf der Archivseite des *Toronto Star* an. Dort gab es ein ausführliches Beispiel über Hurrikan Hazel im Jahr 1954. Ermutigt durch den einfachen Suchvorgang, drückte ich auf die Online-Zugang-Schaltfläche, nur um herauszufinden, dass ich einen Bibliotheksausweis benötigte, um Zugang zu den Archiven zu erhalten. Der Ausweis war kostenlos, sofern ich in Toronto wohnte, arbeitete oder Eigentum besaß, ansonsten gab es eine günstigste Option mit einer Gebühr von dreißig Dollar für einen Zeitraum von drei Monaten. Ich wollte gerade meine Kreditkarte zücken, als ich das Kleingedruckte las. Ich musste die Karte persönlich mit einem gültigen Ausweis beantragen. Ich konnte sie zwar in jeder beliebigen Zweigstelle beantragen, aber die nächstgelegene Zweigstelle war immer noch eine Autostunde entfernt. Ich begann einen Online-Chat mit einem Bibliotheksmitarbeiter, in der Hoffnung, dass die Regeln umgangen, wenn nicht gar gebrochen werden könnten. Dieser Vorschlag wurde mit einem entschiedenen Nein beantwortet. Ich konnte mir den steinernen Blick auf der anderen Seite vorstellen und verabschiedete mich mit einem höflichen Dankeschön und fluchte leise vor mich hin.

Kannte ich jemanden, der einen Bibliotheksausweis hat? Chantelle? Royce? Misty? Ich notierte mir, dass ich sie fragen würde.

Als Nächstes versuchte ich, die Webseite der *Globe and Mail* und dem *Toronto Star* direkt abzurufen. Bei der *Globe* hatte ich keinen Erfolg - *alle* Wege führten mich zurück zur Toronto Public Library -, aber ich fand eine Archivliste für den *Star*. Ich gab „Anneliese" zusammen mit einem Datumsbereich vom 23. März bis zum 1. Juni 1956 in das Suchfeld ein, denn ich wusste, dass ich die Suche jederzeit erweitern oder einschränken konnte. Es wurden mehrere Seiten angezeigt. Ich klickte auf die erste und hoffte auf eine PDF-Datei, erhielt aber eine Liste mit Zahlungsoptionen von einer Woche bis zu drei Monaten. Ich überlegte es mir, aber das Format war nicht annähernd so benutzerfreundlich wie die Seite der Bibliothek.

Frustriert suchte ich nach anderen Alternativen und stieß auf eine Webseite, die Datensätze für Bibliotheken, Colleges und andere Einrichtungen erstellt. Der Abschnitt für historische Zeitungen war sehr umfangreich und enthielt mehrere US-amerikanische, kanadische und internationale Veröffentlichungen. Ich klickte auf den Link zum *Star* und wurde auf eine Seite weitergeleitet, die die Zeitung und die verfügbaren Archive beschrieb. Es gab sogar ein Angebot für eine kostenlose Testversion, wenn ich mich mit der Vertriebsabteilung in Verbindung setzen würde. Ich rief an, und man sagte mir, dass alle Vertriebsmitarbeiter beschäftigt seien, dass sich aber der nächste verfügbare Mitarbeiter in Kürze bei mir melden würde.

Nach einer zwanzigminütigen Warteschleife legte ich auf und beschloss, für heute Schluss zu machen. Morgen war mein Termin bei Randi angesagt, so dass mir nur der Samstag blieb, um nach Toronto zu fahren. Wenigstens würde der Verkehr nicht so stark sein. Ich musste nur rechtzeitig zu Hause sein, um mich für mein Abendessen mit Royce vorzubereiten. Das bedeutete, dass ich früh aufstehen musste, um meinen Samstagslauf zu absolvieren, aber wenn ich nicht zurück zur Cedar County Reference Library gehen und mich durch seitenlange Mikrofilme wälzen wollte, sah ich keine andere Möglichkeit.

Prokrastination: sehr gut, Archive: mangelhaft.

27

SUN, Moon & Stars befand sich im hinteren Teil von Nature's Way Whole & Organic Foods, einem weitläufigen Laden, der alles an biologischen Produkten anbot, einschließlich einer schwindelerregenden Auswahl an Backwaren - viele davon aus Getreide, welches mir völlig unbekannt war - sowie einer Fülle glutenfreier Produkte. Es gab auch einen großen Bereich, der ausschließlich der veganen Lebensweise gewidmet war. Wenn man bei Nature's Way nichts zu essen finden konnte, war man zu wählerisch zum Leben.

Am anderen Ende des weitläufigen Spektrums befand sich Sun, Moon & Stars, ein winziger Verkaufsraum, vollgepackt mit einer Fundgrube von Schmuckstücken, Textilien, Natursteinschmuck, Heilkristallen, Büchern über das Okkulte und fließenden Baumwollkleidern mit gefärbten Mustern, glänzenden Perlen und Seidenstickereien. Ein handbemalter Keramik-Räucherstäbchenhalter in Form einer Lotusblume hielt ein Sandelholz-Räucherstäbchen.

Die Ladenbesitzerin flatterte mit einem Wirbel aus bunten Seidentüchern auf mich zu. Sie lächelte zur Begrüßung und winkte mit einer schlanken Hand, die an jedem Finger mit

Silberringen geschmückt war. »Callie, wie schön, dich wiederzusehen. Hat das Räuchern mit dem Salbeibündel die gewünschte Wirkung erzielt?«

Bei meinem letzten Besuch hatte Randi mich ermutigt, das Haus am Snapdragon Circle mit einem angezündeten weißen Salbeibündel zu räuchern, um es von negativer Energie zu reinigen. Ich kam mir lächerlich vor, als ich „Ich entferne alle negative Energie und ersetze sie durch positive Energie" singend, mit dem schwelenden Salbeibündel in der Luft schwenkend, von Raum zu Raum ging. Aber damals hätte ich so ziemlich alles versucht, und ich dachte, jetzt war es nicht anders. Ich kam in der Hoffnung hierher, dass mir Randi anhand der drei Gegenstände in meiner Handtasche, Antworten geben konnte, die ich nicht wirklich zu finden erwartete. Außerdem wollte ich sie fragen, ob ich das Haus in der Edward Street ebenfalls mit einem Salbeibündel „reinigen" sollte.

»Ich glaube schon. Ich bin überrascht, wie du dich nach all dieser Zeit daran erinnern kannst.«

Sie lachte in einem zarten Ton, und flatterte mit ihren Tüchern. »Unsere Kunden sind im Allgemeinen keine Skeptiker. Einige kommen aus Neugierde und andere sind überzeugte Glaubende, aber reine Skeptiker sind eine Seltenheit. Ich sage Randi Bescheid, dass du hier bist.«

Ich blätterte gerade in einem Buch über Tarot, als Randi den Raum betrat. Ihr langes, dunkles Haar fiel in lockeren Wellen bis zu ihrer Taille. Es gab nur wenige Menschen, die ich kannte, die Freundlichkeit, Schönheit und Charisma in einem ausstrahlten. Randi, mit ihrer zimtfarbenen Haut und Augen wie Lapislazuli, war die Verkörperung aller drei Eigenschaften. Man hätte ihre Essenz wie eine Art Zaubertrank in Flaschen abfüllen und verkaufen können. Ich spürte, wie sich meine Skepsis aufzulösen begann und verfluchte mich dafür.

Als ich das letzte Mal hier war, waren die Wände von

Randis Zimmer in einem dunklen Mitternachtsblau gestrichen. Inzwischen waren sie in einem tiefen Lavendelton gestrichen worden, mit der Decke in einem dazu passenden milchigen Mauve-Ton. Unzählige winzige Lichterketten funkelten wie Sterne und ließen den Raum in einem sanften Licht erscheinen. Eine riesige Kerze auf einem hohen schmiedeeisernen Ständer brannte diskret in einer Ecke und setzte einen beruhigend wirkenden Duft von Flieder und Vanille frei. Die einzigen Einrichtungsgegenstände waren ein rechteckiger, schwarz lackierter Schreibtisch und zwei Stühle, die mit einem dunklen, marineblauen Stickereistoff bezogen waren. Auf der Rückenlehne des einen war eine Sonne aufgestickt, auf der des anderen die vier Mondphasen. Randi setzte sich im Schneidersitz auf den Stuhl mit der Sonne und wies mit einer Geste auf den anderen Stuhl. Mehrere bunte Armreifen klimperten an ihrem rechten Arm.

»Willkommen zurück, Callie«, sagte Randi. »Warst du erfolgreich bei deiner Suche nach deiner Mutter?« Ihre Stimme hatte einen sanften, musikalischen Klang, mit der leisesten Spur eines britischen Akzents.

»Sagen wir einfach, dass einige Geheimnisse besser unter dem Stein geblieben wären, unter dem sie versteckt waren, aber danke der Nachfrage.«

»Keiner hat eine makellose Vergangenheit, auch wenn manche mehr Narben haben als andere. Wenn wir uns mit der Vergangenheit befassen, ist es unvermeidlich, dass wir Dinge entdecken, die wir lieber nicht gewusst hätten. Das ist der Preis, den wir zahlen, um die Wahrheit zu erfahren. Letztendlich ist die Wahrheit in all ihren Erscheinungsformen alles, was wir wirklich haben.«

War ich hier, weil ich eine Version der Wahrheit erwartete, oder weil Chantelle mich gezwungen hatte Randi aufzusuchen? Was war mit Randi? Würde sie die Wahrheit sagen oder ein fiktives Szenario entwerfen, das auf Cold

Reading und Bestätigungsfehlern beruht? Ich grübelte über die Möglichkeiten nach, als Randi wieder sprach.

»Gehe ich recht in der Annahme, dass du wegen einer weiteren Reise in die Vergangenheit hier bist?«

Als ich den Termin vereinbarte, hatte ich vergessen, dass ich in der *Marketville Post* für die große Eröffnung von Past & Present Investigations geworben und meinen Namen und meine E-Mail-Informationen als Hauptkontakt angegeben hatte. Wieviel wusste Randi? War sie auf der Webseite gewesen? Unserer Facebook-Seite? Vielleicht ja, vielleicht nein, aber es war besser, ehrlich zu sein und es ihr zu sagen. Wenn alles offengelegt war, könnte sie es nicht als eine ihrer Enthüllungstechniken verwenden.

»Ich habe mit einer Freundin ein Unternehmen gegründet, Past & Present Investigations.« Ich informierte sie über die bisherigen Erkenntnisse, ließ aber die Details der Frankow-Recherche aus. Diese mussten vertraulich bleiben, und das nicht nur aus Respekt vor der Klientin. Wenn ich Randi etwas glauben sollte, musste ich wissen, dass dies ohne viel Hintergrundwissen ihrerseits geschah.

Randi klatschte in die Hände, ihre Armbänder klangen wie Windspiele. »Glückwunsch. Es ist wunderbar, wie du etwas Schmerzhaftes in einen neuen Lebensweg verwandelt hast. Das zeugt von großer Charakterstärke.«

Ein neuer Lebensweg. Hatte Randi Mistys letzte Message über die „Sieben der Kelche" gelesen? Oder hatte ich zu viel in das hineingelesen, was vielleicht nur eine einfache Wortwahl war?

»Ich weiß nicht, wie stark mein Charakter ist, aber ich kann sagen, dass er mehr als einmal auf die Probe gestellt worden ist. Ich bin heute mit drei Objekten hier. Jedes von ihnen ist Teil einer laufenden Recherche. Ich bedaure, dass ich dir die Details daher nicht mitteilen kann.«

»Das würde ich auch nicht wollen. Solche Informationen

würden meinen Blick trüben und ihn unzuverlässig machen.« Randi lächelte und enthüllte eine Reihe perfekt gerader, perlweißer Zähne. »Ich bin sicher, du hast im Internet über Psychometrie recherchiert, was der offizielle Begriff für das Lesen von Objekten ist. Leider gibt es viele Scharlatane da draußen, und es sind diese Personen, die den seriösen Praktikern einen schlechten Ruf einbringen. Ich versichere dir, dass ich mich nicht auf ein Cold Reading oder irgendwelche Bestätigungsfehler verlasse. Einige Objekte sprechen mich an, andere nicht, unabhängig von ihrer Vorgeschichte. Nun, da du ein gewisses Hintergrundwissen hast, meinst du, dass du unvoreingenommen an die Sache heranzugehen kannst?"

Ich nickte und fühlte mich einigermaßen beruhigt, wenn auch noch nicht ganz überzeugt.

»Nun gut. Mal sehen, was du mir heute mitgebracht hast.«

Ich beschloss, mit der Brosche zu beginnen. Wenn ich mit meiner Vermutung richtig lag, dass Anneliese sie in Quebec City gekauft hatte, war sie das älteste der drei Stücke. Ich nahm sie aus dem Organzabeutel und übergab sie Randi.

Sie legte die Brosche auf ein kleines schwarzes Samtkissen und beugte sich vor, um sie mit einer bleistiftlangen LED-Taschenlampe und einer Juwelierlupe aus allen Winkeln zu untersuchen. Nach einigen Minuten richtete sie sich auf.

»Die „Fleur-de-lis" deutet auf eine französische Verbindung hin, aber ich würde sagen, dass sie in Quebec und nicht in Frankreich gekauft wurde. Das Styling ist nicht europäisch, und die Qualität ist zwar etwas besser als in einem Woolworth-Kaufhaus, aber weit entfernt von Haute Couture. Bei den Steinen handelt es sich um Strasssteine, nicht um Edelsteine, aber ich vermute, das wusstest du bereits, zumal die Goldoberfläche angelaufen ist. Silber läuft an, aber Gold nicht. Was die zeitliche Einordnung betrifft, so würde ich diese Brosche in die frühen bis mittleren 1950er Jahre einordnen. Es gibt keine Herstellermarken, aber das ist an sich nicht ungewöhnlich für die damalige Zeit.«

Bis jetzt sagte mir Randi nichts, was ich nicht schon selbst herausgefunden hatte. Ich versuchte, meine Enttäuschung zu verbergen. Es war mir offensichtlich nicht gelungen, denn sie ging direkt darauf ein.

»Vertrau mir, meine skeptische Freundin. Als erstes analysiere ich ein Objekt, indem ich es nüchtern betrachte. Erst danach kann ich eine spirituelle Verbindung zu ihm herstellen. Diese Kombination ermöglicht es mir, über die Bedeutung eines jeden Objekts und seine Beziehung zu seinem Besitzer zu spekulieren.«

Sie nahm die Brosche in ihre rechte Hand, schloss die Augen und legte ihre geballte rechte Faust auf die linke Seite ihrer Brust, über ihr Herz. Ich wusste nicht, ob ich lachen oder weinen sollte und tat stattdessen nichts von beidem, sondern beobachtete schweigend Randis theatralische Darbietung. Ich wusste nicht, ob es eine Aufführung war, die zu meinen Gunsten inszeniert wurde, damit ich mich nicht betrogen fühlte, wenn ich sie am Ende meines Besuchs bezahlte.

Randi öffnete die Augen und legte die Brosche zurück auf das schwarze Samtetui. »Diese Brosche war mit ziemlicher Sicherheit ein Geschenk eines Liebhabers an eine Frau, die er auf einem Schiff kennengelernt hatte. Es mag dir phantasievoll erscheinen, aber ich glaube, dass die aquamarinfarbenen Steine den Ozean darstellen, das Saphirblau den Nachthimmel und die klaren Strasssteine die Sterne. Nach meiner ersten Einschätzung würde ich vermuten, dass sie in Quebec City oder Montreal gekauft wurde.«

Kein Souvenir, sondern ein Geschenk von einem Liebhaber. Daran hatte ich nicht gedacht. Hatte Anton Osgoode die Brosche Anneliese als Andenken an ihre Affäre geschenkt? Das wäre eine mögliche Erklärung, und die romantische Seite in mir bevorzugte sie. Der Zyniker in mir hatte noch Zweifel. Wenn Randi unsere Facebook-Seite besucht hätte, hätte sie meinen Beitrag gesehen, in dem ich nach Informationen im Zusammenhang mit der *T.S.S. Canberra* suchte. Ich hatte ihr sogar den Gefallen getan, das Abfahrtsdatum in Southampton und das Ankunftsdatum in Quebec City anzugeben und hinzuzufügen, dass die Frau eine deutsche Einwanderin war. Meine Beiträge, in denen ich nach Informationen über Bahnreisen erkundigte, hätten weitere Lücken geschlossen. Wenn man die Brosche hinzufügt, kann ein guter Geschichtenerzähler eine ganze Welt erschaffen.

Wenigstens hatte ich nichts über Anton Osgoode gepostet. »Kannst du mir etwas über das Liebespaar erzählen?«

»Lass mich zuerst die einzelnen Schmuckstücke betrachten. Vielleicht kann ich dann weitere Schlüsse ziehen. Ich verspreche nichts dergleichen. Wie ich schon sagte, nicht alle Gegenstände sprechen mich an, unabhängig von ihrer Geschichte.«

Es war eine ehrliche Antwort, obwohl sie die Frage bequem umging. Ich überreichte die Perlenohrringe und sah schweigend zu, wie Randi ihr Ritual durchführte, indem sie die Ohrringe zuerst von allen Seiten betrachtete und sie dann an ihr Herz hielt. Ich wusste nicht, was ich von ihrer Darbietung halten sollte.

»Diese Ohrringe waren mit ziemlicher Sicherheit zuerst Ohrclips«, begann Randi. »Ich glaube, die Umarbeitung in Ohrstecker erfolgte lange nachdem die ursprüngliche Besitzerin sie weitergegeben hatte, möglicherweise an ihre Tochter.« Ihre Stirn legte sich in Falten. »Vielleicht auch an eine Enkelin. Es ist verwirrend. Ich erhalte gemischte Eindrücke. Sie waren sicher als Hochzeitsgeschenk gedacht. Gibt es eine passende Halskette?«

Ich dachte wieder einmal an unsere Facebook-Seite und das Foto, das ich von der Perlenkette gepostet hatte. Obwohl ich versuchte, unvoreingenommen zu bleiben, wurde ich immer misstrauischer. »Es gab eine passende Perlenkette. Drei Stränge. Die Besitzerin hatte sie bei ihrer Hochzeit getragen.«

»Hast du die Halskette mitgebracht?«

»Ich habe sie nicht. Ich habe sie nur auf einem Foto gesehen.«

»Hast du das Foto mitgebracht?«

»Mir wurde gesagt, ich solle nicht mehr als drei Gegenstände mitbringen.«

»Eine Regelbefolgerin. Das hätte ich nie vermutet,« sagte Randi mit einem Lächeln. »Eigentlich wäre ein Foto akzeptabel gewesen, vielleicht sogar wünschenswert, aber du kannst jederzeit damit zurückkommen, sollte es einer von uns für nötig halten. Du sagtest, es gäbe drei Perlenstränge?«

»Ja. Ich dachte, die drei Stränge könnten symbolisch für die Vergangenheit, die Gegenwart und die Zukunft stehen.« Ich brauchte nicht zu erwähnen, dass ich die Idee von einem Facebook-Follower bekommen habe. Aber wenn sie auf unserer Facebook-Seite gewesen wäre, hätte sie das auch gewusst.

»Das ist sehr scharfsinnig von dir. Ich wollte gerade dasselbe vorschlagen.« Das Stirnrunzeln kehrte zurück. »Ich glaube, diese Ohrringe wurden in Zeiten großer Freude und großer Verzweiflung, vielleicht sogar während großer Gefahr, getragen.«

Wenn Randi dachte, ich würde ihr mitteilen, was ich wusste, war sie auf dem Holzweg. Von dieser Frau würde es kein „Cold Reading“ geben. Ich reichte ihr den Ehering. »Vielleicht hilft dir das weiter.«

Ich erwartete eine Wiederholung der Nummer mit dem schwarzen Samtkissen. Stattdessen sah ich mit offenem Mund zu, wie Randi den Ring fallen ließ, sich an den Hinterkopf fasste und sich dann vor Schmerzen den Bauch umklammerte.

»Geht es dir nicht gut?«

Randi starrte mich an, Tränen quollen aus ihren tiefblauen

Augen. »Die Frau, die diesen Ring trug, wurde kaltblütig ermordet. Ich glaube, sie wurde mit einem schweren Gegenstand auf den Hinterkopf geschlagen.«

Sie hob den Ring auf und schloss für einen Moment die Augen, ihr Atem ging stoßweise. »Sie kannte ihren Mörder. Es war jemand, den sie liebte... nein, vielleicht nicht liebte, aber definitiv jemand, dem sie vertraute.« Sie öffnete die Augen, ihr Blick war anklagend. »Du wusstest es, nicht wahr?«

»Ja, ich wusste es. Es tut mir leid. Mir war nicht klar, dass es dir Schmerzen bereiten würde. Ich versuche, die Wahrheit über ihren Mörder herauszufinden. Ich habe Zweifel, dass die Person, die dafür eingesperrt wurde, dafür verantwortlich ist.

»Merke dir, was ich dir vorhin gesagt habe. Am Ende ist die Wahrheit alles, was wir haben. Bring mir bitte alles von dieser Frau, was du hast, einfach alles. Ich werde dies ohne jegliche Kosten für dich oder deine Klientin tun. Die Frau, der dieser Ring gehörte, hat Gerechtigkeit verdient.«

Ich konnte nicht irgendetwas mit Annelieses Namen zu Randi bringen, wie z. B. ihren Reisepass, Einwanderungspapiere oder Sophies Geburtsurkunde, aber ich konnte Annelieses Handkoffer mitbringen und vielleicht die Postkarten und Fotos, die sich darin befanden.

Als ich meinen nächsten Besuch bei Randi für Dienstag der folgenden Woche plante, wusste ich bereits, dass das nicht ausreichen würde. Es musste mir irgendwie gelingen, die Kristallvase aus Olivias Zimmer zu holen.

Aber wie?

Ich rief Chantelle vom Parkplatz vor Sun, Moon & Stars aus an, um zu erfahren, wie es ihr ergangen war.

»Hast du Olivia gesehen?«

»Ja und nein.«

»Entweder du hast sie gesehen oder nicht.«

»Ich fange am Anfang an und erzähle es auf meine Art, okay?«

Ich kannte Chantelle gut genug, um zu wissen, dass sie sich nicht hetzen ließ, zumindest wenn es darum ging, eine Geschichte zu erzählen. »Okay.«

»Ich ging zur Rezeption, wo mir die Platin-Blondine das Gefühl gab, ich sei dort, um einen Gefangenen zu befreien, anstatt einen Bewohner zu besuchen.«

»Ja, das hat sie gut drauf.«

»Das tut sie. Jedenfalls habe ich ihr gesagt, ich sei eine Freundin der Familie Osgoode, was eigentlich keine Lüge ist. Ich bin eine Freundin von dir, und du gehörst zu dieser Familie. Ich hatte einen Strauß gelber Gänseblümchen mitgebracht und ein paar selbstgebackene Kekse. Ich bot ihr ein paar Kekse an, die sie in ihrer Kaffeepause essen konnte. Sie lehnte höflich ab, aber die Geste schien sie zu besänftigen, denn sie willigte ein und rief Olivias an. Olivia willigte ein, mich zu empfangen.«

»Fantastisch.«

»Nicht so schnell. Ich sagte „schien sie zu besänftigen“. Ich kam in Olivias Zimmer an und hatte ihr gerade meine Geschichte erzählt, da stürmte Corbin Osgoode ins Zimmer. Er fragte, woher ich seine Mutter kannte. Ich musste zugeben, dass ich sie nicht kannte, aber dass ich als Freundin der Familie da war.« Chantelle seufzte schwer. »Er ist ein ganz schöner Brocken, dein Großvater. Ich habe mich ungefähr so willkommen gefühlt wie eine Kakerlake auf einer Einweihungsparty. Was Olivia angeht, so ist sie vielleicht seine Mutter, aber er ist definitiv ihr Chef. Er hat mich vor die Tür gesetzt, natürlich nur im übertragenen Sinne, aber noch eine Minute länger in diesem Raum, und ich habe keinen Zweifel, dass er handgreiflich geworden wäre, oder zumindest damit gedroht hätte.«

Einen Moment lang war ich zu enttäuscht, um zu sprechen. Dann wurde ich wütend. »Wer ist Corbin Osgoode, dass er meinen Freunden droht oder Olivia vorschreibt, wen sie sehen darf und wen nicht? Vor allem, da sie deinem Besuch zugestimmt hatte.«

»Da ist noch mehr«, sagte Chantelle. »Bevor Corbin hereingestürmt kam, hat Olivia mir gesagt, dass sie enttäuscht sei, dass du nicht zurückgekommen bist, um sie zum Mittagessen einzuladen. Das bedeutet...«

»Olivia wusste nicht, dass Corbin mir verboten hatte, sie zu sehen.«

»Ganz genau. Du hattest recht, Callie. Dieser Mann verbirgt etwas, etwas, wovon Olivia weiß. Inmitten seiner Wut sah ich, dass er Angst hatte.«

Wut und Angst. Beides hatte ich schon einmal im Umgang mit Corbin Osgoode erlebt, und genauso wie mein Vater. Nun, dieses Mal waren die Rollen vertauscht. Auf die eine oder andere Weise würde ich das Geheimnis lüften, koste es, was es wolle.

Es ging nicht mehr nur um Anneliese Prei Frankow. Mein Großvater hatte es gerade persönlich gemacht.

28

MANCHMAL ZAHLTE SICH AUFSCHIEBEN AUS. Entweder das oder man hatte Glück. Ich überprüfte gerade meine Straßenkarten-App, um herauszufinden, welche Zweigstelle der öffentlichen Bibliothek von Toronto am nächsten wäre, um mir einen Bibliotheksausweis zu beschaffen, als das Telefon klingelte. Ich schaute auf die Anrufanzeige und hoffte, dass es nicht Royce war, der unser Abendessen heute Abend absagen wollte. Es war lächerlich, wie sehr ich mich auf den Abend gefreut hatte.

Es war Shirley Harrington.

»Shirley, ich hatte nicht erwartet, vor Ende April von dir zu hören. Ist alles in Ordnung?«

»Jetzt, wo ich wieder in Marketville bin, geht es mir sehr gut«, sagte sie lachend. »Es scheint, als wäre ich nicht dazu geschaffen den Winter als „Snowbird" im Süden zu verbringen. Sechs Wochen in Florida waren lange genug für mich. Es wäre vielleicht etwas anderes, wenn ich verheiratet wäre und mit meinem Mann dort unten wohnen würde, oder wenn ich mir die Wohnung, die ich mit einem Freund gemietet habe, teilen würde, aber als Single wurde es mir langweilig. Ich bin seit zwei Tagen wieder zu Hause und langweile mich immer noch zu

Tode. Ich bereue ernsthaft meine Entscheidung, in den Ruhestand gegangen zu sein.«

»Deine Worte sind Musik in meinen Ohren.« Ich erläuterte ihr das Konzept von Past & Present Investigations.

»Das ist fantastisch. Zunächst einmal freue ich mich sehr, dass du dich entschlossen hast, nun in Marketville zu bleiben, und ich freue mich doppelt, dass du Snapdragon Circle verkauft und eine Immobilie in der Edward Street gefunden hast. Die Edward Street ist eine großartige Straße mit all ihren Pubs, unabhängigen Geschäften und Restaurants. Ich kann mir nicht vorstellen, dass du dich in dem alten Haus jemals ganz wohl gefühlt hättest, nach allem, was du dort entdeckt hast.«

»Du hast in allen Punkten recht, und die Edward Street ist definitiv besser geeignet, um ein Homeoffice mit sporadischem Kundenkontakt zu betreiben. Ich hatte zuerst erwogen, ein Haus in einem Vorort zu kaufen, aber die Maklerin hatte mich davor gewarnt. Es gibt diverse Verordnungen zu beachten, und wir hoffen, dass dieser Standort Besucher anlocken wird.«

»Wir?«

»Entschuldigung, ich habe einiges übersprungen. Chantelle Marchand ist meine Partnerin. Sie wird sich unter anderem mit Ahnenforschung beschäftigen. Ich bin das Mädchen für alles. Ich betreibe die Recherche, treffe mich mit Kunden, mache Werbung, verwalte die Webseite und die sozialen Medien, schreibe Berichte und tue alles, was sonst noch anfällt.« *Sogar zu einem Psychometristen gehen.*

»Ich freue mich so für euch beide«, sagte Shirley, und ich konnte das Lächeln in ihrer Stimme hören.

»Es gibt noch mehr. Wir haben Misty Rivers gebeten, uns zu helfen. Sie hat eine Seite über Tarot auf der Webseite eingerichtet. In ihrem Blog *Mistys Messages* postet sie regelmäßig eine Tarotkarte.«

»Tarot«, sagte Shirley, und dieses Mal konnte ich sie fast lachen hören.

»Es war Chantelles Idee. Ich gebe zu, dass ich anfangs nicht begeistert war, aber *Mistys Messages* haben uns unsere erste Kundin und einige wertvolle Informationen über den Auftrag gebracht. Arabella ist auch bei Bedarf mit an Bord, falls es Antiquitäten zu begutachten gibt, oder alles, was mit Antiquitäten zu tun hat. Eigentlich war es Arabella, die die Kundin an uns verwiesen hat. Aufgrund *Mistys Messages* auf unserer Webseite entschloss sich die Kundin, sich an uns zu wenden und so wurde das Geschäft besiegelt.«

»Ich bin fasziniert. Schick mir den Link, ich schaue mir eure Webseite mal an.«

»Das werde ich. Aber wie ich schon sagte, dein Bedauern in den Ruhestand getreten zu sein, ist Musik in meinen Ohren. Dafür gibt es einen Grund. Chantelle und ich möchten, dass du unserem Team beitrittst.«

»Ihr wollt das? Wirklich?«

»Wir können dir für den Anfang nicht viel zahlen, aber...«

»Kein Aber. Du würdest mir einen Gefallen tun. Es war kein Scherz, als ich dir sagte, dass ich mich zu Tode langweile. Ich würde gerne zu eurem Team gehören. Mir ist nur nicht klar, was ich beitragen könnte.«

»Verkauf dich nicht unter Wert.« Ich erzählte ihr, dass ich die Archive des *Toronto Star* und der *Globe and Mail* aus den 1950er Jahren einsehen wollte. »Es sieht so aus, als ob die Toronto Public Library jetzt alles online archiviert hat, aber man braucht einen Bibliotheksausweis, um darauf zuzugreifen, und man muss die Karte persönlich beantragen.

»Du willst, dass ich euch bei der Recherche in den Archiven helfe?«

»Ich weiß, es klingt langweilig, vor allem, weil du die Cedar County Bibliothek verlassen hast, um ein neues Leben zu beginnen, aber ja, um deine Frage zu beantworten, genau das würden wir von dir erwarten. Du kannst dir deinen Titel aussuchen. Wie wäre es mit Chief Research Analyst?«

»Das klingt perfekt«, sagte Shirley. »Ich werde heute zur Bibliothek gehen und mir einen Ausweis besorgen. Es gibt eine Zweigstelle an der Ecke Warden und Steeles, die in der Nähe des Hauses einer Freundin liegt. Ich werde sie anrufen und fragen, ob wir uns zum Abendessen treffen können.«

»Danke. Du hast keine Ahnung, wie sehr das mein Leben vereinfacht. Ich muss dich auf den aktuellen Stand des Falls bringen, bevor wir loslegen. Das würde ich lieber persönlich tun. Es wäre am besten, wenn du siehst, was wir bisher haben, damit du gezielt recherchieren kannst. Wann hast du am ehesten Zeit?«

»Was hältst du von morgen Früh? Ich kann es kaum erwarten, anzufangen.«

»Es macht mir nichts aus, am Sonntag zu arbeiten, wenn du damit einverstanden bist.«

»Ich habe gerade sechs Wochen langweiliger Ruhe und Erholung hinter mir. Die Arbeit am Sonntag ist eine willkommene Abwechslung. Außerdem sehe ich das Ganze als ein Abenteuer an. Um wieviel Uhr würde es dir passen?«

Ich wusste nicht, wie mein Date mit Royce verlaufen würde. Würde ich am Ende über Nacht bleiben? Wollte ich bei ihm übernachten? Ich war mir nicht sicher. Wie auch immer, mein Trainingsplan sah einen Sechs-Meilen-Lauf vor und der Laufclub traf sich um halb neun.

»Wie wäre es gegen elf Uhr? Es sollte nicht länger als ein paar Stunden dauern, alles durchzugehen, und dann mache ich Mittagessen.«

»Elf Uhr passt mir, und Mittagessen wäre toll.«

»Was hältst du von Fleischpastete und Salat?« fragte ich, denn ich wusste, wie sehr Shirley meine Version der französisch-kanadischen Fleischpastete liebte.

»Ich bin so froh, dass ich nicht mehr in Florida bin. Und ich könnte nicht glücklicher sein.«

ICH GING IN DEN SUPERMARKT, um die Zutaten für einen gemischten Salat und das morgige Mittagessen zu besorgen. Wenn ich die Fleischpastete heute zubereitete, musste ich sie morgen nur noch aufwärmen. Ganz zu schweigen davon, dass mich diese Tätigkeit von meinem Abendessen mit Royce ablenken würde. Ich war so aufgeregt wie ein Teenager, der zu seinem ersten Abschlussball ging.

Mein nächster Stopp war der Spirituosenladen, um eine gute Flasche Weißwein zu kaufen. Royce hatte mir gesagt, ich solle nichts mitbringen, aber mein Vater hatte mich richtig erzogen. Man ging nicht zum Abendessen zu jemandem nach Hause, ohne etwas für den Gastgeber mitzubringen, und ich käme mir albern vor, ihm Blumen mitzubringen. Essen mitzunehmen würde bedeuten, dass ich seinen Kochkünsten nicht traute.

Nachdem die Besorgungen erledigt waren, kam ich nach Hause, schaltete das Radio ein und machte mich an die Arbeit. Zuerst eine Kartoffel backen, schälen und pürieren. Dann das magere Schweinefleisch mit den gehackten Zwiebeln, der Kartoffel, den Gewürzen und dem Wasser vermischen. Etwa eine Stunde lang köcheln lassen, bis die Masse eingedickt ist. In der Zwischenzeit hatte ich den Teig zubereitet und ausgerollt und dabei die Lieder aus dem Radio mitgesummt. Es war ein beruhigendes Gefühl, ein Komfortessen zuzubereiten.

Und dennoch war ich besorgt. Ich hatte mich auf den Abend mit Royce gefreut, sehr gefreut, wenn ich ganz ehrlich war. Aber was wäre, wenn wir eine Beziehung eingehen wollten und es nicht klappen würde? Ich wollte unsere Freundschaft nicht opfern.

Meine Sorge ging auch über Royce hinaus. Ich machte mir Gedanken über den Fall. Es war eine große Erleichterung, dass Shirley mir bei der Suche in den Archiven helfen würde, aber was, wenn wir Dinge herausfinden würden, die ich nicht wissen wollte? Oder die Louisa nicht wissen wollte? Ich hatte sie zwar vorgewarnt, und wir beide kannten die Risiken, die mit dem Erforschen der Vergangenheit verbunden waren, aber die Risiken zu kennen oder mit der kalten, harten Wahrheit konfrontiert zu werden, waren zwei verschiedene Dinge. Und dann war da noch die Sache mit meinem Großvater. Corbin Osgoode hatte etwas zu verbergen, und ich musste herausfinden, was es war. Außerdem musste ich einen Weg finden, wieder mit Olivia zu sprechen und die Kristallvase aus ihrem Zimmer zu holen, um sie Randi zu bringen. Obwohl ich stundenlang darüber nachgedacht hatte, war mir noch kein plausibler Plan eingefallen.

Ich seufzte. Ich hatte noch fünfundvierzig Minuten Zeit, jetzt, da die Pastete fertig und im Ofen war. Die Sorgen würden mir nur den Abend verderben. Ich rief die Webseite auf und musste fast laut lachen, als ich Mistys letzte Nachricht sah. Chantelle musste ihr von meinem Date mit Royce erzählt haben.

Die gezeigte Karte war die „Zehn der Kelche". Die zehn goldenen Kelche bildeten einen Regenbogen vor einem blauen Himmel. Darunter war ein Mann zu sehen, der seinen Arm um die Taille einer Frau gelegt hatte. Zwei Kinder spielten am Rande des Bildes. In der Ferne, jenseits eines fließenden Baches und grüner Felder, stand ein kleines weißes Haus mit einem roten Dach. Nur dass die Karte auf dem Kopf stand. Ich runzelte die Stirn. Bis jetzt waren die Karten in allen von *Mistys Messages* immer richtig herum aufgedeckt worden. Ich fuhr fort, sie zu lesen, meine Neugierde war geweckt.

DIE ZEHN DER KELCHE (ELEMENT: WASSER)
Die Kelche werden oft als die glücklichsten der vier Farben angesehen, und diese Karte strahlt sicherlich Glück und Zufriedenheit, die Liebe zur Familie und zum Zuhause

aus. Die naheliegendste Interpretation ist romantische Liebe und Ehe oder eine langfristige Beziehung. Weniger offensichtlich, aber meiner Meinung nach ebenso relevant, steht die Karte auch für Klarheit über persönliche Überzeugungen und Grundwerte sowie für die Gestaltung eines Lebens, das auf diese Werte ausgerichtet ist, sowohl persönlich als auch beruflich.

Während einige Leser die umgekehrte Zehn der Kelche als Unzufriedenheit deuten, glaube ich, dass sie eine Karte voller Verheißung und Freude bleibt, auch wenn es Herausforderungen gibt.

MISTYS MESSAGE: Manchmal verwischen die Grenzen zwischen der Vergangenheit und der Gegenwart unsere Zukunft. Wenn du dich den Herausforderungen stellst, wirst du letztendlich die Wahrheit erfahren. Erlaube niemandem, deine Suche nach der Wahrheit zu vereiteln, egal wie tief die Geheimnisse in der Vergangenheit begraben sind.

Sei dir jedoch bewusst, dass nicht alle Antworten in der Vergangenheit liegen. Wenn es um romantische Beziehungen geht, solltest du aufhören, alles in Frage zu stellen, und vergangenen Liebeskummer hinter dir lassen. Solange du das nicht tust, kann sich wahres Glück nicht einstellen. Vertraue auf dein Herz und erkenne, dass alles, was wertvoll ist, Zeit zum Wachsen braucht.

Ich hatte erwartet, dass es in der Botschaft um das Verlieben gehen würde, und Misty hatte mit ihrer Bemerkung, dass man vergangene Herzensbrüche hinter sich lassen sollte, ihren Standpunkt klar gemacht. Aber sie hatte es auch geschafft, die Geschichte so zu verdrehen, dass sie immer noch relevant für das Geschäft war. *Erlaube niemandem, deine Suche nach der Wahrheit zu vereiteln, egal wie weit das Geheimnis in der Vergangenheit vergraben ist.*

Ich wollte Misty eine E-Mail schreiben und ihr sagen, sie solle sich keine Sorgen machen. Ich war bereit, meinem Herzen zu vertrauen. Kein Verlierer-Radar mehr für diese Frau. Was meine Suche nach der Wahrheit über die Vergangenheit anging, hatte Corbin Osgoode seinen Meister gefunden. Wenn ich die Zehn der Kelche das nächste Mal sehen würde, würde sie aufrecht und stehend sein. Genau wie ich.

29

———

Ich probierte ein halbes Dutzend Outfits an, von schick bis Jeans. Ich wollte gut aussehen, aber es war ein Abendessen bei Royce zu Hause, nicht in einem Nobelrestaurant, und er trug immer Blue Jeans und ein Golfhemd, egal zu welchem Anlass. Schließlich entschied ich mich für schwarze Röhrenjeans und einen smaragdgrünen Twill-Pullover, der das Grün meiner haselnussbraunen Augen hervorhob. Ich tat mein Bestes, um mein Haar mit einem Glätteisen und ein paar Haarspangen zu bändigen. Silberne Reifohrringe. Minimales Make-up, Mascara und Lipgloss. Mein Haar mochte ein Alptraum sein, aber wenigstens hatte ich eine schöne Haut. Ich betrachtete mich im Spiegel und war mit dem Ergebnis zufrieden.

Die Fahrt in mein altes Viertel dauerte zehn Minuten. Beim Anblick der vertrauten Straßennamen musste ich lächeln: Day Lily Drive, Lady's Slipper Lane, Coneflower Crescent. Ich bog vom Trillium Way nach links in den Snapdragon Circle ein und wäre fast aus Gewohnheit in die Einfahrt von Haus Nummer 16 gefahren, doch ich konnte gerade noch rechtzeitig bremsen.

Ich sah, dass sich die Jalousien in Haus Nummer 14, meiner früheren Nachbarin Ella Cole, bewegten und wusste, dass sie, wie gewöhnlich, das Kommen und Gehen aller Bewohner der Nachbarschaft genau beobachtete und jedem, der gewillt war zuzuhören, davon zu berichten. Ich schnappte mir die Flasche Wein, sprang aus dem Auto und klingelte bei Royce, bevor Ella herauskommen und ein Gespräch beginnen konnte. Ich mochte sie zwar, aber ich hatte keine Lust ihr zu erklären, warum ich Royce besuchte. Ich grinste. Sie würde es noch früh genug herausfinden, falls mein Auto morgen früh noch hier stehen sollte.

Royce öffnete prompt die Tür, gab mir einen Kuss auf die Wange und rügte mich, etwas mitgebracht zu haben. Sein Bungalow war nach einem offenen Konzept gestaltet, und der Flur führte direkt in die Küche sowie in den Ess- und Wohnbereich. Sein Design und seine Handwerkskunst waren überall deutlich erkennbar, von der Arbeitsplatte aus schwarzem Granit bis zu den glänzenden Hartholzböden und den taupefarbenen Wänden. Der Tisch war mit weißen Leinenservietten, schwarz-weißen Tellern sowie Silberbesteck gedeckt und in der Mitte stand ein Strauß aus roten Miniaturrosen und Schleierkraut.

»Du hast dich selbst übertroffen«, sagte ich. »Alles sieht wunderschön aus.«

Royce lächelte. »Ich wollte sicher sein, dass du wiederkommst. Setz dich, ich bringe dir ein Glas Wein.«

Er schenkte Chardonnay in zwei langstielige Weingläser ein, während ich mich auf ein bequemes schwarzes Ledersofa sinken ließ, umgeben von gobelinartigen Kissen in Bronze-, Gold- und Cremetönen. Ich erkannte die Handarbeit von Porsche. In diesem Moment wurde mir klar, dass ich Royce' Einladung, nach Muskoka zu fahren und seine Schwester in der Rolle der Eliza Doolittle in *Pygmalion* zu sehen, völlig vergessen hatte.

»Wie laufen die Vorbereitungen für das Theaterstück?« fragte ich und nahm das Glas Wein entgegen.

»Laut Porsche hat sie einen Mordsspaß, obwohl ich vermute, dass sie nach größeren Dingen strebt. Kommst du als mein Date mit? Heute in zwei Wochen ist Premiere, eine Matinee. Wir könnten bei meinen Eltern übernachten, oder ich könnte in einem der Resorts eine Reservierung machen. Ansonsten können wir auch nach Marketville zurückfahren, wenn du nicht übernachten möchtest. Das wäre zwar viel Fahrerei an einem Tag, aber es wäre zu schaffen. Es würde Porsche viel bedeuten - uns beiden -, wenn du dabei sein könntest.«

Der Gedanke, Zeit mit seinen Eltern und seiner Tante zu verbringen gefiel mir eigentlich nicht, und ich wusste nicht, ob ich es überhaupt wollte. Andererseits, wenn ich diese Abneigung nicht überwand, hatte meine Beziehung zu Royce keine Chance. Das hieß ja nicht, dass ich in ihrem Haus übernachten musste.

»Mal sehen, wie es bis dahin weitergeht. Ein Resort in dieser Gegend könnte mir gefallen.«

»Heißt das, du kommst mit mir?«

»Ich glaube schon.«

DAS ABENDESSEN WAR PERFEKT. Hähnchenbrustfilet mit Kräutern, gefüllt mit Spinat und Ricotta, gebratene Mini-Kartoffeln und ein Medley aus Brokkoli, Blumenkohl und Karotten-Julienne. Zum Nachtisch gab es sündhaft leckere Karamellcreme, gefolgt von koffeinfreiem Kaffee mit Irish Cream im Wohnzimmer. Der morgige Lauf würde zwar die Kalorien nicht wieder wettmachen, aber ich genoss jeden einzelnen Bissen. Wenn ich noch mehr davon essen würde, wäre ich vielleicht morgen früh noch nicht einmal zum Laufen imstande.

»Einfach köstlich«, sagte ich, zog meine Beine unter mir zusammen und machte es mir bequem. »Woher wusstest du, dass Karamellcreme eine meiner Lieblingsdesserts ist?«

»Das wusste ich nicht«, sagte Royce. »Es ist meins. Noch eine Sache, die wir gemeinsam haben.«

Das kam an diesem Abend einer romantischen Ouvertüre am nächsten. Anstatt enttäuscht zu sein, fühlte ich mich seltsamerweise beruhigt. Ich habe mich schon öfters Hals über Kopf in Beziehungen gestürzt, nur um dann festzustellen, dass ich mich in einem Ring aus Feuer befand. Ich hatte auch auf die harte Tour gelernt, dass jemanden zu lieben nicht immer bedeutet, jemanden zu mögen. Ich mochte Royce, ja, ich mochte ihn sogar sehr. Und was noch besser war, ich wusste, dass das Gefühl auf Gegenseitigkeit beruhte. Es gab eine starke körperliche Anziehungskraft, keine Frage, aber vor allem waren wir Freunde.

Ich ertappte mich dabei, ihm von Anneliese Prei zu erzählen, von den Fotos und Postkarten im Handkoffer, von ihrer Heirat, ihrem Baby und letztendlich von ihrem Mord. Ich ließ die Namen weg, um die Dinge einigermaßen vertraulich zu halten, nannte sie „die Großmutter", Louisa „meine Klientin" und Sophie „die Mutter meiner Klientin", nicht dass Royce mit irgendjemandem darüber sprechen würde. Ich ließ auch den Teil über das Aufsuchen von Randi weg. Irgendwie glaubte ich nicht, dass Royce sich auf die ganze Sache mit dem Objektlesen einlassen würde. Ich war mir immer noch nicht klar darüber, was ich selbst davon halten sollte.

»Diese Frau ist für dich viel mehr als nur die Großmutter einer Klientin geworden, nicht wahr?« fragte Royce, nachdem ich geendet hatte. »Sie ist dir unter die Haut gegangen.«

Ich gab zu, dass dem so war. »Das Frustrierende ist, dass

ich jemanden kenne, der mehr Informationen haben könnte, aber man hat mir verboten, sie zu sehen.«

»Verboten? Klingt sehr geheimnisumwittert. Wer ist dieser Jemand?«

»Eine ältere Frau. Sie lebt im Cedar County Seniorenwohnheim, an der Ecke Mavis und Lester. Ihr Sohn hat die Rezeption angewiesen, dass ich sie nicht besuchen darf. Das Traurige ist, dass die beiden Male, die ich sie besucht habe, ihr Freude zu bereiten schienen. Und ich bin mir ziemlich sicher, dass sie nichts von seiner Anweisung wusste.«

»In welchem Stockwerk wohnt sie?«

»Im dritten. Warum?«

»Vielleicht kann ich dir dabei helfen.«

»Wirklich? Wie?«

»Royce Contracting wurde damit beauftragt, einen Abstellraum im dritten Stock zu renovieren. Momentan enthält er Sachen, die niemand wegwerfen wollte, aber nie benutzt wurden. Die Geschäftsleitung möchte den Raum als Kino nutzen. Du könntest mir dabei helfen zu sortieren, was für wohltätige Zwecke verwendet, was recycelt oder wiederverwendet werden kann und was auf die Müllhalde gehört.«

»Der Kinoraum ist ein guter Plan, aber ich bin mir nicht sicher, wie mir das Durchwühlen von Müll helfen könnte.«

»Ich habe die Anwohner zu einem Treffen am Dienstag um zehn Uhr morgens in das Sitzungszimmer eingeladen. Die Geschäftsleitung war der Meinung, dass eine Beteiligung aller das Interesse an dem Projekt steigern würde. Ich soll morgen die Namensliste bekommen. Wer ist die Bewohnerin und wie lautet ihre Zimmernummer.«

»Zimmer achtzehn. Ihr Name ist Olivia Osgoode.«

»Olivia Osgoode. Deine Urgroßmutter, nehme ich an?«

Ich nickte.

»Und der Sohn, der dich nicht zu ihr lassen will?«

»Mein Großvater, Corbin Osgoode.«

Royce lehnte sich in seinem Sitz zurück, die Augenbrauen hochgezogen, die Wangen eingefallen. »Die Sache wird zunehmend spannender.«

ICH WÜNSCHTE, ich könnte berichten, dass sich der Rest des Abends von einem ungeklärten Fall zu einer heißen Romanze entwickelt hatte, aber die Wahrheit war, dass Royce und ich mehr Zeit damit verbrachten, über Anneliese Prei zu sprechen, einschließlich ihrer Affäre mit Anton Osgoode, als über unsere eigene sich anbahnende Beziehung. Royce war fasziniert, dass Louisa mich beauftragt hatte, ohne zu wissen, dass wir verwandt waren. Um acht Uhr tranken wir keinen Alkohol mehr, sondern nur noch Sprudelwasser und schließlich Pfefferminztee mit etwas Honig. Es war der Tee, der mir sagte, dass heute nicht die Nacht der Nächte sein würde. Was sollte ich sagen? Über einen alten Mord zu reden, war nicht gerade ein Aphrodisiakum. Und Pfefferminztee war es auch nicht, egal wie viel Honig man hineinrührte.

Ich fuhr ein paar Minuten nach Mitternacht los und bemerkte, dass sowohl bei Ella Cole als auch bei Chantelle auf der anderen Straßenseite die Lichter aus waren. Beide Frauen würden am nächsten Morgen enttäuscht sein, dass mein Auto weg war.

Wem wollte ich etwas vormachen? Auch ich war enttäuscht, dass mein Auto nicht über Nacht stehen geblieben war.

ICH WACHTE um sechs Uhr morgens auf, obwohl ich erst nach eins ins Bett gegangen war. In der Dunkelheit meines

Schlafzimmers grübelte ich alleine über den Abend mit Royce nach. Es hatte definitiv gemischte Signale gegeben. Das wunderbare Abendessen in Verbindung mit seiner Einladung, in einem Muskoka-Resort zu übernachten, nachdem wir uns das Theaterstück von Porsche angesehen hätten, stand einem praktisch romanzenfreien Abend gegenüber. Die einzige Ausnahme war ein fast platonischer Gute-Nacht-Kuss an der Tür mit dem Versprechen, mich am Montag anzurufen, sobald er sich mit dem Managementteam des Cedar County Seniorenwohnheims in Verbindung gesetzt hatte. Ich hatte mehrere Mal auf das Kissen geschlagen und mich noch ein paar Mal unruhig hin- und her gewälzt, während ich über Mistys Message nachdachte: *Vertraue deinem Herzen und erkenne, dass alles, was wertvoll ist, Zeit braucht, um aufgebaut zu werden,* bevor ich schließlich in einen unruhigen Schlaf fiel.

SHIRLEY KAM PÜNKTLICH um elf Uhr. Sie war sonnengebräunt und sommersprossig von ihren sechs Wochen in Florida und ihre braunen Augen funkelten vor Vorfreude, als sie mir stolz ihren Bibliotheksausweis der Stadt Toronto zeigte. Sie mochte Mitte sechzig sein, aber ihre Figur war die einer viel jüngeren Frau. Ich wusste, dass sie gerne Golf und regelmäßig Tennis spielte. Außerdem vermutete ich, dass sie auch im Fitnessstudio trainierte.

»Trinkst du deinen Kaffee immer noch koffeinfrei mit doppeltem Zucker?«

Shirley strahlte. »Großartiges Gedächtnis.«

»Wir haben letztes Jahr viel Zeit miteinander verbracht.«

»Das haben wir.«

Ich setzte den Kaffee auf und goss ihn ein, machte mir eine Tasse Earl-Grey-Tee und ging dann mit Shirley die gesamten Dokumente von Anfang bis Ende durch, wobei ich nur eine

Pause machte, um die Pastete in den Ofen zu schieben. Ich erzählte ihr sogar von dem Treffen mit Olivia Osgoode, ließ aber meinen Verdacht bezüglich der Kristallvase und Antons Rolle in dem Mordfall aus.

Antons Nachruf mit dem Vermerk „Onkel Toni", zeigte ich ihr ebenfalls nicht. Ich wusste, dass sie bei ihrer Suche auf den Nachruf stoßen würde, so viel war offensichtlich. Aber was Onkel Toni betraf, so war ich noch nicht bereit, ihr diese Information mitzuteilen. Ich brauchte Shirleys Recherchen und Meinungen, um unvoreingenommen zu sein. Zumindest redete ich mir das ein.

Shirley machte zahlreiche Notizen, während ich sie mit dem Fall vertraut machte, wobei sie gelegentlich etwas unterstrich, und so schwer es mir auch fiel, hielt ich mich mit Mutmaßungen zurück. Es war ein Uhr, als wir fertig waren.

»Perfektes Timing«, sagte ich, stand auf und streckte mich. »Lass mich den Salat fertigmachen und die Pastete aus dem Ofen holen. Wir können mit der Besprechung des Falls nach dem Mittagessen fortfahren. Ich würde gerne gleich morgen früh damit beginnen, die Online-Zeitungsarchive zu durchsuchen, wenn es dir recht ist.«

»Ich werde um neun Uhr hier sein. Was meine Gedanken angeht, so möchte ich meine Notizen lesen und über alles nachdenken. Ich habe ein paar Theorien, aber ich muss alles erst einmal in Ruhe durchdenken. Ich hoffe, du bist davon nicht enttäuscht.«

Enttäuscht? Ich wollte aufstehen und jubeln. »Ich bin überhaupt nicht enttäuscht, ich bin erleichtert. Der Gedanke, Zeitungsarchive zu durchforsten, hat mir nicht gefallen. Andererseits arbeite ich schon tagelang an dieser Sache, wobei für dich alles neu ist. Das muss überwältigend sein.«

»Überwältigend? Vielleicht ein wenig, aber ich hatte nicht mehr so viel Spaß, seit wir das letzte Mal zusammengearbeitet haben. Ich dachte, ich könnte auch eine Liste mit den Namen erstellen, die wir ausfindig machen müssen. Du hast sicherlich schon eine, aber es kann nicht schaden, die Listen zu vergleichen.«

»Einverstanden. Jetzt lass uns zu Mittag essen, damit du hier rauskommst und mit deinen Theorien und Listen anfangen kannst.«

SHIRLEY WAR GERADE GEGANGEN, als mein Telefon klingelte. Ich überprüfte das Display des Anrufers. Royce.

»Hi, was gibt's?«

»Ich wollte mich entschuldigen«, sagte er.

»Entschuldigen? Wofür denn?«

»Dafür, dass ich dir nicht gesagt habe, was ich für dich empfinde. Dafür, dass der Fall Anneliese Prei einem geplanten romantischen Abend im Wege stand.«

»Oh. Das. Ist schon okay. Ich habe genauso viel Schuld daran wie du, vielleicht sogar noch mehr.«

»Es ist nicht okay. Ich bin an dir interessiert, Callie, und nicht nur als Freund oder Vertrauter. Ich möchte, dass wir versuchen, dass mehr daraus wird.«

Mein Mund wurde trocken, als ich nach dem richtigen Wort suchte. »Das würde mir auch gefallen.«

»Was machst du heute Nachmittag?«

»Ich wollte eventuell eine Runde laufen, da ich es heute Morgen nicht geschafft habe. Ein Buch lesen. Etwas fernsehen. Nichts, was man nicht ändern könnte.«

»Wenn das so ist, bin ich in dreißig Minuten da. Und Callie?«

»Ja?«

»Dieser Besuch wird ein reines Vergnügen sein. Keine Gespräche über Vergangenheit und Gegenwart, laufende

Ermittlungen und vor allem keine Gespräche über alte Morde. Abgemacht?«

»Abgemacht.« Ich legte auf und stürzte mich auf meine Kommodenschublade, um ein brandneues Set sexy Spitzenunterwäsche in schwarzer Farbe herauszuholen. Gestern Abend kam sie ja nicht zur Geltung, aber heute war ein neuer Tag und ich war optimistisch. Dem Himmel sei Dank, dass ich mit Chantelle einkaufen gegangen war. Sonst würde ich jetzt vernünftige Baumwollunterhosen und ein übergroßes Lauf-T-Shirt tragen. Nicht gerade der Look, den ich mir vorgestellt hatte.

Endlich ein rein vergnügliches Zusammensein.

30

ROYCE FUHR am nächsten Morgen nach einem schnellen Frühstück mit Rührei und Toast um sieben Uhr von mir los und versprach, mich anzurufen und mir einen Termin für einen Besuch im Cedar County Seniorenwohnheim zu geben. Es war der erste Hinweis auf den Fall, den er machte, und er ließ einen langen, leidenschaftlichen Kuss folgen, der uns fast direkt zurück ins Schlafzimmer führte.

Ich duschte und zog mich um, während ich mich auf meinen Tag mit Shirley vorbereitete. Ich dachte an den vorherigen Abend. Alles war so einfach mit ihm gewesen, so angenehm. Wir hatten sogar Pläne für einen Ausflug nach Niagara-on-the-Lake und zu den Niagarafällen gemacht, sobald der Frankow-Fall zu den Akten gelegt und abgeschlossen war. Sightseeing, Spielautomaten und heißer Sex, hatte Royce gesagt. Das absichtlich breite Grinsen in seinem Gesicht, als er es vorschlug, brachte mich zum Lachen. Könnte der Fluch der Familie Barnstable endlich vorbei sein?

Shirley traf am Montagmorgen pünktlich ein, was mich dazu zwang, meine Gedanken von der Zukunft in die Vergangenheit zu richten. Mit einem Notizbuch und Stift in der Hand, saßen wir uns am Tisch gegenüber.

»Als Erstes müssen wir unsere Namensliste mit den Recherchen in den Archiven vergleichen«, sagte sie.

»Einverstanden. Lass mich wissen, wenn es einen Namen gibt, der nicht auf deiner Liste steht. Ansonsten gehen wir einfach die Liste durch. Das Hauptaugenmerk muss auf Anneliese Prei, Anneliese (Prei) Frankow, Horst Frankow und Sophie Frankow liegen.«

»Ich hatte Louisa aufgeschrieben«, sagte Shirley und sah auf ihre Notizen.

»Das hatte ich anfangs auch, aber wir haben es hier mit einem Mord zu tun, der 1956 stattfand. Louisa wurde erst 1982 geboren. Die Aufgabe, die vor uns liegt, ist schon gewaltig genug, ohne dass wir nach zusätzlicher Arbeit suchen müssen.«

»Ein gutes Argument.« Shirley strich den Namen von Louisa von ihrer Liste. »Wen hast du sonst noch?«

»Die Taufzeugen, von denen ich annehme, dass sie die Taufpaten waren, Adam und Helena Bradford. Der Pfarrer, der die Zeremonie durchführte, G. Walther. Und die elf Unterschriften auf der Autogrammseite von der *T.S.S. Canberra*.« Ich schob ihr mein Notizbuch zu, damit sie die Namen mit ihrer Liste vergleichen konnte.

Shirley hakte einen Namen nach dem anderen ab und hielt nur einmal inne. »Ich habe über die Unterschrift von Helena Brown nachgedacht. Es wäre vielleicht möglich, dass sie nach Kanada ausgewandert war, um Adam zu heiraten und Helena Bradford zu werden. Helen ist ein recht häufiger Name, aber Helena? Nicht so häufig.«

Ich konnte nicht glauben, dass sowohl Chantelle als auch ich eine so offensichtliche Verbindung übersehen hatten. Es bewies, dass man nie zu viele Augen auf ein und dasselbe

Problem richten konnte. »Du hast Recht. Ich kann Chantelle darauf ansetzen. Wenn es eine Heiratsurkunde gibt, findet sie sie vielleicht auf Ancestry.ca. Darf ich ihr jetzt eine E-Mail schicken? Je schneller sie diese Information erhält, desto eher kann sie sich damit befassen.«

»Tu das.«

Ich beendete die E-Mail und drückte auf Senden. »Sonst noch etwas?«

»Ich habe auch Anton Osgoode, den Vater, der in der Geburtsurkunde aufgeführt ist.«

Falls Shirley die Verbindung zu Osgoode hergestellt hatte, war sie zu diplomatisch, um es zu erwähnen. »Ja, sieh, was du über Anton finden kannst. Auch über seine Frau, Olivia.«

»Verstanden, Anton und Olivia. Wir sind definitiv auf dem gleichen Nenner. Zumindest bis jetzt.«

Ich runzelte die Stirn. »Was meinst du mit zumindest bis jetzt?«

»Ich möchte die Archivrecherche selbst durchführen.«

Ich wusste nicht, ob ich enttäuscht oder erleichtert sein sollte. Ich hatte mich darauf gefreut, etwas zu finden - irgendetwas -, aber ehrlich gesagt, hatte ich mich nicht auf die Plackerei der eigentlichen Arbeit gefreut. Vielleicht ahnte Shirley, dass ich mich absichtlich vor der Arbeit gedrückt hatte, und wollte mich verschonen. Wenn das der Fall war, wäre es unfair, ihr die gesamte Archivrecherche aufzubürden.

»Darf ich fragen, warum?«

Shirley errötete, ihre Sommersprossen zeichneten sich auf ihrem gebräunten Gesicht ab. »Ich vermisse es, Callie. Die Nachforschungen, der Nervenkitzel der Jagd, das Hochgefühl des Fundes. Aber ehrlich gesagt ist es einfacher, wenn ich es auf meine Art mache, in der Bequemlichkeit meines eigenen Zuhauses, wo ich eine andere Richtung verfolgen kann, ohne das Gefühl zu haben, dass ich jemanden aufhalte oder Zeit verliere. Ich gebe dir mein Wort, dass ich meine abrechenbaren

Stunden auf ein Minimum beschränken werde, und ich verspreche, dich täglich auf dem Laufenden zu halten. Wenn du willst, mache ich das auch stündlich. Aber ich möchte wirklich alleine daran arbeiten. Da es jedoch dein Geschäft ist, richte ich mich natürlich letztendlich nach dir.«

»Eigentlich würdest du mir damit einen großen Gefallen tun. Ich muss mich um einige andere Dinge kümmern, die ziemlich dringend sind.« *Wie Olivia Osgoode und die Kristallvase. Wie das Durchblättern von Tausenden von Fotos aus dem Telegram, etwas, zu dem ich mich gezwungen fühlte, es selbst zu tun.* »Ich will nur nicht, dass du das Gefühl hast, ich würde dich ausnutzen.«

»Glaub mir, wenn dem jemals so wäre, würde ich es dir sagen. Aber jetzt freue ich mich erst einmal darauf, anzufangen. Je früher, desto besser.«

Ich lächelte. »Dann lass dich nicht aufhalten.«

Bildete ich mir das nur ein, oder verließ Shirley tatsächlich hüpfend das Haus?

ROYCE RIEF EIN PAAR MINUTEN, nachdem Shirley gegangen war, an. »Gute Nachrichten. Olivia Osgoode war eine der ersten Bewohnerinnen, die sich angemeldet hat.«

Das war eine großartige Nachricht, besser als ich gehofft hatte. Ich bedankte mich bei Royce und versprach ihm, dass ich in einer halben Stunde da sein würde. Jetzt musste ich Olivia nur noch dazu bekommen, mir die Kristallvase zu geben.

DIE ONLINE-SUCHE nach den *Toronto Telegram* Archiven der York University führte mich zum York Space Institutional Repository, das zu den Clara Thomas Archiven und

Spezialsammlungen gehörte. Die Aufgabe schien überwältigend: zehntausendzweihundertvierundneunzig Bilder. Glücklicherweise gab es einige Suchoptionen, darunter eine, bei der ich ein Datum und die Anzahl der Bilder pro Stapel eingeben konnte, die zwischen fünf und hundert lag. Ich tippte 1956 ein, wählte einen Stapel von zwanzig Bildern in aufsteigender Reihenfolge und drückte die Eingabetaste.

Das erste Bild war vom 1. Januar 1956. Es war ein niedliches Foto von zwei Katzen, die mit einer Gießkanne spielten. Die Bildunterschrift lautete „Katzen: Besitzerin ist Mrs. Harold Walker." Es brachte mich zum Schmunzeln, erinnerte mich aber auch daran, dass diese Suche sehr langwierig werden könnte, wenn ich nicht konzentriert bliebe.

Der erste Hinweis auf einen Mord enthielt mehrere Fotos ab dem 31. März mit der Schlagzeile Mord und Selbstmord in Hamilton, Ontario. Neugierig geworden, googelte ich nach weiteren Informationen, aber alle Links führten zurück zu den Fotoarchiven des *Telegrams*. Das war auch gut so. Ich wollte nicht durch einen weiteren Mord abgelenkt werden.

Es gab mehrere Fotos von der Woodbine-Pferderennbahn, viele mit dem zusätzlichen Vermerk: „Nicht verwendet". Ein paar Fotos von einem Hausbrand, ebenfalls in Hamilton, mit der Bildunterschrift: „Kinder setzen Haus in Brand und retten dann Eltern und Familie". Eine weitere Suche führte mich zu „Torso gefunden" und „Leiche eines Mordopfers auf dem Friedhof von Hamilton gefunden". Beide waren interessant, aber keine der beiden Meldungen hatte auch nur im Entferntesten etwas mit Anneliese Prei zu tun. Es wurde mir schnell klar, dass die Archive zwar umfangreich zu sein schienen und bis ins Jahr 1927 zurückreichten, aber in jedem Jahr große Lücken aufwiesen. Ich war schon kurz davor, die Hoffnung aufzugeben, als ich „Junge Mutter im eigenen Haus ermordet" sah. Mit dem Datum 9. April 1956 war eine Zeichnung des Inneren eines Hauses abgebildet. Sie zeigte eine

Frau, die mit dem Gesicht nach unten auf dem Boden lag und die Arme über dem Kopf verschränkt hatte. Über ihr steht ein Mann in einem Anzug, der einen großen, aber nicht identifizierbaren Gegenstand hält. Es könnte sich um eine Vase, einen Topf oder etwas anderes handeln. Ein kleines Mädchen versteckte sich unter dem Küchentisch. In Großbuchstaben stand auf der Zeichnung: „Junge Mutter mit stumpfem Gegenstand in ihrem Haus erschlagen". „Mann mit stumpfem Gegenstand". „Dreijährige Tochter unter dem Küchentisch versteckt".

Dass Sophie sich unter dem Tisch versteckt hatte, war mir neu. Sie musste gewartet haben, bis der böse Mann weg war, bevor sie zum Nachbarn ging, aber wie viel hätte sie sehen können? Nach der Zeichnung zu urteilen, nicht mehr als die Schuhe des Mannes und seine Hose unterhalb der Knie. Auf jeden Fall nicht sein Gesicht.

Ich fragte mich auch, warum es eine Zeichnung und kein Foto gab. Hatte die Polizei den Fotojournalisten den Zutritt zum Tatort verweigert? Warum gab es keine Namen vom Opfer und Mörder? Wurden sie zurückgehalten, um die nächsten Angehörigen zu finden und zu benachrichtigen? Ich suchte weiter, aber es gab keinen weiteren Hinweis auf den Mord oder den Prozess. Es war, als hätte es ihn nie gegeben, als wäre diese Zeichnung nur ein Hirngespinst des Zeichners. Ich überprüfte den Bildnachweis, in der Hoffnung, dass der Name des Zeichners vermerkt war. Leider war der Zeichner nur als „Telegram Staff" aufgeführt.

Frustriert und enttäuscht schickte ich den Link per E-Mail an Shirley und Chantelle, zusammen mit einer kurzen Anmerkung, in der ich erklärte, dass es keine weiteren Hinweise im *Telegram* gab. Ich konnte nur hoffen, dass der *Star* und der *Globe* bessere Ergebnisse liefern würden. In der Zwischenzeit wollte ich mich mit Olivia und der Kristallvase auseinanderzusetzen.

31

AM DIENSTAGMORGEN KAM ich um neun Uhr dreißig im Cedar County Seniorenwohnheim an, wo ich von der Platin-Blondine zähneknirschend durchgelassen wurde und eine Wegbeschreibung zum Sitzungszimmer erhielt. Ich war versucht, in den dritten Stock zu gehen und an Olivias Tür zu klopfen, aber ich widerstand diesem Drang. Ich hatte es nicht nötig, aus dem Gebäude geworfen zu werden, und ich wollte Royce keine Schwierigkeiten bereiten.

Das Sitzungszimmer war lang und schmal, mit cremefarbenen Wänden, mahagonifarbenen Vertäfelungen und einem großen Mahagonitisch, der auf Hochglanz poliert war. Auf einer dazu passenden Anrichte standen ein Tablett mit On-the-Rocks-Gläsern, vier mit Wasser und Zitronenscheiben gefüllte Wasserkrüge und zwei Teller mit verschiedenen Keksen. Um den Tisch herum standen mit butterblumengelbem und burgunderrotem Satin bezogene Stühle. Ein schnelles Zählen ergab, dass es insgesamt fünfundzwanzig Stühle waren, auf jeder Seite zwölf und einer am Kopfende. Royce saß bereits am Tisch und hantierte abwechselnd mit seinem Laptop und einer Filmleinwand herum. Er schaute auf, als er mich sah, und lächelte. »PowerPoint-Präsentation. Hoffentlich schläft niemand ein.«

Ich deutete auf die Stühle. »Mit so vielen Leuten habe ich nicht gerechnet.«

Royce lachte. »Die meisten dieser Stühle bleiben wahrscheinlich leer. Es waren nur acht Namen auf meiner Liste. Meinst du, ich sollte ein paar dieser Stühle an die Wand stellen? Oder es so lassen, wie es ist?«

»Acht Stühle auf jeder Seite sind genug. Ich kümmere mich darum, während du dich mit deiner PowerPoint-Präsentation befasst.«

Ich rückte die Stühle zurecht, schenkte zehn Gläser Zitronenwasser ein und stellte sie zusammen mit den Tellern mit Keksen auf den Tisch. Ich schaute auf meine Uhr. Neun Uhr fünfundvierzig. Es war fast Zeit anzufangen. Auf gutes Glück klopfte ich dreimal auf den Tisch.

Wenige Sekunden später traf der erste Bewohner ein, dicht gefolgt von den anderen. Royce begrüßte sie an der Tür, während ich ihre Namen auf seiner Liste abhakte. Um neun Uhr fünfundfünfzig waren alle anwesend und angemeldet.

Alle außer Olivia. Ich war schon fast in Panik, als Royce sich zu mir beugte und mir ins Ohr flüsterte.

»Ich nahm die Gelegenheit wahr und sprach gestern Abend mit Olivia. Sie erwartet dich in ihrem Zimmer.« Er richtete sich auf und sagte: »Danke, Ms. Barnstable, dass Sie mir bei den Vorbereitungen und der Begrüßung geholfen haben. Ich weiß Ihre Hilfe sehr zu schätzen.«

Die sieben Bewohner, die um den Tisch herumsaßen, klatschten höflich und verabschiedeten sich murmelnd, während ich mich auf den Weg machte. Ich warf einen verstohlenen Blick in beide Richtungen des Flurs, um sicher zu gehen, dass die Platin-Blondine nirgends zu sehen war. Nachdem ich mich vergewissert hatte, dass ich in Sicherheit war, machte ich mich auf den Weg zur Treppe und rannte zwei Stufen auf einmal hinauf in den dritten Stock. Den Aufzug zu nehmen, erschien mir zu riskant.

ICH KLOPFTE AN OLIVIAS TÜR. Meine Handflächen waren so feucht, wie mein Mund trocken war. Es kam mir vor wie mehrere Minuten, aber es waren wahrscheinlich nur ein paar Sekunden. Ich hörte das Schloss klicken und wartete darauf, dass die Tür geöffnet wurde.

»Komm rein, Callie«, sagte Olivia. »Ich habe auf dich gewartet.«

Ich folgte Olivia, wartete, bis sie sich auf ihrem Stuhl niedergelassen hatte, und nahm dann auf dem schwarzen Ledersofa Platz. Sie sah heute älter aus als noch vor einer Woche, als hätte ihr jemand den Glanz gestohlen.

»Danke, für deine Ausdauer«, sagte sie. »Ich hatte keine Ahnung, dass mein Sohn dir verboten hat, mich zu besuchen, bis dein Freund zu mir kam. Ich entschuldige mich dafür, dass ich dich in Verlegenheit oder Unannehmlichkeiten gebracht habe. Corbin meint es gut, aber er kann manchmal ein Wichtigtuer sein. Ich gebe Anton und mir selbst die Schuld. Ich habe ihn viel zu lange verhätschelt, und Anton hat ihm allen möglichen Unsinn über den Namen Osgoode in den Kopf gesetzt. Ein Einkäufer bei Eaton's zu sein, war zwar prestigeträchtig, aber Corbin war kein Thronfolger.«

»Ich habe es dir nicht übel genommen, Olivia. Ich wusste, dass es nicht deine Idee war, mir den Besuch zu verbieten. Aber ich würde gerne wissen, warum Corbin das Bedürfnis hatte, dies zu tun.«

Olivia schüttelte den Kopf. »Ich verstehe es nicht. Er weiß, dass ich mich einsam fühle. Außerdem gehörst du zur Familie.«

Familie. Corbin Osgoode würde mich nie als Familie betrachten. Das hatte er bei mehreren Gelegenheiten deutlich gemacht. Meine Großmutter Yvette hatte Annäherungsversuche unternommen, aber egal, was sie sagte oder zu tun versuchte, Corbin war das Familienoberhaupt.

Aber was war mit Olivia? Sollte ich sie weiterhin hinhalten oder ihr eine entschärfte Version der Wahrheit geben? Ich studierte die ältere Frau vor mir und fand die Antwort in ihren Augen.

»Ich habe dir eine Geschichte zu erzählen, Urgroßmutter, falls du bereit bist mir zuzuhören.« Es war das erste Mal, dass ich sie nicht Olivia genannt hatte, aber sie zuckte nicht zurück oder sagte, ich solle sie Olivia nennen. Stattdessen streckte sie mir ihre arthritischen Hände entgegen.

»Ich bin bereit zuzuhören. Und nenn mich Oma.«

Oma. Ich dachte daran, wie Corbin und Yvette reagieren würden, und unterdrückte ein Grinsen. »Oma ... ich habe dich über den Grund meines Besuchs irregeführt. Es geht nicht um meinen Stammbaum.«

»Ich verstehe nicht ganz. Willst du damit sagen, dass du nicht an deinem Stammbaum arbeitest?«

»Doch, das tue ich, oder zumindest habe ich damit angefangen, aber das ist nicht der eigentliche Grund für meinen Besuch bei dir.«

»Und was ist der Grund?« Die Augenbrauen hochgezogen, die Lippen geschürzt.

»Ich nehme an du weißt, dass ich das letzte Jahr damit verbracht habe, die Wahrheit über das Verschwinden meiner Mutter im Jahr 1986 herauszufinden.«

»Yvette hat mich aufgeklärt. Es tut mir leid, dass alles so kommen musste. Es tut mir sogar noch mehr leid, dass dein Vater all die Jahre deine einzige Familie war. Es war falsch von uns.«

Ich zuckte mit den Schultern. »Es hätte schlimmer sein können. Mein Vater war ein guter Mann und ein liebevoller Vater. Aber darum geht es hier nicht, obwohl es in gewisser

Weise vielleicht doch etwas damit zu tun haben könnte. Ich habe im letzten Jahr viel über das Recherchieren der Vergangenheit gelernt. Daher habe ich beschlossen, mein eigenes Unternehmen zu gründen und dieses Wissen zu nutzen. Ich nenne es Past & Present Investigations. Meine Freundin, Chantelle Marchand, ist meine Geschäftspartnerin.«

Olivia klatschte. »Du hast Antons Blut in deinen Adern. Mach aus Zitronen Limonade, würde er sagen, und serviere sie in einem schönen Kristallkrug mit passenden Gläsern.«

»Ich weiß nichts über Zitronen oder Limonade. Ich weiß nur, dass ich es nicht ertragen könnte, wieder von neun bis fünf in einem Callcenter zu arbeiten, und ich bin nicht reich oder alt genug, um in Rente zu gehen. Past & Present Investigations erschien mir die perfekte Lösung zu sein. Bisher haben wir nur einen Klienten, aber ich bin mir sicher, dass es noch weitere geben wird. Es ist der Fall dieses Klienten, der mich hierhergebracht hat.«

»Darf ich fragen, wer der Klient ist?«

Der Moment der Wahrheit war gekommen. Würde ich gegen die Schweigepflicht verstoßen, wenn ich Louisas Namen preisgäbe? Mit ziemlicher Sicherheit. Aber wäre es ein Bruch der Vertraulichkeit, wenn ich die Namen von Sophie Frankow und Anneliese Prei Frankow preisgäbe? Es war ein schmaler Grat, aber einer, den ich überschreiten musste.

»Bevor ich noch etwas sage, muss ich wissen, dass das, was ich dir sage, unter uns bleibt. Ich kann nicht zulassen, dass du mit Corbin oder Yvette darüber sprichst. Oder sonst jemandem.«

»Du hast mein Wort. Es gibt viel zu viel, was in meiner Vergangenheit vergraben ist. Und jetzt sag mir, wer dein Auftraggeber ist?«

»Ich kann den Namen meiner Klientin nicht nennen, aber ich kann dir sagen, dass die Ermittlungen uns zu Anneliese Prei Frankow und ihrer Tochter Sophie geführt haben.«

»Du wusstest also bereits, als du zum ersten Mal hierher kamst, dass Anton der Vater von Sophie ist?«

Ich spürte, wie ich errötete. »Wir haben eine Taufurkunde für Sophie gefunden. Als Mutter wurde Anneliese genannt. Als Vater wurde Anton genannt. Ich wusste aus meiner Stammbaumforschung, dass Anton mein Urgroßvater war.«

Ich erwartete, dass Olivia wütend auf mich werden, mich vielleicht sogar hinauswerfen würde. Stattdessen lachte sie, ein satter, kehliger Klang, der ihr Alter verriet. »Wie geschäftstüchtig von dir. Ich bewundere eine Frau mit Chuzpe. Hast du herausgefunden, in welcher Beziehung Sophie zu dir steht?«

Ich lachte mit ihr zusammen. »Nein. Jedes Mal, wenn ich es versuche, bekomme ich Kopfschmerzen. Es scheint so kompliziert zu sein.«

»Kompliziert oder nicht, ich glaube nicht, dass es ein Zufall ist, dass deine Klientin mit diesem Fall ausgerechnet zu dir gekommen ist.«

»Wie meinst du das? Ich glaube nicht, dass meine Klientin von meiner Verbindung zu Sophie Frankow weiß, aber ich werde diese Information in meinen Abschlussbericht aufnehmen müssen.«

»Ich meinte nicht, dass es so gesehen kein Zufall war. Ich meinte, dass es Schicksal war.« Olivia neigte ihren Kopf nach rechts und musterte mich mit zusammengekniffenen Augen. »Ich habe immer geglaubt, dass das Universum die Dinge mittels des Schicksals ordnet. Der Grund, warum Anton so jung gestorben ist und mich so früh zur Witwe gemacht hat.«

Zufall oder Schicksal? Ich wusste es nicht. »Ich weiß nicht mehr, was ich noch glauben soll. Die letzten Monate und dieser Fall haben meine Perspektive in vielerlei Hinsicht verändert. Ich habe nie an Geister oder Hellseher geglaubt, aber vor ein paar Tagen bin ich zu einer Psychometristin gegangen.«

»In den siebziger Jahren gab es im Fernsehen einen Typen,

den Amazing Kreskin. Er gab sich als Mentalist aus und behauptete, er könne Gedanken lesen. Ich erinnere mich, dass er nicht als Hellseher bezeichnet werden wollte.«

»Das ist nicht das Gleiche. Ein Psychometrist ist jemand, der vorgibt Gegenstände zu lesen, nicht Gedanken. Die Theorie besagt, dass Gegenstände durchlässig sind und die Geschichte und die Gefühle des Besitzers speichern können. Ich habe Schmuck mitgenommen, der Anneliese gehörte.«

»Faszinierend. Hast du etwas erfahren?«

»Vielleicht. Ich bin immer noch skeptisch, was die Wissenschaft dahinter betrifft. Es gibt viele Neinsager, die glauben, dass die Informationen durch „Cold Reading“ und Bestätigungsvoreingenommenheit gewonnen werden. Ich habe darauf geachtet, nichts zu verraten, aber Past & Present hat eine Webseite und eine Facebook-Seite, und Randi - so heißt die Psychometristin - hat viel mehr über die tatsächlichen Objekte als deren Geschichte gesprochen.«

»Und doch hat etwas von dem, was Randi gesagt hat, bei dir Anklang gefunden, trotz deines inneren Zynikers.«

Ich nickte. »Randi hat mir erzählt, dass Anneliese von jemandem umgebracht wurde, dem sie vertraute, den sie vielleicht sogar liebte, obwohl sie sich bei der Liebe nicht so sicher war. Ich gebe zu, das hat mich überrascht. Wie konnte der Besitz eines Schmuckstücks sie zu dieser Schlussfolgerung bringen? Ich habe mich auch gefragt, was andere Gegenstände mir über die Vergangenheit erzählen könnten. Wie zum Beispiel deine schöne Kristallvase. Ich habe die Ätzkunst bewundert. Die Vögel, der Umschlag und der Stift, die Kornblume. Sie erzählt eine Geschichte. Vielleicht von zwei Liebenden, die nur durch Briefe miteinander in Kontakt treten konnten.«

»Ich war noch nie eine große Romantikerin«, sagte Olivia. Ihre Haltung hatte sich von entspannt zu starr verwandelt, ihr Ausdruck von interessiert zu verärgert. »Willst du damit andeuten, dass diese Vase ein Geschenk von Anton an Anneliese war? Wenn ja, wie um alles in der Welt wäre sie dann in meinen Besitz gekommen?«

Wenn ich Olivia sagte, was ich wirklich dachte - dass ich Anton für den Mörder hielt und nicht Horst, und dass die Vase die Mordwaffe sein könnte -, würde sie mich mit ziemlicher Sicherheit bitten, zu gehen und nie wiederzukommen. Noch schlimmer, sie würde wahrscheinlich Corbin alles darüber erzählen. Auf Corbins Zorn war ich nicht verpicht. Ich formulierte meine Antwort sehr sorgfältig.

»Ich vermute, die Vase gehörte ursprünglich Anneliese und war ein Geschenk von Anton an sie. Das ist etwas, das er von einer Einkaufsreise aus England mitgebracht haben könnte. Vielleicht hatte er sie ihr sogar auf dem Schiff geschenkt. Ich glaube, sie hat sie ihm zurückgegeben, als sie Horst geheiratet hatte, und er hatte sie dir gegeben. Trotzdem...«

»Trotzdem möchtest du diese Vase zu deiner Psychometristin bringen.«

»Mir ist klar, dass es eine große Bitte ist, aber sie könnte etwas über Anneliese aussagen, vorausgesetzt, man kann der Psychometrie trauen. Ich bin nicht davon überzeugt, aber ich bin es meiner Klientin schuldig, alles zu tun, was ich kann, egal wie unorthodox es auch sein mag.«

Ich bin mir nicht sicher, was ich erwartet hatte, aber die Dankbarkeit in ihren Augen war es nicht. Ich war mir sicher, dass sie wusste, was ihr Mann getan haben könnte und dass sie ihn und die Erinnerung an ihn all die Jahre geschützt hatte. Ich hatte ihr eine plausible Erklärung für den Besitz der Kristallvase gegeben. Ihre Stimme zitterte, als sie mit zitternder Hand auf die Vase zeigte.

»Nimm die Vase und behalte sie. Ich habe schon viel zu lange mit ihr gelebt.«

32

———————

Nachdem ich die Vase umgehend in der Leinentasche verstaute, die ich für diesen Zweck mitgebracht hatte, wäre es wahrscheinlich an der Zeit gewesen mich zu verabschieden. Ich wollte aber mehr über Sophies Hinweis auf „Onkel Toni" in Antons Nachruf herausfinden, war mir allerdings nicht sicher, was Olivia wusste, aber ich musste es herausfinden.

»Ich muss dir ein paar Sachen zeigen, Oma.«

Olivia versuchte zu lächeln. »Ist es notwendig?«

»Ich weiß es nicht. Sie verbinden Sophie Frankow mit Anton... und Corbin. Das könnte erklären, warum Corbin mich davon abgehalten hat, dich zu treffen.«

»Du hast eine Art, mein Interesse zu wecken und gleichzeitig mein Herz zu durchstoßen«, sagte Olivia. »Dann lass mal sehen.«

»Du hast mir einmal gesagt, dass Anton trotz seiner Untreue nicht vor der Verantwortung für ein Kind davonlaufen würde. Nicht, wenn er es wüsste. Du hast selbst zugegeben, dass er von ihr wusste, weil du ihm von Annelieses Besuch erzählt hattest.« Ich öffnete meine Handtasche, nahm die

Todesanzeige heraus, die Sophie mit „Onkel Toni" gekennzeichnet hatte, und reichte sie ihr.

»Anton wollte Sophie adoptieren«, sagte Olivia, ihre Stimme so leise, dass ich mich anstrengen musste, um sie zu verstehen. »Das wollte ich nicht. Keiner wusste, dass er ihr Vater war. Ich wusste auch nicht, dass sein Name auf ihrer Taufurkunde stand. Außerdem hatten wir Corbin zu berücksichtigen. Er kam gerade in die Pubertät, verdammt nochmal. Das ist eine schwierige Zeit im Leben eines Jungen. Er brauchte nicht auch noch das Stigma einer unehelichen Halbschwester. Wir stritten wochenlang, aber Anton stimmte schließlich zu, die Sache fallen zu lassen.«

»Du wusstest also nicht, dass er sich mit Sophie getroffen hatte.«

»Oh, eines Tages bekam ich es heraus, obwohl Anton mich mehrere Jahre lang im Unklaren ließ. Sophie kam nach der Verhaftung von Horst in eine Pflegefamilie. Ich redete mir ein, es sei das Beste. Sie würde neue Eltern finden, die sie adoptieren würden, Menschen, die sich für sie entschieden, nicht Menschen, die sich ... verpflichtet fühlten.«

»Nur, dass sie niemand adoptierte. Sophie blieb dem Jugendamt unterstellt und wuchs in Pflegefamilien auf, bis sie im reifen Alter von sechzehn Jahren mit einem Schulabschluss der zehnten Klasse auf sich selbst angewiesen war. Soweit ich das beurteilen kann, war ihre Zeit in der Pflegefamilie nicht gerade ideal.« Ich sah, wie Olivia zusammenzuckte, und fühlte mich wie eine Tyrannin, aber sie erwartete sicher nicht, dass ich die Geschichte mit dem märchenhaften Ende glaubte, die sie sich einzureden versuchte.

»Das wusste ich alles nicht - zumindest nicht, bis zu einem viel späteren Zeitpunkt. Ich schäme mich zuzugeben, dass ich sie fast vergessen hatte, wenigstens bis zu dem Tag, an dem Anton, Corbin und ich das Yorkdale Shopping Centre besuchten. Im Jahr 1964 war ein überdachtes Einkaufszentrum der letzte Schrei, und es war damals bei weitem das größte in Kanada und eines der größten der Welt.«

Ich war generell kein großer Fan von Einkaufszentren und zog kleine, unabhängige und spezialisierte Geschäfte den Massenmarktketten vor, aber selbst ich war schon in Yorkdale, und sei es nur, um bei einem der vielen gehobenen Händler einen Schaufensterbummel zu machen. Trotzdem hatte ich mir nie Gedanken darüber gemacht, wann es gebaut wurde. Es war einfach schon immer da gewesen.

Es war, als hätte Olivia meine Gedanken gelesen. »Wusstest du, dass Yorkdale bei seiner Eröffnung das erste kanadische Einkaufszentrum war, das zwei große Kaufhäuser unter einem Dach beherbergte: Eaton's und seinen größten Rivalen, Simpsons? Leider hat keines von beiden die 90er Jahre überlebt, aber damals hatten Eaton's und Simpsons fast einen Kultstatus.«

»Lass mich raten. Eaton's und Simpsons hatten beide gut sortierte Kristall- und Glasabteilungen. Anton wollte sich die Konkurrenz ansehen.«

Olivia lachte. »Ganz genau. Corbin war natürlich zu Tode gelangweilt. Damals war er neunzehn und interessierte sich mehr für Pickups und billige Mädchen als für Teetassen und Schmuckstücke. Anton versuchte, ihn mit Erzählungen über seine Einkaufstouren zu unterhalten, als ich sah, wie Sophie mit einem Akne geplagten Teenager über Porzellanmuster kicherte. Sophie war damals erst elf, aber ich hätte sie überall wiedererkannt. Oder sollte ich sagen, ich hätte Antons Tochter und Corbins Schwester überall wiedererkannt.«

»Es musste ein Schock gewesen sein, sie zu sehen.«

»Nicht so sehr wie der Schock, als sie auf Anton zuging, ihn umarmte und ihn „Onkel Toni" nannte.«

»Was hattest du damals getan?«

»Was hätte ich tun können? In der Öffentlichkeit eine Szene machen? Alle in Verlegenheit bringen, auch meinen Sohn? Wenn wir erst einmal zu Hause wären, würde es genug Zeit für Vorwürfe geben. Sophies Freundin schien zu denken, dass ich Sophie kannte, und niemand korrigierte sie. Später sagte Anton, dass sie in der gleichen Pflegefamilie wie Sophie lebte. Er erwähnte ihren Namen nicht, und es war das letzte Mal, dass ich das Mädchen oder Sophie gesehen hatte.«

»Was war mit Anton?«

»Er hatte es nie zugegeben, aber ich weiß, dass er sich bis zu ihrem sechzehnten Geburtstag weiterhin mit Sophie getroffen hatte, wenn auch nur sehr selten. Solange er diskret damit umging, konnte ich ein Auge zudrücken. So war es für alle einfacher.«

»Und Corbin?«

»An diesem Tag in Simpsons gab es auf beiden Seiten kein Zeichen, dass sie sich kannten. Soweit ich weiß, haben sie sich nie wieder gesehen.«

Nur, dass dem nicht so war, und ich den Filmstreifen aus der Fotokabine hatte, um es zu beweisen. In diesem Moment beschloss ich, ihn Olivia doch nicht zu zeigen. Es gab keinen Grund, sie zu verletzen, keinen Grund, sie wissen zu lassen, dass sowohl ihr Mann als auch ihr Sohn sie betrogen hatten. Corbin hingegen war Freiwild. Ich würde warten, bis die Zeit reif war. Ich stand auf, um zu gehen. »Du siehst erschöpft aus. Ich sollte wohl gehen, damit du dich ausruhen kannst.«

»Bevor du das tust, gibt es da etwas...« Ihre Stimme verstummte, unsicher.

Ich setzte mich wieder hin und war neugierig. Welche Geheimnisse könnte meine Urgroßmutter noch verbergen? »Was für ein Etwas?«

Olivia zog ein Fotoalbum hinter dem Kissen neben sich hervor und reichte es mir, wobei ihre arthritischen Hände bei der Anstrengung zitterten. »Ich wusste nicht, wann ich es dir geben sollte, aber ich denke, nun ist ein guter Zeitpunkt.«

Ich fuhr mit den Fingern über den geprägten goldenen Schriftzug auf dem braunen Ledereinband.

Abigail Osgoode: 1967-1980.

Meine Mutter.

33

ICH HATTE BISHER NUR eine Handvoll Fotos von meiner Mutter als Erwachsene gesehen, und diese auch erst im vergangenen Jahr. Ihr Hochzeitsfoto, vier Familienfotos, die in dem Jahr aufgenommen wurden, als ich fünf Jahre alt war, ein paar körnige Bilder in der Lokalzeitung, auf denen Abigail Osgoodes ehrenamtliches Engagement erwähnt wurde. Olivia schüttelte den Kopf, als ich ihr davon erzählte.

»Dein Vater war zu stolz und zu dickköpfig«, sagte sie, und die Trauer stand ihr ins Gesicht geschrieben. »Ich habe von jedem einzelnen Foto aus dem Album Nachdrucke anfertigen lassen, sie per Kurier verschickt und dafür gesorgt, dass Jimmy das Paket unterschreiben musste. Ich kann ihm fast verzeihen, dass er sie dir nicht gezeigt hat ... fast ... aber der Gedanke, dass er sie zerstört hat.... Es bricht mir das Herz.«

Und meines auch, selbst wenn ich es nie zugeben würde. »Er dachte wahrscheinlich, dass er mich dadurch beschützen würde.« Vielleicht wollte er sich aber auch selbst beschützen. Meine Finger fuhren dem goldgeprägten Schriftzug nach. *Abigail Osgoode: 1967-1980* »Würdest du mir einen Gefallen tun?«

»Wenn ich kann.«

»Würdest du sie zusammen mit mir ansehen?«

»Ich hatte gehofft, dass du mich darum bittest.«

ICH FUHR NACH HAUSE, das Album lag auf dem Sitz neben mir, und meine Gedanken drehten sich in eine Million verschiedene Richtungen. Ich hatte meinen Großvater immer für verwöhnt gehalten, aber die Fotos meiner Mutter veranschaulichten eine idyllische Erziehung. Dies stand im Gegensatz zu meiner eigenen Kindheit mit einem alleinerziehenden Vater in der Vorstadt. Meine jungen Jahre verbrachte ich mit Zeitungaustragen und Babysitten und in meinen Teenagerjahren arbeitete ich als Kassiererin in einem billigen Lebensmittelgeschäft. Für Abigail Osgoode gab es keine solche Mindestlohnarbeit, ihre Sommer verbrachte sie an den Ufern des Miakoda-Sees, ihre Winterferien in alpinen Skigebieten. Die jährlichen Schulfotos zeigten einen hübschen, blauäugigen, blonden Teenager mit schöner Kleidung und dem selbstbewussten Auftreten der privilegierten Klasse.

Als Olivia auf die Geschichten der einzelnen Bilder eingegangen war, konnte ich mir vorstellen, wie sich Corbin und Yvette gefühlt haben mussten, als ihre verwöhnte Prinzessin mit siebzehn Jahren ihre Schwangerschaft bekannt gab. Wie konnte ein Mädchen aus Moore Gate Manor bei einem Arbeitertypen wie Jimmy Barnstable landen?

»Abigail wurde vor die Wahl gestellt, abzutreiben oder das Kind zur Adoption freizugeben«, sagte meine Urgroßmutter mit einem Hauch von Bedauern in der Stimme. »Niemand hatte in Betracht gezogen, dass sie das Baby behalten und Jimmy heiraten würde.«

Mein Vater hatte mir gesagt, dass seine Eltern die gleichen Forderungen an ihn gestellt hatten. Er hatte beiden Familien nie verziehen. Ich spürte, wie ich emotional zusammenbrach, und schloss das Album mit einem entschlossenen Ruck. Ich ging, bevor meine Urgroßmutter mich weinen sehen konnte.

Zuhause angekommen, verdrängte ich alle Gedanken an Abigail Osgoode und zwang mich, darüber nachzudenken, was ich bei meinem Besuch bei Olivia noch erfahren hatte. Sie wusste, dass Anton eine Verbindung zu Sophie hatte, obwohl sie nichts von Corbins Beteiligung ahnte. Diese Enthüllung warf mehr Fragen als Antworten auf. Hatte Corbin Sophie mehrere Male oder nur einmal gesehen? Wie hatte Anton seinen Sohn davon überzeugt, seiner Mutter über die Zusammenkünfte mit Sophie nichts zu erzählen, und wann hatten sie aufgehört? Olivia schien zu glauben, dass Sophies sechzehnter Geburtstag das Ende dieser Beziehung bedeutete. Ich war mir da nicht so sicher. Ich wollte gerade Chantelle anrufen, um sie auf den neuesten Stand zu bringen, als das Telefon klingelte. Shirley.

»Ich habe die Archive durchforstet«, sagte sie, und ihre Aufregung war deutlich vernehmbar. »Ich kann dir sagen, es ist viel einfacher, wenn man online Zugang zu den Archiven hat. Es ist mit Abstand besser als das alte Mikrofilmsystem. Ich habe mir Notizen gemacht, Kopien von allem, was wichtig ist, ausgedruckt und in eine Mappe für dich gepackt. Ich kann vorbeikommen, wann immer es dir passt.«

Morgen früh hatte ich einen Termin mit Randi, und obwohl mich der Besuch bei Olivia sehr erschöpft hatte, wollte ich Shirleys Enthusiasmus nicht dämpfen, indem ich sie auf Donnerstag vertröstete. Außerdem war ich neugierig auf das, was sie gefunden hatte.

»Was du heute kannst besorgen, das verschiebe nicht auf morgen. Ich werde sehen, ob Chantelle Zeit hat.«

Shirley wollte innerhalb einer Stunde vorbeikommen. Chantelle hingegen unterrichtete heute zwei aufeinanderfolgende Kurse im Fitnessstudio, aber am Mittwoch hatte sie einen freien Tag.

Wir vereinbarten ein Treffen für Mittwochnachmittag, bei dem ich sie über alles, was ich erfahren hatte, informieren würde, auch über alles, was Randi mir über die Kristallvase zu sagen hatte. Chantelle könnte mir dann auch ihre Ergebnisse von Ancestry.ca. mitteilen.

Shirley hielt ihr Wort und erschien innerhalb einer Stunde, mit frischem Schwung und einem Glitzern in den Augen. Der blaue Plastikordner, den sie bei sich trug, war dünner, als ich es mir erhofft hatte, aber es war die Qualität, nicht die Quantität, die zählte, nicht wahr?

Wir setzten uns nebeneinander an den Tisch und legten gleich los.

»Ich wollte mich erst einmal mit der Navigation der Online-Archive vertraut machen, also habe ich mit den Namen der Autogramm-Seite begonnen«, so Shirley. »Ich hatte mir keine Ergebnisse erhofft, und ich hatte recht. Keine einzige Erwähnung der Namen im *Star* oder *Globe*. Mein nächster Schritt war die Suche nach Anneliese Frankow.« Shirley öffnete die Mappe. Sie enthielt Zeitungsausschnitte, die in Plastikhüllen gesteckt waren.

»Es gab weniger Zeitungsartikel, als ich erwartet hatte, auch nichts aus der Zeit als sie noch lebte. Die Artikel sind in Stapeln sortiert. Dieser erste Stapel berichtet über den Mord. Die nächsten vier Stapel enthalten Horsts Verhaftung, die Voruntersuchung, den Prozess und seinen anschließenden Tod im Gefängnis. Danach gibt es keine Hinweise mehr auf ihn, nicht einmal einen Nachruf.«

Shirley hatte Recht, es gab wirklich nicht viel, und es gab auch keinen Grund, dass etwas über Anneliese vor ihrem Tod in den Zeitungen erschienen wäre. Ich zählte zwölf Artikel im ersten Stapel, acht aus dem *Star* und vier aus der *Globe*, und begann mit dem *Toronto Star*. Die Schlagzeile lautete: „Mutter zuhause ermordet". Es gab kein Foto. Es gab auch keine Namenszeile.

»Damals war es nicht ungewöhnlich, dass es keine Namenszeile gab«, erklärte Shirley, als ich sie darauf ansprach. Sie verwies auf mehrere andere Berichte, bei denen sie fehlte. »Bis in die 1970er-Jahre war die Namenszeile in Zeitungen nicht üblich, obwohl die angestellten Journalisten in der Regel genannt wurden. Damals wie heute waren die Zeitungen oft auf freie Mitarbeiter angewiesen. Diese standen in der Regel in einer festen Geschäftsbeziehung mit einer oder mehreren Nachrichtenorganisationen und wurden pro Report bezahlt, anstatt ein Gehalt zu beziehen. Die Artikel freier Mitarbeiter wurden größtenteils ohne deren Namen veröffentlicht.«

Das bedeutete, dass es keine Möglichkeit geben würde, herauszufinden, welcher Journalist über ein Ereignis berichtet hatte. Das war zwar enttäuschend, aber nach sechzig Jahren würde dies mit ziemlicher Sicherheit sowieso in eine Sackgasse führen. Ich fuhr mit dem Lesen des Artikels fort.

Anneliese Frankow, eine vierundzwanzigjährige Ehefrau und Mutter eines Kindes, wurde ermordet in der Küche ihres Hauses aufgefunden. Es wurden noch keine Verhaftungen vorgenommen. Die Nachbarn von Frau Frankow haben es auf Bitten der Polizei abgelehnt, sich zu diesem Zeitpunkt zu äußern. Wir haben jedoch inzwischen erfahren, dass Frau Frankow in Deutschland geboren wurde, nach England auswanderte und 1952 nach Kanada kam, um Horst Frankow zu heiraten. Herr Frankow war für eine Stellungnahme nicht erreichbar.

Für eine Stellungnahme nicht erreichbar. Wurde er zu diesem Zeitpunkt befragt? Oder hatte er sich geweigert, mit der Presse zu sprechen? Ich wusste nicht, ob es damals Mediensperren bei angehenden Untersuchungen gab oder ob die Tageszeitungen bestimmte Vereinbarungen mit der Polizei hatten, denn es gab zu dieser Zeit weder Vierundzwanzig-Stunden-Nachrichten noch Boulevardjournalismus. Wie auch immer, das Ergebnis war das gleiche.

Ein fast identischer Artikel erschien am selben Tag in der Ausgabe der *Globe and Mail*. Auch hier gab es weder ein Foto noch eine Namensnennung des Journalisten. In Anbetracht der Ähnlichkeit beider Reportagen, nahm ich an, dass derselbe Reporter sie bei beiden Zeitungen eingereicht hatte.

Ich überflog den Rest der Zeitungsartikel. Trotz täglicher Aktualisierungen tauchten nur wenige zusätzliche Details auf. Die Berichte wiederholten lediglich die bereits bekannten Fakten. Anneliese war in ihrer Küche gewesen. Ihre dreijährige Tochter hatte unter dem Küchentisch gespielt, als ihre Mutter mit einem stumpfen Gegenstand auf den Hinterkopf geschlagen wurde. Die Tochter, deren Name nicht genannt wurde, rannte zu einem Nachbarn und sagte, ein böser Mann habe ihre Mutter verletzt. Nichts, was ich nicht schon gewusst hätte.

Das Foto von Anneliese und Horst an ihrem Hochzeitstag war fast identisch mit dem aus dem Handkoffer und die Zeitungen hatten es wohl wiederholt verwendet. Eine Nachbarin, die sich gemeldet hatte und anonym bleiben wollte, hatte dem Bericht im *Star* jeden Tag etwas hinzugefügt, als ob sie ihren fünfzehn Minuten unsichtbaren Ruhm genießen wollte. Ich nahm an, dass es sich bei dem Nachbarn um eine Frau handelte. Der Mord hatte sich schließlich tagsüber ereignet, als die meisten Ehemänner bei der Arbeit waren und die Hausfrauen nach Ablenkung suchten.

Horst und Anneliese waren ein ruhiges Paar, das gerne für sich blieb.

. . .

ANNELIESE KÜMMERTE sich liebevoll um ihre Tochter. Manchmal dachte ich, Horst sei eifersüchtig auf sie.

HORST WAR SEHR BESCHÜTZEND gegenüber Anneliese, man könnte ihn sogar als besitzergreifend bezeichnen, aber wer könnte ihm das verdenken? Anneliese war ein echter Hingucker.

ICH HÖRTE SIE OFT STREITEN, wenn die Fenster geöffnet waren.

BESUCHER? Einmal war eine Frau da, aber ich habe sie nur von hinten gesehen, als sie ging. Anneliese sagte mir, sie sei die Frau eines alten Freundes. Ich habe ihren Namen nie erfahren.

UND DANN, ein reumütiges Geständnis.

Ich war an dem Morgen, als es passierte, nicht zu Hause. Ich gehe immer um zehn Uhr einkaufen und bin erst ab elf Uhr zu Hause. Sie können eine Uhr nach mir stellen.

»Unsere Klatschtante war es nicht, zu der Sophie gerannt war«, sagte ich.

»Die Frau hat dies wahrscheinlich bis zu ihrem Tod bedauert«, sagte Shirley und grinste. »Aber es ist durchaus bedauerlich. Wäre sie zu Hause gewesen, hätte sie mit Sicherheit etwas gesehen oder gehört.«

Sie kaufte also immer um zehn ein und war um elf wieder zuhause. Was wäre, wenn Anneliese Anton gesagt hätte, dass er am besten zwischen zehn und elf vorbeikommen sollte?

Oder vielleicht hatte Horst Anneliese ja doch umgebracht. Wer würde die Routine seiner Nachbarin besser kennen? Ich konnte mir vorstellen, wie Anneliese es Horst erzählte und über die dumme Vorhersehbarkeit der Frau lachte. Ich schob den Gedanken für den Moment beiseite und zeigte Shirley die Zeichnung aus dem *Telegram*. »Das deutet darauf hin, dass die Tochter sich unter dem Tisch versteckt hat, statt zu spielen.«

»Spielt das eine Rolle?« fragte Shirley. »Wie dem auch sei, das arme Lamm war dabei, als seine Mutter starb. Sie muss den Rest ihres Lebens Alpträume gehabt haben.«

»Laut Louisa hatte sie das.«

»Gott sei Dank wusste Horst nicht, dass sie unter dem Tisch war. Vielleicht wusste er es aber auch, konnte sich aber nicht dazu durchringen, seine eigene Tochter zu töten.«

Oder vielleicht war er gar nicht der Mörder. »Gehen wir zum nächsten Stapel.«

Am 1. Mai machte die Verhaftung von Horst Schlagzeilen - im *Star* und im *Globe* war der Bericht auf Seite zwei zu sehen. In beiden Berichten gab es eine Zusammenfassung über das, was bereits zuvor berichtet wurde, und beide verwendeten das gleiche Hochzeitsfoto von Anneliese und Horst. Der Reporter des *Star* wies darauf hin, dass die Voruntersuchung für den 7. Juni angesetzt worden war. Der Staatsanwalt wurde wie folgt zitiert: »Der Zweck der Voruntersuchung ist es, festzustellen, ob es genügend Beweise gibt, um die Angelegenheit vor Gericht zu bringen. In der Praxis dient die Voruntersuchung dazu, die Stärke der Argumente der Staatsanwaltschaft zu testen.«

In den nächsten Tagen verschwanden die Berichte auf die hinteren Seiten, bis der *Star* am 6. und 7. Juni an die bevorstehende Voruntersuchung erinnerte. Am 8. Juni erschien ein Bericht über die Voruntersuchung zusammen mit Bleistiftzeichnungen, die Horst mit dunklen Augenringen und eingefallenen Wangen darstellten, und in starkem Kontrast zu seinem hellen Haar standen, und einem zu großen Anzug, der an seinem ausgemergelten Körper hing, wieder auf der

Titelseite. Ich überflog beide Berichte schnell. Die Quintessenz war, dass der Prozess am 10. September beginnen und voraussichtlich eine Woche oder weniger dauern würde.

»Der Prozess ist auf diesen Seiten beschrieben«, sagte Shirley und blätterte zum nächsten Abschnitt in der Mappe. »Wenn es dir recht ist, fasse ich sie jetzt schnell für dich zusammen und du kannst sie dann später in Ruhe durchlesen.«

»In Ordnung.«

»Was mir am meisten auffiel, war, dass es keinen direkten Beweis dafür gab, dass Horst Anneliese getötet hatte. Es gab jedoch viele Zeugen, die sich meldeten, um über Horsts Eifersucht und sein Temperament auszusagen, vor allem Nachbarn, aber auch einige örtliche Ladenbesitzer. Es gab Berichte über Blutergüsse an ihren Armen, als ob Anneliese grob angefasst worden wäre. Die Staatsanwaltschaft hat lobenswerte Arbeit geleistet und das Bild eines Ehemannes gezeichnet, der leicht wütend wurde.«

»Was ist mit der Mordwaffe?« fragte ich und dachte an die Kristallvase.

»Sie wurde nie gefunden, obwohl die Polizei erklärte, dass es sich wahrscheinlich um etwas Schweres handelte, das sich im Haus befand, eine Bratpfanne oder ein Topf. Es wäre genügend Zeit gewesen, den Gegenstand zu entsorgen, bevor Annelieses Leiche entdeckt wurde, oder ihn einfach zu säubern und zurück in den Schrank zu stellen. Bedenke, dass es damals noch keine DNA-Beweise gab. Es wäre eine plausible Erklärung.«

Ich schüttelte den Kopf. »Keine Mordwaffe und keine direkten Beweise. Es ist schwer zu glauben, dass Horst wegen Totschlags verurteilt wurde, selbst mit den Zeugenaussagen der Nachbarn und Ladenbesitzer.«

»Sieh dir die Bleistiftzeichnungen an. Er sieht aus wie ein Verurteilter. Es war allerdings Günther Walther, der letztendlich sein Schicksal besiegelte.«

G. Walther. »Der Pfarrer, der Sophie getauft hatte?«

»Ein und dasselbe. Walther sagte aus, dass Horst Frankow laut Anneliese nicht Sophies biologischer Vater war. Eine Kopie des Taufscheins wurde als Beweismittel vorgelegt, aber der Name des Vaters wurde in allen Zeitungsberichten als „nicht relevant" für den Prozess ausgeschlossen. Ich nehme an, dass der Richter die Zeitungen angewiesen hat, Antons Namen nicht zu erwähnen, aber das ist nur eine Vermutung. Ich habe keine Ahnung, inwiefern Zeugenaussagen damals vor Veröffentlichung geschützt waren.«

Ich versuchte, alles zu verarbeiten, was Shirley mir erzählt hatte. Horst hätte mit ziemlicher Sicherheit Gründe für eine Berufung gehabt - wenn er lange genug gelebt hätte, um eine zu beantragen.

»Das ist alles über Anneliese und Horst,« sagte Shirley und unterbrach meine Gedanken. Sie blätterte auf die letzte Seite des Ordners. »Anton Osgoode wurde in keinem der Berichte erwähnt, weder damals noch später. Das Einzige, was ich gefunden habe, war sein Nachruf im *Star*. Ich habe ihn in die Mappe miteinbezogen. Da weder Anneliese noch Sophie erwähnt werden, habe ich die Sache nicht weiter verfolgt.«

Ich schätzte Shirleys Versuch, mir jede Peinlichkeit zu ersparen. »Danke.«

Shirley lächelte, Freundlichkeit strahlte von ihr aus. »Wenn das alles ist, lasse ich dir die Mappe hier und mache mich auf den Weg.«

»Du hast in kürzester Zeit gründliche Arbeit geleistet. Louisa wird sehr zufrieden sein. Schick mir eine Rechnung für die Stunden, die du gearbeitet hast, und ich meine wirklich alle Stunden. Ich habe mit unserer Kundin vereinbart, dass sie für alle erbrachten Leistungen bezahlen wird.«

»Sehr gut, das werde ich unter einer Bedingung tun. Versprich mir, dass du mich in Zukunft wieder engagieren wirst.«

»Du hast mein Wort.«

Nachdem Shirley gegangen war, las ich die Zeitungsausschnitte von Anfang bis Ende mehrere Male durch, um nach etwas zu suchen, das ich vielleicht übersehen hatte, etwa Widersprüchlichkeiten zwischen den Berichten oder willkürliche Faktoren, die nicht in Einklang waren.

Ich war immer wieder auf eine Aussage zurückgekommen. *Besucher? Einmal war eine Frau da, aber ich habe sie nur von hinten gesehen, als sie ging. Anneliese sagte mir, sie sei die Frau eines alten Freundes. Ich habe ihren Namen nie erfahren.*

Olivia?

34

ALS DER WECKER am nächsten Morgen klingelte, sprang ich sofort aus dem Bett, anstatt auf die Schlummertaste zu drücken. Ich sah meinem Besuch bei Randy mit Erwartung entgegen.

Ich hatte beschlossen, nicht mehr als die Vase und den Koffer mitzunehmen. Wenn Randi wirklich Gegenstände lesen konnte, wollte ich nicht, dass die Lesung durch die Postkarten und Fotos beeinflusst wurde.

Wie zuvor begrüßte mich die zarte Stimme der Ladenbesitzerin, als ich Sun, Moon and Stars betrat. Randi huschte kurz darauf die Treppe hinunter und bat mich in ihr Zimmer im zweiten Stock. Nachdem wir Platz genommen und die üblichen Höflichkeiten ausgetauscht hatten, öffnete ich den Handkoffer, nahm die Kristallvase heraus, ließ sie in der Tragetasche aus Segeltuch und stellte sie auf den Boden neben meinen Stuhl. Dann stellte ich den Koffer auf den Schreibtisch.

»Ich möchte, dass du dir den Koffer zuerst vornimmst«, sagte ich, ganz geschäftsmäßig. Kein „Cold Reading".

Randi zog den Handkoffer zu sich heran, ihre beringten

Finger befühlten jede äußere Naht, bevor sie ihn öffnete. Sie untersuchte ihn sorgfältig mit offenen und geschlossenen Augen und hob ihn schließlich an ihr Herz.

»Dieser Koffer gehörte ursprünglich deiner ermordeten Frau.« Das war eine Feststellung, keine Frage.

Ich nickte. Es war eine natürliche Vermutung. Da war nichts Übernatürliches dran.

»Er enthält so viele Geheimnisse. Fotografien. Postkarten. Wichtige Dokumente. Einige waren lange unter den Nähten am Boden versteckt.«

Ich habe nicht darauf reagiert. Chantelle hatte die Nähte neu genäht, und sie hatte gute Arbeit geleistet, viel besser als ich es hätte tun können, aber man musste kein Psychometrist sein, um zu erkennen, dass sie manipuliert worden waren. Und warum sollte man an ihnen herumpfuschen, wenn sich nicht etwas darunter verbarg? Der Zyniker in mir kehrte zurück.

»Diese Art Koffer wurde in den 1950er Jahren als Kosmetikkoffer verwendet«, so Randi. »Sie wurden auch als Handkoffer bezeichnet, obwohl er mit ziemlicher Sicherheit nicht nur mit der Bahn, sondern auch über das Wasser gereist ist. Ich habe das Gefühl, dass er in vielen Häusern war, und das nicht immer unter den glücklichsten Umständen.« Randi wippte hin und her, der Koffer lag jetzt in ihrem Schoß, ihre Augen geschlossen, das Gesicht konzentriert verzogen.

Ich wurde langsam unruhig und fühlte mich mehr als nur ein bisschen albern. Vielleicht spürte sie meine Ungeduld, denn Randi öffnete die Augen und schob mir den Handkoffer mit einer Geste der Frustration entgegen. »Es tut mir leid. Es sind einfach zu viele Eindrücke. Einige sind sehr alt, andere sehr neu. Ich kann das eine nicht vom anderen unterscheiden. Es ist alles ein Durcheinander. Vielleicht, wenn ich mehr Zeit hätte, aber nein, ich glaube nicht.«

Ich musste zugeben, dass ich enttäuscht war, obwohl es meine frühere Skepsis bestätigte. Ich nahm den Koffer und stellte ihn auf den Boden. »Ich habe noch ein anderes Objekt. Eine Vase.« Ich holte sie aus der Tasche und stellte sie vorsichtig auf den Schreibtisch.

Randi führte ihr Ritual noch einmal durch, indem sie die Vase auf den Kopf stellte und wieder umdrehte. »Diese Kristallvase ist eine Sonderanfertigung«, begann Randi. »Sie ist signiert und datiert mit „R.C. Riedel neunzehn-irgendwas-fünfzig", aber ich bin sicher, dass du das bereits selbst gesehen hast. Ich kann nicht erkennen, ob das am Ende eine Zwei oder eine Fünf ist. Es ist sehr undeutlich, es könnte beides sein. Die Handwerkskunst und der Stil sind zweifelsohne tschechisch.«

Ich hatte von der eingeritzten Signierung bisher keine Ahnung. Tatsächlich hatte ich die Vase nicht mehr aus der Tasche genommen, seit Olivia sie mir gegeben hatte. Als Ermittlerin sprach das nicht gerade für mich. »Natürlich.«

Randi drückte die Vase an ihre Brust, ihr Atem raste, und Schweiß bildete sich auf ihrer Stirn. »Ich glaube auch, dass du deinen stumpfen Gegenstand gefunden hast. Es gibt Wut und Schmerz, aber es gibt auch tiefe Liebe und noch etwas anderes. Eifersucht? Furcht?«

Hatte Randi erwartet, dass ich antwortete? Ich blieb stumm. Sie schloss wieder die Augen, während ihre Finger die Muster im Kristall nachzeichneten. Nach einem Moment begann sie zu nicken, als sich ihre Atmung wieder normalisierte. »Ich sehe jetzt ein Bild.«

»Was für ein Bild?«

»Ein Berg voller Rosen in allen Farben.« Randis Augen öffneten sich, ein Lächeln breitete sich auf ihrem schönen Gesicht aus. »Wie viel Uhr ist es?«

Ich schaute auf meine Uhr. »Elf Uhr fünfzehn.«

»Elf Uhr fünfzehn. Notiere dir das Datum und die Uhrzeit, Callie. Die Frauen, denen diese Vase gehörte, haben endlich ihren Frieden gefunden.«

ERST ALS ICH zu Hause ankam, wurde mir die Bedeutung von Randis Worten bewusst. Nicht „die Frau, der diese Vase gehörte", sondern „die Frauen". Ich ging auf und ab, bis Chantelle eine Stunde später eintraf. Sie war auf den Ordner mit den Zeitungsausschnitten, die Shirley zusammengetragen hatte, und auf meine Besuche bei Olivia und Randi gespannt.

Chantelle war ebenso begierig, mir ihre Neuigkeiten mitzuteilen. Ich ließ sie zuerst berichten.

»Shirley hatte recht«, sagte sie. »Die Helena Brown auf der Autogramm-Seite der *T.S.S. Canberra* war Sophies Patentante, Helena Bradford. Sie wanderte nach Kanada aus und heiratete Adam Bradford. Wie du dir vorstellen kannst, sind Brown und Bradford beides häufige Nachnamen, aber ich blieb dran und konnte auf Ancestry.ca. einen Eintrag über sie und ihre Heirat ausfindig machen.«

»Das ist fantastisch.«

»Nicht so schnell. Sie sind beide verstorben, obwohl Helena Adam um etwa ein Jahrzehnt überlebt hatte. Wenn sie wussten, was aus Sophie geworden war, oder wo sie aufgezogen wurde, oder wenn sie etwas über Anton oder Corbin wussten, haben sie dieses Wissen mit ins Grab genommen.«

Meine Enttäuschung musste man mir angesehen haben, denn Chantelle wurde abwehrend.

»Ich weiß, es führt uns letztendlich nicht weiter, aber ich dachte, es bestätigt, wie gründlich wir waren. Zumal ich davon ausgehe, dass du Corbin nicht so bald zur Rede stellen wirst.«

Jetzt war ich an der Reihe, mich zu verteidigen. »Ich warte auf den richtigen Zeitpunkt.«

»Ich würde sagen, die Zeit ist reif. Wir müssen diese offene Frage klären, bevor wir unseren Abschlussbericht vorlegen können, und wir sind so gut wie fertig.«

Da hatte sie recht. »Gut. Ich werde ihn jetzt anrufen. In der

Zwischenzeit hat Shirley das hier in den Archiven zusammengetragen. Fang an zu lesen und lass mich wissen, was du davon hältst.« Ich errötete. »Macht es dir etwas aus, sie draußen auf der Terrasse zu lesen? Ich brauche Privatsphäre, wenn ich Corbin konfrontieren will. Ich werde in ein paar Minuten nachkommen.«

Chantelle ging ohne Widerspruch nach draußen. Ich fasste meinen Mut zusammen und wählte. Yvette nahm den Hörer ab.

»Hallo, Yvette, hier ist Callie.« Ich konnte mich nicht dazu durchringen, sie Großmutter zu nennen. »Ist Corbin zu sprechen?«

»Hallo, Callie.« Ihr Ton war wesentlich kühler als bei unserem letzten Gespräch. Ich vermutete, dass ihr Corbin eine Standpauke gehalten hatte, weil sie mir Olivias Adresse gegeben hatte.

»Tut mir leid, das ist kein guter Zeitpunkt, es sei denn, du rufst an, um dich für den Diebstahl von Olivias Vase zu entschuldigen.«

»Ich habe ihre Vase nicht gestohlen, sie hat sie mir gegeben.«

»Sie besaß sie sechzig Jahre lang, hatte sie gehütet, als wäre sie unbezahlbar, und nun hat sie sie dir einfach übergeben, als du sie am Dienstagmorgen besuchtest? Nachdem dir das ausdrücklich verboten wurde. Dachtest du, wir würden es nicht herausfinden? Vergiss es einfach, du brauchst das nicht zu beantworten. Ich gratuliere dir zu deinem Timing. Es war perfekt.«

Perfektes Timing? »Ich habe keine Ahnung, wovon du sprichst.«

Ich hörte, wie sie scharf einatmete, dann sagte sie: »Ich sage Corbin Bescheid, dass du angerufen hast. Er ist damit beschäftigt, ... Ich würde nicht am Telefon warten.« Sie legte auf, bevor ich noch etwas sagen konnte.

Ich kochte eine Kanne Tee, um meine Nerven zu beruhigen, holte ein Tablett, stellte zwei Tassen darauf, legte sechs Erdnussbutterkekse dazu und ging zu Chantelle hinaus.

»Danke, ich wollte gerade reinkommen und mir eine Tasse Tee machen. Es ist ein bisschen kühl hier draußen.«

»Nicht so kühl wie die Abreibung, die ich gerade von Yvette bekommen habe. Wie zu erwarten war, wollte „Seine Hoheit“ nicht gestört werden. Er ist mit irgendetwas beschäftigt. Wenn er mich bis morgen nicht anruft, versuche ich es noch einmal.«

»Mehr kannst du nicht tun.«

»Hast du alle Zeitungsberichte gelesen?«

Chantelle nickte. »Ich habe sie schnell auf das Wesentliche überflogen. Ich werde sie mir zu Hause genauer durchlesen. Es steht nichts drin, was wir nicht schon wussten oder vermuteten, abgesehen von der Aussage des Pastors. Eine Sache ist mir allerdings aufgefallen.«

»Was?«

»Warte, lass mich suchen.« Sie blätterte durch die Seiten. »Hier steht, und ich zitiere: „*Besucher? Da war einmal eine Frau, aber ich habe sie nur von hinten gesehen, als sie ging. Anneliese sagte mir, sie sei die Frau eines alten Freundes. Ich habe nie ihren Namen erfahren.*“ Ich fragte mich, ob die Frau eines alten Freundes Olivia gewesen sein könnte.«

»Genau das habe ich mich auch gefragt. Wenn ich sie das nächste Mal sehe, *falls* ich an den Sicherheitsleuten vorbeikomme, werde ich sie fragen. Ich vermute, das wird schwierig, wenn nicht gar unmöglich sein. Yvette hat mich gerade beschuldigt, Olivias Kristallvase gestohlen zu haben.«

»Du hast also die Vase? Hat Randi sie gesehen?«

»Das hat sie, die Vase und den Handkoffer. Der Handkoffer war ein Reinfall. Offenbar verursachte er zu viele Eindrücke. Sie konnte sie nicht voneinander unterscheiden. Aber die Vase...«

Ich ging zu dem Schrank, in dem ich sie aufbewahrte, nahm sie heraus und reichte sie Chantelle.

»Sie ist sehr dekorativ. Und schwer.«

»Es ist tschechisches Kristall, und ja, sie ist schwer. Als ich sie das erste Mal in die Hand nahm, ließ ich sie fast fallen. Aber sie ist wunderschön, nicht wahr? Die beiden Turteltäubchen, der Schreibstift und der Umschlag.«

»Kaum zu glauben, dass etwas so Hübsches dazu hätte benutzt werden können, Anneliese zu töten.« Chantelle drehte sie um. »Auf der Unterseite steht das Datum, 1950 oder so. Es ist schwer zu entziffern, aber es muss eine Zwei sein, denn Anton und Anneliese hatten sich 1952 kennengelernt. Was hat Randi dazu gesagt?«

»Sie glaubt, dass es der stumpfe Gegenstand ist, der Anneliese getötet hat. Sie behauptet auch, ein Bild von einem Berg voller Rosen gesehen zu haben.« Ich hielt inne. »Es war sehr merkwürdig. Sie fragte mich, wie spät es sei, und ich sagte elf Uhr fünfzehn, und dann sagte sie, ich solle mir die Zeit und das Datum merken. Sie sagte, dass die Frauen, denen die Vase gehörte, endlich ihren Frieden gefunden hätten.«

»Die Frauen, Plural?«

»Ja. Ich nehme an, sie meinte Anneliese und Olivia. Ich schätze, dass sie die Vase all die Jahre aufbewahrt hat, um sich an Antons...« Ich hielt mitten im Satz inne. »Ich muss Antons Nachruf noch einmal lesen.«

»Seinen Nachruf? Wozu denn?«

»Ich muss etwas nachprüfen.« Ich ging zu meinen Akten und holte den Nachtrag heraus, überflog ihn schnell, um Olivias Mädchennamen zu finden. Verdammt. Vielleicht war ja doch etwas an dieser Psychometrie-Sache dran.

»Anton Osgoode hat Anneliese nicht umgebracht. Olivia war es.«

Chantelle starrte mich mit offenem Mund an. »Olivia?

Aber Sophie hat von einem bösen Mann gesprochen, keiner bösen Frau.«

»Sophie war drei Jahre alt und spielte unter dem Tisch. Alles, was sie gesehen hätte, wären die Schuhe der Person gewesen. Vielleicht hatte Olivia eine Hose an. Vielleicht sagte Sophie böse „Mama", nicht böser „Mann".«

»Ich nehme an, dass es möglich wäre.«

»Nicht nur möglich, sondern wahrscheinlich. Es erklärt Olivias Schuldgefühle in all den Jahren. Der Grund, warum die Vase eines der wenigen Dinge war, die sie mit in das Altersheim brachte. Sie diente als Erinnerung an das, was sie getan hatte. Anneliese getötet zu haben. Dass sie zuließ, dass Horst für das Verbrechen ins Gefängnis kam. Sie fühlte sich sowohl für seinen als auch für Annelieses Tod verantwortlich. Ich glaube, sie war es, die Anneliese besuchte, als sie von der Nachbarin gesehen wurde, und als Olivia die Vase sah, wusste sie, dass diese von Anton stammen musste.«

»Aber die Vase war aus dem Jahr 1952«, sagte Chantelle.

Ich schüttelte den Kopf. »Du nimmst an, dass sie aus dem Jahr 1952 stammt, aber das Datum könnte auch 1955 sein.«

Chantelle drehte die Vase noch einmal um und nickte. »Es *könnte* eine Fünf sein. Glaubst du, dass Anton und Anneliese wieder eine Beziehung angefangen hatten, und Sophie vielleicht der Auslöser war?«

»Ja, das glaube ich. Das erklärt, warum Horst so eifersüchtig war, nicht dass es eine Entschuldigung dafür gäbe, wie er Anneliese behandelt hatte. Oder vielleicht war es sein Temperament, das sie zu Anton zurückgehen ließ und was ihrer Meinung nach das Beste für Sophie war. Warum sonst würde Anneliese es riskieren, Antons Namen in die Taufurkunde einzutragen, wenn sie Horst nicht verlassen und ein neues Leben mit Anton beginnen wollte?«

»Okay, nehmen wir an, deine Theorie ist korrekt, dass

Olivia die Mörderin sein könnte. Wie bist du darauf gekommen?«

»Tut mir leid, ich dachte, du hättest den Zusammenhang erkannt.«

»Welchen Zusammenhang?«

»Olivias Mädchenname, er steht auf Antons Todesanzeige. Olivia Osgoode, geborene Rosemount.«

»Rosemount«, sagte Chantelle.

»Rosemount«, sagte ich. »Wie in einem Berg aus Rosen.«

ICH VERBRACHTE den größten Teil am Mittwochabend und Donnerstagmorgen damit, unseren Abschlussbericht für Louisa fertigzustellen. Sie hatte sich bereit erklärt, am Donnerstagabend nach der Arbeit vorbeizukommen. Ich fasste alles zusammen, was das Team herausgefunden hatte, und ordnete es in chronologischer Reihenfolge, um den Zusammenhang zu verdeutlichen. Als ich die Seiten mit den Dokumenten und Fotos durchblätterte, war ich sehr stolz.

»Es gab eine Menge Fragen, aber ich glaube, wir haben die meisten Antworten gefunden«, sagte ich Louisa am Telefon. *Oh, und übrigens, wir sind verwandt.* Hmmm... um ihr dies beizubringen, musste ich mir noch etwas Besseres einfallen lassen.

CHANTELLE und ich führten Louisa durch Annelieses Reise, beginnend mit dem Pass und ihren Einwanderungspapieren, und schlängelten uns durch die Hauptakteure, von Horst bis hin zu Olivia, Anton und Corbin. Es war nicht leicht, aber ich erzählte ihr von unserer Schlussfolgerung, dass Olivia, und nicht Horst, Anneliese getötet haben könnte.

»Wir glauben, Sophie hatte gesagt, dass eine „böse Mama" ihre Mutter getötet hatte, nicht ein „böser Mann"«, sagte ich.

»Eine böse Mama«, sagte Louisa. »Wirst du Olivia anzeigen?«

Bis jetzt war mir dieser Gedanke noch nicht gekommen. Ich grübelte darüber nach, als Chantelle wieder sprach.

»Nein. Sie ist einundneunzig. Die Wahrscheinlichkeit, dass Olivia nach all den Jahren angeklagt und einen Mordprozess überleben würde, wäre gering bis nicht vorhanden. Außerdem ist es nur unsere Vermutung, dass Olivia Anneliese getötet hatte. Es gibt keine handfesten Beweise.«

Louisa nickte. »Ich glaube, das kann ich akzeptieren.«

»Es wird eine Weile dauern, bis Sie die Dinge in Ihrem Kopf geordnet haben werden«, sagte Chantelle. »Nehmen Sie sich Zeit, lesen Sie alles durch, und wir werden uns in etwa einer Woche wieder treffen, um alle Ihre Fragen zu beantworten. Sie bestimmen das Tempo. Ich kann mir vorstellen, dass das alles ein bisschen überwältigend ist.«

»Da ist noch etwas«, sagte ich. »Ihr Großvater, Anton Osgoode.«

»Ja, was ist mit ihm?«

»Es scheint, dass er mein Urgroßvater ist.«

Louisas Augen weiteten sich. »Wir sind verwandt?«

Ich nickte. »Es ist mir noch nicht gelungen herauszufinden, was der richtige Verwandtschaftsgrad ist. Halb-Cousinen? Cousinen zweiten Grades? Jedes Mal, wenn ich darüber nachdenke, bekomme ich Kopfschmerzen. Wie auch immer, ich hätte es dir wahrscheinlich gleich sagen sollen, als ich es herausfand.«

»Unsinn. Ich habe dich angewiesen zu warten, bis du deinen Bericht fertiggestellt hast, und genau das hast du getan. Außerdem ist es irgendwie schön zu wissen, dass ich wieder eine Familie habe. Das heißt, wenn du zur Familie gehören willst. Auch wenn wir nur sehr entfernte Cousinen sind, habe ich mir immer eine Schwester gewünscht.« Louisas Stimme war vor Rührung erstickt.

Als Kind hatte ich auch immer davon geträumt, eine Schwester zu haben. »Es gibt nichts, was ich mir mehr wünsche«, sagte ich und lächelte, und für einen kurzen Moment hatte ich das Gefühl, dass es Anneliese war, die zurücklächelte. Ich warf einen Blick auf Chantelle und wusste, dass sie es auch sah.

»Übrigens, ich wollte dir sagen, wie sehr mir Mistys Post von gestern gefallen hat«, sagte Louisa und brach den Bann. »Ich wusste sofort, als ich ihn las, dass ihr eure Ermittlungen abgeschlossen habt. Gerechtigkeit. So fühlt es sich für mich an. Gerechtigkeit für Anneliese. Sie hat es verdient, dass ihre Geschichte erzählt wird. Ich kann es nicht wirklich erklären, aber ich habe das Gefühl, dass sie endlich ihren Frieden gefunden hat.«

Ein Berg aus Rosen.

»Das glaube ich auch.«

SOBALD CHANTELLE und Louisa gegangen waren, ging ich auf die Past & Present Webseite, um Mistys neuesten Beitrag zu lesen.

Wie Louisa angedeutet hatte, handelte es sich bei der abgebildeten Karte um die Gerechtigkeit. Sie zeigte eine Frau, die auf einem Thron vor einem samt-violetten Hintergrund saß. Sie trug ein langes, wallendes rotes Gewand mit einem grünen Umhang und eine goldene Krone mit einem grünen Stein - wahrscheinlich einem Smaragd - in der Mitte. In ihrer linken Hand hielt sie ein Schwert, das gegen den Himmel gerichtet war. Die Waage der Gerechtigkeit, perfekt ausbalanciert, befand sich in ihrer rechten Hand.

XI Gerechtigkeit (Große Arkana)

Als elfte Karte der Großen Arkana liegt sie in der Mitte, mit zehn davor und zehn danach. Beachten Sie, dass die Waage perfekt ausbalanciert ist, wie bei den uns bekannten Statuen der Justitia. Im Gegensatz zur Justitia, deren Schwert auf den Boden gerichtet ist, zeigt dieses Schwert jedoch nach oben. Ein weiterer Unterschied sind die Augen. Die Justitia trägt eine Augenbinde. Unsere Gerechtigkeit starrt uns mit weit geöffneten Augen an.

Mistys Message: Wenn Sie auf der Suche nach Gerechtigkeit waren, nähert sich Ihre Reise ihrem Ende. Beachten Sie jedoch, dass wahre Gerechtigkeit nur erlangt werden kann, wenn wir die Wahrheit mit völliger Ehrlichkeit suchen und akzeptieren und sie mit dem abgleichen, was wir gelernt haben.

Völlige Ehrlichkeit. Mit Louisa. Mit Corbin. Mit mir selbst. *Danke für den Anstoß, Misty.* Ich würde mir überlegen, wie ich Corbin am besten zur Rede stellen könnte, und ob er wollte oder nicht, er würde mich anhören müssen. Es gab noch ein weiteres Teil in diesem Puzzle, und das betraf Louisa. Sie verdiente es, alles zu erfahren, was ich ihr über ihre Mutter und ihre Großmutter erzählen konnte, so wie ich es verdiente, alles über meine Mutter und meine Urgroßmutter zu herauszufinden.

DER TELEFONANRUF KAM am frühen Freitagmorgen und weckte mich aus einem traumlosen Schlaf. Ich schaute auf die Anrufanzeige und war überrascht, Hampton & Associates auf dem Bildschirm zu sehen.

»Leith? Was gibt's denn? Ist jemand gestorben?« Ich lachte, als ich es sagte, aber er lachte nicht zurück.

»Genauso ist es, Calamity. Ich habe für morgen um zehn Uhr einen Termin mit den anderen Erben vereinbart. Es ist zwingend erforderlich, dass du daran teilnimmst.«

»Aber morgen ist Samstag«, sagte ich, mein Kopf war aufgrund meines Schlafmangels benebelt. »Samstags arbeitest du nicht.«

Leith stieß einen seiner theatralischen Seufzer aus. »In diesem Fall mache ich eine Ausnahme.«

»Es ist nur so, dass ich zu einem Theaterstück in Muskoka eingeladen worden bin.« Mit Royce. Den ich seit mehr als einer Woche nicht mehr gesehen habe. Dann schaltete sich mein Gehirn ein. »Warte mal kurz. Du sagtest, die anderen Erben. Willst du damit sagen, dass ich geerbt habe... Ich verstehe nicht. Wer ist denn gestorben?«

»Deine Urgroßmutter, Olivia Osgoode. Sie ist am Dienstagmorgen verstorben. Es tut mir leid, dass ich es dir sagen muss. Ich dachte, du wüsstest es.«

»Olivia ist tot? Warum hat mich niemand angerufen?« Warum hat Yvette es mir nicht gesagt? Zumindest erklärte es, womit Corbin beschäftigt war, als ich anrief. Beerdigungsvorbereitungen. Zu denen ich nicht eingeladen oder willkommen sein würde.

»Das kann ich nicht beantworten, obwohl es vielleicht erklärt, warum Olivia mich beauftragt hatte. Offenbar vertraute sie dem Rechtsbeistand der Familie nicht. Sie sagte mir, dass die Rechtsanwaltskanzlei der Familie Osgoode nicht in ihrem Interesse handelte. Oder besser gesagt, nicht in deinem Interesse.«

In meinem Interesse? Hatte Olivia mir etwas in ihrem Testament hinterlassen? »Du sagtest, Olivia sei am Dienstagmorgen gestorben. Weißt du, um wie viel Uhr?«

Ein Umherschieben von Papieren. »Elf Uhr fünfzehn.«

Elf Uhr fünfzehn. Der Zeitpunkt, an dem Randi sagte, dass die Frauen, denen diese Vase gehörte, endlich ihren Frieden gefunden haben.

»Wir sehen uns morgen um zehn Uhr in meinem Büro in der Bay Street. Komm nicht zu spät. Und Calamity?«

»Ja?«

»Leg deine Rüstung an. Ich glaube nicht, dass es sehr angenehm für dich werden wird.«

ICH RIEF ZUERST CHANTELLE AN. Sie hörte mir beim Weinen zu, stellte keine Fragen und versprach, am Samstagabend mit Weißwein und Käsepizza vorbeizukommen.

Als nächstes rief ich Royce an und teilte ihm die Neuigkeiten mit. So sehr er mich auch wegen Olivia bedauerte, spürte ich doch eine gewisse Erleichterung, als ich ihm sagte, dass ich die Aufführung von Porsche verpassen würde. Vielleicht fiel der Gedanke, dass ich mit seinen Eltern und seiner Tante zusammensitzen würde, unter die Rubrik: „Als ich dich gefragt habe, schien es eine gute Idee zu sein, aber jetzt, wo es fast soweit ist, bin ich mir nicht sicher, ob ich damit umgehen kann". Aber vielleicht habe ich auch zu viel hineininterpretiert. Oder vielleicht war es das, was ich empfand. War ich insgeheim erleichtert? Ich legte auf und fühlte mich verunsichert. Keiner von uns beiden hatte einen Ausflug zu den Niagarafällen erwähnt.

36

Corbins Gesicht war purpurrot vor Wut, als er durch das Konferenzzimmer von Hampton & Associates schritt.

»Diese ganze Sache ist absurd«, sagte mein Großvater.

»Setz dich, Corbin«, fordere Yvette ihn auf.

»Ich setze mich, wenn mir danach ist.« Er zeigte auf mich, seine Hand zitterte vor Wut. »Was ich wissen möchte, ist - warum ist *sie* hier?«

»Wenn Sie mit „*ihr*" Calamity meinen«, sagte Leith, »…sie ist in der Eigenschaft als Erbin von Olivia Osgoodes hier.«

»Unmöglich. Ich war der alleinige Erbe, zumindest bevor sie sich mit ihren Keksen und Nelken in das Herz meiner Mutter geschlichen hat.« Er kicherte. »Calamity. Ein treffender Name. Wenigstens haben ihre Eltern etwas richtig gemacht.«

Ich wollte aufstehen und ihm die Augen rausreißen. Stattdessen blieb ich sitzen, holte meinen Kakaobutter-Lippenbalsam heraus und fand ein wenig Trost in diesem Ritual.

»Olivia hatte ihr Testament schon vor einigen Monaten geändert«, sagte Leith. »Das war lange bevor Calamity Kontakt zu ihr aufgenommen hatte. Daher kann ich Ihnen versichern, dass es keine Nötigung gab. Wenn Sie nun bitte neben Ihrer Frau Platz nehmen würden, werde ich beginnen.«

Yvette sah mich von der Seite an, und zu meiner Überraschung zwinkerte sie mir verstohlen zu. Vor kurzem hatte sie mich geradezu beschuldigt, Olivias Vase gestohlen zu haben, und nun schien sie auf meiner Seite zu sein, wenn auch nur heimlich. Oder hatte ich mir das Zwinkern nur eingebildet? Als Corbin seinen Platz einnahm, verwandelte sich Yvettes Gesicht wieder in eine ausdruckslose Maske.

Leith begann mit der Verlesung des Testaments. »Ich, Olivia Marie Rosemount Osgoode, erkläre hiermit, dass dies mein letzter Wille ist und dass ich hiermit alle zuvor von mir gemeinsam oder einzeln verfassten Testamente und Verfügungen widerrufe, annulliere und für nichtig erkläre. Ich erkläre, dass ich bei klarem Verstand und volljährig bin, und dass dieser letzte Wille meine Wünsche ohne unzulässige Beeinflussung oder Zwang zum Ausdruck bringt.«

Meine Gedanken schweiften vierzehn Monate zurück, als ich schon einmal in diesem Konferenzzimmer saß und der Verlesung des Testaments meines Vaters zuhörte. Ich zwang mich, in die Gegenwart zurückzukehren. Es wäre nicht gut, jetzt abzuschalten.

»...hinterlasse hiermit die Summe von einhunderttausend Dollar meinem Sohn, Corbin Anton Osgoode. Den Rest meines Vermögens, meines Besitzes und meiner Habe vermache ich meiner Urenkelin Calamity Doris Barnstable.«

»Einhunderttausend Dollar?« stotterte Corbin. »Aber Mutter hatte ein Vermögen von fast einer halben Million Dollar. Ich sollte es wissen, ich habe mich in den letzten fünf Jahren um ihre finanziellen Angelegenheiten gekümmert.«

»Vierhundertfünfundsechzigtausend, um genau zu sein«, sagte Leith.

Mein Blick huschte von Corbin zu Yvette, zu Leith und wieder zurück. Das musste doch ein Irrtum sein? »Willst du damit sagen, dass ich dreihundertfünfundsechzigtausend Dollar geerbt habe?«

»Genau das sage ich«, sagte Leith. »Du hättest alles geerbt, aber ich habe Olivia davon abgeraten. Es ist schwierig, wenn nicht gar unmöglich, ein Testament anzufechten, wenn man einen beträchtlichen Betrag geerbt hat. Ich vermute, die meisten Gerichte würden hunderttausend Dollar als beträchtlich ansehen.«

Corbin schien die Realität der Situation zu dämmern. Ich beobachtete, wie seine Haltung nachließ, aber ich empfand kein Mitleid. Überraschenderweise fühlte ich mich auch nicht siegreich. Hier gab es keine Gewinner. Nicht jetzt, wo Olivia tot war. Ich vermisste eine Frau, die ich kaum kennengelernt hatte. Unabhängig von ihrer Vergangenheit war sie immer noch meine Urgroßmutter, und ich hatte sie gemocht.

»Es ist mir egal, was Sie sagen«, sagte Corbin. »Ich kann dagegen ankämpfen. Es ist unbegreiflich, dass Mutter den Großteil ihres Vermögens dieser ... dieser Frau vermacht hat.«

Ernsthaft? *Dieser Frau?* Ich hatte auf den richtigen Zeitpunkt gewartet. Dieser Zeitpunkt war jetzt.

»Vielleicht hat sie das mit Ihnen und Sophie herausgefunden«, sagte ich und genoss es, wie mein Großvater beim Klang ihres Namens zusammenzuckte. »Es war schon schlimm genug, dass ihr Mann sie belogen hatte. Aber ihr einziger Sohn? Ich vermute, Olivia fand das unverschämt.«

Yvette rückte ihren Stuhl ein paar Zentimeter zurück, um sich von ihrem Mann zu lösen. »Wer ist Sophie?«

Corbin antwortete nicht. Stattdessen starrte er mich an, seine Augen loderten hasserfüllt. »Woher weißt du von Sophie?«

»Ich habe einen Fotostreifen von euch beiden, aufgenommen in einem dieser Fotoautomaten im Einkaufszentrum. Sie hätten sich wirklich nicht so vor der Kamera aufführen sollen. Das war ausgesprochen kindisch.«

»Fotos ... Sophie hatte versprochen, sie zu verbrennen. Es war ein Fehler, sie an diesem Tag zu treffen, ein noch größerer Fehler, diese Fotos zu machen. Ich gebe zu, dass ich neugierig auf sie war. Warum hatte sie meinen Vater an jenem Tag in Yorkdale „Onkel Toni" genannt? Aber am Ende wurde mir klar, dass Sophie nichts weiter als ein Fehler war. Sie konnte nie mit mir, einem echten Osgoode, mithalten.« Er warf den Kopf zurück und lachte. »Genau wie du ein Fehler warst, Calamity. Keine noch so große Summe Geld wird das jemals ändern.« Corbin nahm Yvettes Hand. »Komm, wir verschwinden von hier. Mein Anwalt wird sich melden.«

Yvette schüttelte seine Hand ab, aber sie folgte ihrem Mann trotzdem aus dem Zimmer. Ich wartete, bis die Tür geschlossen war, bevor ich anfing zu weinen.

Leith griff über den Konferenztisch und reichte mir ein Seidentaschentuch. »Dafür wird später noch genug Zeit sein, Calamity. Ich habe das Testament noch nicht zu Ende gelesen.«

»Ich verstehe nicht.«

»Ich fürchte, es gibt eine Bedingung. Ein ungeklärter Fall, den Olivia von Past & Present untersuchen lassen will. Sie hat den Nachtrag hinzugefügt, nachdem sie von deinem Geschäft erfahren hatte.« Er lächelte. »Ich nehme an, sie war von deiner Initiative beeindruckt. Es steht dir natürlich frei, das Angebot abzulehnen, in dem Fall würde Corbin den gesamten Nachlass erben.«

Ich schaukelte in meinem Stuhl zurück und dachte an den Nachtrag im Testament meines Vaters. Der, der darauf bestanden hatte, dass ich herausfinden sollte, was dreißig Jahre zuvor mit meiner Mutter geschehen war. Mein Vater hatte an mich geglaubt, und dieser Glaube hatte mich auf die Suche nach der Wahrheit geführt. Es war diese Reise, die mich nach Marketville, zu meinem neuen Beruf, zu Olivia und schließlich zu diesem Augenblick geführt hatte. War das Gerechtigkeit oder war es Schicksal? Vielleicht war es eine Kombination von beidem. Alles, was ich wusste, war, dass ich meine Urgroßmutter nicht im Stich lassen und Corbin nicht gewinnen lassen konnte.

»Erzähl mir von dem Fall.«

ENDE

DANKSAGUNG

Neben dem Schreiben der Worte erfordert jeder Roman stundenlange Recherchen, von denen vieles nie auf die gedruckte Seite gelangt. Ein oder zwei Tage Recherche in alten Zugfahrplänen zum Beispiel können zu nicht mehr als einem oder zwei Absätzen führen. Aber diese Details, wie unbedeutend sie auch sein mögen, sind wichtig. Das gilt auch für die vielen Menschen und Ressourcen, die der Autorin hinter den Kulissen helfen. Auch wenn ich aus Platzgründen nicht alle aufzählen kann, wäre ich nachlässig, wenn ich die folgenden Personen (in alphabetischer Reihenfolge) nicht erwähnen würde:

Michelle Banfield, für ihre anhaltende Freundschaft und Unterstützung.

Susan Daly, eine preisgekrönte Autorin und Karteninhaberin der Toronto Public Library, die mir Beispiele von Online-Zeitungsarchiven schickte und nie die Frage stellte, warum.

Kathleen Costa, außergewöhnliche Beta-Leserin. Dieses Buch ist durch sie besser geworden.

Erin, Archivarin der Archive von Ontario, für ihre Hilfe bei der Suche nach den Strafrechtsakten von 1956.

Rosemary Graham für ihr aufmerksames Korrekturlesen und ihre Bereitschaft, die Frage der Zeichensetzung zwischen dem T.S.S./T.D. *Canberra* und dem CMoS-sanktionierten TSS/TD zu diskutieren. Am Ende setzte sich das historische Material durch.

R. L. Kennedy, der Mann hinter der Website Old Time Trains, www.trainweb.org/oldtimetrains.

Ti Locke, die Traumlektorin eines jeden Autors.

Hunter Martin, für seine unendliche Geduld mit mir bei der Gestaltung des Bucheinbandes.

Larry Owen für die unermüdliche Beantwortung meiner „Was-wäre-wenn"-Fragen aus den 1950er Jahren.

Carole McGill Plant für die Perspektive einer Immobilienmaklerin von Danforth Village, Toronto.

Lior Samfiru, für sein Rechtsgutachten zum Arbeitsrecht von Ontario in Bezug auf Arbeitsunfälle mit Todesfolge.

John Sayers für die Weitergabe seines Schatzes an Erinnerungsstücken an Ozeandampfer und für seinen wertvollen Vorschlag, Anton Osgoode bei Eaton's als Einkäufer für Kristall und feines Porzellan einzustellen.

Das Kanadische Museum für Einwanderung am Pier 21 bietet Informationen und Postkarten der *T.S.S. Canberra*.

Archiv und Sondersammlungen der York University, Clara Thomas Archive und Sondersammlungen.

Nicht zuletzt danke ich meinem Mann Mike Sheluk für seine unerschütterliche Liebe, seinen Glauben und seine Ermutigung sowie meiner Mutter Anneliese Penz, die im Geiste bei mir war, als ich diese Geschichte schrieb.

Dank der deutschen Übersetzung dieses Buches, habe ich nun zwei neue Freunde gewonnen, meine Übersetzerin, Petra Schmelzeisen und meine deutsche Lektorin, Mary Persch. Ein Dankeschön geht auch an unsere Beta-Leserin, Uta Lambrich.

DIE REISE EINES NARREN

Judy Penz Sheluk

Leseprobe für Marketville #3

MARKETVILLE MYSTERY #3

DIE REISE
EINES NARREN

Übersetzt von Petra Schmelzeisen

JUDY PENZ SHELUK

In Erinnerung an Nestor „Sam" Sametz

1

───────

Ich starrte Leith Hampton an und ein Gefühl von Déjà-vu überkam mich. Es war fünfzehn Monate her, dass ich zum ersten Mal in der Kanzlei Hampton & Associates gesessen hatte. Unerwartete Umstände hatten mich wieder hierhergebracht, abermals aufgrund einer Erbschaft. Und wieder einmal waren Bedingungen daran geknüpft. Was sollte ich sagen? In meinem Leben war nichts so einfach, wie es auf den ersten Blick erschien.

Dieses Mal hatte ich 365.000 Dollar von meiner Urgroßmutter Olivia Marie Rosemount Osgoode geerbt. Ich war ihr einige Wochen zuvor zum ersten Mal begegnet, als ich versuchte, das Leben von Anneliese Prei zu ergründen.

Ich mochte Olivia, obwohl ich sie noch nicht lange genug oder gut genug kannte, um behaupten zu können, dass das Gefühl, das ich für sie empfand, Liebe war. Es war schwer, jemandem zu verzeihen, der zusammen mit ihrem Sohn Corbin und seiner Frau Yvette - es fällt mir nicht leicht sie als meine Großeltern zu bezeichnen - meine siebzehnjährige Mutter verstoßen hatte, als sie mit mir schwanger wurde. Bis zum Tag, an dem er starb, verachtete mein Vater jeden, der den Namen Osgoode trug, und viel von seiner Verbitterung hatte sich auf mich übertragen. Ich fragte mich, was er wohl davon halten würde, dass ich nun aufgrund ihres letzten Willens und Testaments ihre Haupterbin war. Ich vermutete, dass sein persönlicher Ehrenkodex es ihm nicht erlaubt hätte, das Geld anzunehmen. Ich war nicht ganz so prinzipientreu.

»Du sagtest, es gäbe eine Bedingung«, sagte ich und wartete auf einen von Leiths eingeübten Gerichtssaal-Seufzern.

Er nickte, worauf prompt ein theatralischer Seufzer folgte. »Olivia war fasziniert von Past & Present Investigations. Fasziniert und stolz. Sie begann sich Sorgen zu machen, dass eine beträchtliche Geldsumme dein Bedürfnis und letztlich auch deinen Wunsch, nach weiteren Fällen, verringern könnte.«

»Also hat sie einen für mich gefunden?«

Leith nickte erneut. »Ich gebe zu, ich war nicht ganz einverstanden mit der Idee, aber Olivia war eine sture Frau, und keine Diskussion konnte sie davon abbringen.«

Sturheit konnte ich verstehen. Ich hatte denselben Charakterzug von meinem Vater geerbt, der offenbar tief in meiner DNA verankert war. Ich wandte meine Aufmerksamkeit wieder Leith zu, der immer noch redete.

»Es steht dir natürlich frei, das Angebot abzulehnen, in diesem Fall fällt dein Erbe an Corbin Osgoode zurück.«

Ich dachte an den Zorn meines Großvaters bei der Testamentseröffnung und unterdrückte ein Lächeln. »Ich würde nicht im Traum daran denken, abzulehnen, und das nicht nur wegen des Geldes. Erzähl mir von dem Fall.«

BEI DEM FALL, so informierte mich Leith, handelte es sich um Brandon Colbeck, einen College-Studenten, der im März 2000

im Alter von 20 Jahren von zu Hause wegging, um „sich selbst zu finden". Man hat nie wieder etwas von ihm gehört.

»Die Familie ist verständlicherweise immer noch auf der Suche nach Antworten«, sagte Leith. »Ist Brandon in Gefahr geraten? Oder hat er einfach beschlossen, zu verschwinden und ein neues Leben zu beginnen? Seine Mutter, eine Frau namens Lorna Colbeck-Westlake, gibt, wenn auch widerwillig, zu, dass ihr Mann, Michael Westlake, strenge Worte für Brandon hatte, nachdem dieser seine College-Ausbildung abgebrochen hatte. Beide betonen jedoch, dass sie nie wollten, dass Brandon sein Zuhause verlassen sollte. Vielmehr habe man ihm ein paar harte Entscheidungen abverlangt, in der Hoffnung, dass er dadurch motiviert würde. „Liebe durch Strenge" war damals eine beliebte Strategie. In manchen Kreisen ist das vielleicht heute noch so.«

Er schob eine dünne lederne Aktentasche über den Mahagoni-Tisch. »Das Wenige, das Olivia zusammengetragen hat, ist hier drin. Ich muss dich warnen, es ist nicht viel, das dir helfen könnte. Ein paar Zeitungsausschnitte, einer ist vier Jahre alt, ein anderer recht aktuell. Kaum genug, um sich damit abzugeben, und doch ...« Leith breitete seine Arme aus, Handflächen nach oben, und zuckte mit den Schultern.

Ich hatte mich daran gewöhnt, mit nur wenigen Anhaltspunkten zu arbeiten. Woran ich mich nicht gewöhnt hatte, war, dass meine Urgroßmutter sich noch aus dem Grab heraus einmischte. »Ich gebe zu, dass ich nicht viel über unsere Familie weiß, aber der Name Brandon Colbeck sagt mir nichts. Sind wir verwandt?«

»Brandons Großmutter ist Eleanor Colbeck, eine Freundin von Olivia im Cedar County Seniorenwohnheim. Vor einem Jahr wurde bei Eleanor eine milde geistige Beeinträchtigung diagnostiziert. Mir wurde gesagt, dass es sich dabei um eine Krankheit handelt, die nicht besser, sondern nur schlechter wird, und dass die Verschlechterung sehr schnell erfolgen kann.

Eleanor stand ihrem Enkel sehr nahe, und vor sechs Wochen erhielt sie einen Anruf von einem Mann, der behauptete, Brandon Colbeck zu sein. Er sagte, er vermisse sie und wolle nach Hause kommen, habe aber nicht die Mittel, um zu reisen.«

»Lass mich raten, er bat sie um Geld.«

»Nicht direkt, aber er erwähnte einen Freund in einer ähnlichen Situation, dessen Vater einen Überweisungsdienst wie Western Union benutzt hatte. Die Familie meldete den Anruf bei der Polizei, die feststellte, dass es sich um einen Betrug handelte, einen von vielen, die auf ältere Menschen gezielt sind. Eleanor ist jedoch nach wie vor davon überzeugt, dass der Anruf von ihrem Enkel stammte, da er sie „Nana Ellie" genannt hatte.«

Eleanor Colbeck. *Der* Name kam mir bekannt vor, obwohl ich nicht wusste, warum. »Der Name kommt mir bekannt vor.«

»Eleanor hatte zu mehreren gemeinnützigen Initiativen beigetragen, lange bevor du nach Marketville zurückgezogen bist. Das Seniorenheim in Cedar County ist alles andere als billig, und Eleanor lebt schon seit zehn Jahren dort. Mit der Verschlimmerung ihres Zustands steigen auch die medizinischen Kosten.«

»Woher ich ihren Namen kenne, ist wahrscheinlich nicht wichtig«, sagte ich und wusste, dass ich so lange nachforschen würde, bis ich mich erinnerte oder die Wahrheit herausfand. Ich tippte mit den Fingern gegen die Aktentasche. »Du sagst, da ist nicht viel drin. Soll ich herausfinden, wohin Brandon gegangen und was mit ihm passiert ist? Oder soll ich ermitteln, dass der Anruf von einem Betrüger war? Ist die Familie damit einverstanden, dass ich mich einmische? Was ist das Entscheidende?«

Leith lehnte sich zurück und lächelte zum ersten Mal. »Olivia mag alt gewesen sein, aber wenn es um Rechtsfragen ging, war sie in Höchstform. Die Familie ist bereit, dich auf jede erdenkliche Weise zu unterstützen. Ich habe unterschriebene eidesstattliche Erklärungen von Lorna Colbeck-Westlake, ihrem Mann Michael Westlake, Brandons Halbschwester Jeanine Westlake und Eleanor Colbeck und das bedeutet, dass Past & Present Investigations eine Carte blance hat, alles zu tun, was nötig ist, um Brandon zu finden. Sie sind auch bereit, sich jederzeit mit dir zusammenzusetzen, obwohl sie, soweit ich weiß, wenig oder gar nichts über das hinaus wissen, was bereits berichtet wurde.«

»Wie sieht es mit der schriftlichen Erlaubnis bezüglich Veröffentlichungen von relevantem Material auf der Webseite von Past & Present oder auf Social-Media-Seiten wie Facebook und Instagram aus?«

»In der Aktentasche findest du ein notariell beglaubigtes Dokument, das genau dieses Anliegen abdeckt und von jedem Familienmitglied unterzeichnet wurde. Um das Erbe antreten zu können, musst du in den nächsten drei Monaten angemessene Nachforschungen anstellen. Danach steht es dir frei, die Ermittlung ohne weitere Verpflichtungen einzustellen.«

Drei Monate. Ich wollte der Sache in zwei Monaten auf den Grund gehen.

$$2$$

Ich verließ Hampton & Associates mit einer fest unter den Arm geklemmten Aktentasche. Ich eilte die Bay Street hinunter zur Union Station und hoffte, den GO-Zug, der mittags nach Marketville fuhr, zu erwischen. Ich hatte geplant, ein paar Stunden in Toronto zu verbringen, das Royal Ontario Museum zu besuchen und mir die schicken Geschäfte von Yorkville anzusehen, bevor ich in einem der vielen Restaurants auf dem Weg zum GO-Zug zu Abend essen würde. Jetzt konnte ich nur noch daran denken, nach Hause zu kommen. Ich musste mir einen Plan zurechtlegen.

Ich erreichte Union Station drei Minuten vor Zugabfahrt und sprintete die Treppe zu Gleis 12 hinauf. Als ich das obere Zugabteil, die „Quiet Zone" erreichte, war ich atemlos und dankbar für die Stille, die dort herrschte. Ich fand einen freien Sitzplatz, setzte mich und machte mich an die Arbeit. Die Fahrt nach Marketville würde etwas mehr als eine Stunde dauern, und ich hatte nicht vor, auch nur eine Minute davon zu verschwenden.

Leith hatte mich gewarnt, dass es nicht viele Ansatzpunkte gäbe, und so war es auch. Die Aktenmappe mit der Aufschrift

„BRANDON COLBECK" enthielt zwei sorgfältig ausgeschnittene Artikel aus der *Marketville Post* und einige handschriftliche Notizen von Olivia Osgoode. Dennoch konnte ich mir ein Lächeln beim Gedanken, dass meine Urgroßmutter im Alter von einundneunzig Jahren in einem ungeklärten Fall ermittelt hatte, nicht verkneifen. Vielleicht hatten wir ja mehr gemeinsam in unserer DNA, als nur Sturheit.

Ich faltete den ersten Ausschnitt auf und glättete die Falten. Er war auf Donnerstag, den 19. März 2015, datiert.

„Brandon Colbeck wird 15 Jahre nach seinem Verschwinden immer noch vermisst", lautete die Schlagzeile. Ein Farbfoto eines jungen Mannes, so um die zwanzig Jahre alt, nahm ein Viertel der Seite ein. Er schien auf einem Steg zu stehen, mit blauem Wasser im Hintergrund, wobei das Foto so bearbeitet worden war, dass Brandons lächelndes Gesicht im Mittelpunkt stand. Es war ein schönes, sorgloses Gesicht, mit vollen Lippen, warmen braunen Augen und einer wohlproportionierten Nase. Sein kupferfarbenes, gewelltes Haar schimmerte golden und wehte in der Brise. Er sah glücklich aus. Ich machte mich daran, den Artikel zum ersten Mal zu lesen, weil ich wusste, dass er mein Interesse geweckt haben würde, wenn ich zu der Zeit, als er veröffentlicht wurde, in Marketville gelebt hätte. Die Zeile mit dem Namen der Verfasserin „Jenny Lynn Simcoe, mit Unterlagen von G.G. Pietrangelo" machte mich noch neugieriger. Ich hatte Gloria Grace während meiner Ermittlungen zum Verschwinden meiner Mutter kennengelernt. Sie hatte die *Marketville Post* im Jahr 2008 verlassen, um ihr eigenes Fotostudio zu eröffnen. An wie viel erinnerte sie sich über diesen ungelösten Fall? Ich notierte mir, dass ich das herausfinden wollte, und wandte meine Aufmerksamkeit wieder dem Artikel zu.

Die Familie von Brandon Colbeck hofft fast fünfzehn Jahre nach seinem Verschwinden noch immer auf ein Wiedersehen mit ihm. Brandon war am 9. März 2000 zwanzig Jahre alt, als er seinen Eltern einen Zettel hinterließ, auf dem er ihnen mitteilte, dass er von zu Hause fortgehen würde. „Ich wurde völlig überrumpelt", sagte Lorna Colbeck-Westlake, Brandons Mutter. „Brandon hatte sich an diesem Morgen mein Auto geliehen, um auf Jobsuche zu gehen. Er setzte mich an meinem Büro ab und war voller Zuversicht, dass er Arbeit finden würde".

Als Brandon seine Mutter nicht zur vereinbarten Zeit abholte, fuhr ein Kollege sie nach Hause. „Ich erinnere mich, dass mir das peinlich war und ich mich mehr als nur ein bisschen geärgert hatte", sagt Lorna. „Damals nahm ich einfach an, dass Brandon unzuverlässig war".

Aus Verärgerung wurde Schock, als Lorna einen Zettel von Brandon auf dem Küchentisch vorfand. Er schrieb, dass er sich selbst finden wolle, und teilte mit, wo er das Auto abgestellt hatte. „Ich rannte in sein Schlafzimmer", sagte seine Mutter. „Er hatte seinen Laptop, Toilettenartikel und die meisten seiner Kleider mitgenommen, aber keinen Ausweis, nicht einmal seine Krankenversicherungskarte oder seinen Führerschein. Ich rief Michael voller Panik an".

Michael Westlake ist der Ehemann von Lorna und der Stiefvater von Brandon. Das Paar fand Lornas unverschlossenes Fahrzeug auf dem Parkplatz eines Einkaufszentrums in der Nähe des Hauses. Die Schlüssel befanden sich unter der Fußmatte des Fahrersitzes. Von Brandon gab es keine Spur.

Obwohl es schon fünfzehn Jahre her ist, hat die Familie die Hoffnung nicht aufgegeben. „Wir glauben, dass Brandon einen Neuanfang wollte, und dass er deshalb seinen Ausweis nicht mitgenommen hatte", sagte Westlake und wiederholte damit eine Aussage aus einem früheren Interview. „Er hatte das College im zweiten Jahr abgebrochen, war ohne Plan zurück nach Hause gezogen und schien nicht motiviert zu sein, Arbeit zu finden."

„Es gab Spannungen im Haus", gab Jeanine Westlake, Brandons Halbschwester, zu, die zum Zeitpunkt seines Verschwindens zwölf Jahre alt war. „Mein Vater glaubte fest an Liebe durch Strenge, und das verstärkte sich noch, nachdem mein Bruder seine College-Ausbildung abgebrochen hatte. Brandon reagierte nicht gut auf diese Methode".

Das Profil von Brandon Colbeck wurde jetzt in das Ontario-Register für vermisste und nicht identifizierte Erwachsene aufgenommen, zusammen mit zwei Zeichnungen, die ihn so darstellten, wie er heute aussehen könnte, und die von der forensischen Identifizierungseinheit des Cedar County Police Department zur Verfügung gestellt wurden. Seine Großmutter, Eleanor Colbeck, die für ihre weit verbreitete Philanthropie in der Gemeinde bekannt ist, wurde kürzlich in ihrem Alterswohnsitz in Marketville befragt. Sie ist der Meinung, dass die Bilder ein genaues Abbild dessen sind, wie Brandon heute im Alter von fünfunddreißig Jahren aussehen könnte.

„Ich habe nie aufgehört, daran zu glauben, dass mein Enkel lebt und gesund ist", sagte Eleanor, und in ihren Augen standen Tränen. „Ich warte auf den Tag, an dem das Telefon klingelt und Brandon sagt: Nana Ellie, ich habe dich vermisst. Ich möchte nach Hause zu kommen."

Nana Ellie. Dort konnte es jeder Betrüger lesen. Der Kosename, der Eleanor Colbeck davon überzeugt hatte, dass ihr Enkel noch am Leben war. Wenn man dann noch Eleanors fortgeschrittenes Alter und ihr Vermögen hinzufügte, konnte ich verstehen, warum die Polizei den Anruf als Betrug abgetan hatte.

Aber es gab Fragen, die der Artikel nicht beantwortete, und

Olivia hatte sie aufgeschrieben. Ich lächelte. Es waren dieselben Fragen, die ich auch gestellt hätte.

- Wer ist Brandons biologischer Vater? Wo ist er jetzt? Hat er eine Rolle in Brandons Erziehung gespielt?
- Wie alt war Brandon, als Mike und Lorna sich kennenlernten und heirateten?
- Wer waren Brandons Freunde?
- Wie nahe standen sich Brandon und Jeanine? Hat er seiner Schwester von seinen Plänen, fortzugehen, erzählt?
- Aus welchem Grund hatte Brandon das College abgebrochen?

Ich fragte mich, ob Eleanor Colbeck die Antwort auf einige dieser Fragen hatte oder ob diese in ihrem Kopf eingeschlossen und nicht mehr zugänglich waren. Ich las den Artikel noch einmal durch, dachte einen Moment lang nach und fügte dann noch einen letzten Punkt hinzu.

- Finde das frühere Interview mit Michael Westlake (und G.G. Pietrangelo)

Ich blätterte zum zweiten Zeitungsausschnitt weiter. Er war auf 2018 datiert, fast auf den Tag genau drei Jahre nach dem ersten, und die Schlagzeile lautete: „Telefonbetrüger zielen auf Großeltern". Die Verfasserzeile war wieder von Jenny Lynn Simcoe, diesmal ohne einen Hinweis auf G.G. Pietrangelo.

Es gibt zahlreiche Berichte über ahnungslose Senioren, die Anrufe von Personen erhalten, die sich als Enkelkind ausgeben und um Geld bitten. Diese Anrufe, die von der Polizei als „Großeltern-Betrug" bezeichnet werden, spielen direkt mit den Gefühlen älterer Menschen. Beispielsweise ruft ein Betrüger eine ältere Person an und gibt sich als deren Enkel aus. In einem Szenario fragt der Anrufer, ob die Person weiß, wer anruft. Wenn die Großeltern den Namen eines ihrer Enkelkinder erraten, gibt sich der Betrüger als dieses Enkelkind aus und erzählt den Großeltern, dass er in einer finanziellen Notlage ist. In der Regel werden die Großeltern auch gebeten, niemandem von ihrer Situation zu erzählen, weil sie sich schämen oder es ihnen peinlich ist.

In einem anderen Szenario kennt der Anrufer den Namen des Enkelkindes sowie ein oder zwei wichtige Fakten, die er aus Beiträgen in sozialen Medien oder Zeitungsartikeln entnommen hat, und nimmt dessen Identität an.

Auch wenn nicht alle Betrügereien, die auf Senioren abzielen, mit Enkeln zu tun haben, beinhalten sie unweigerlich Geldforderungen, in der Regel per Western Union-Überweisung. „Es gibt so viele Varianten des Großelternbetrugs wie es Großeltern gibt", sagte Detective Aaron Beecham, der die kürzlich gegründete Betrugsermittlungseinheit des Cedar County Police Department leitet. „Wenn es ein älteres Familienmitglied in Ihrer Familie gibt, nehmen Sie sich bitte die Zeit, es über Betrügereien aufzuklären, die auf ältere Menschen abzielen".

Eine Liste der aktuellsten Betrugsversuche finden Sie auf der Webseite des Cedar County Police Department unter der Rubrik Betrug. Um einen Betrug zu melden, kontaktieren Sie uns bitte unter 555-835-5763, Durchwahl 35.

Detective Aaron Beecham. Auch dieser Name kam mir vage bekannt vor, aber ich konnte ihn nicht zuordnen, was eigentlich auch egal war. Es machte mich wütend, dass es skrupellose Menschen gab, deren einziger Lebenszweck darin bestand, Senioren zu betrügen.

Was ist mit dem echten Brandon Colbeck? War er schon lange tot und in einem unbekannten Grab begraben? Oder war er noch am Leben und lebte irgendwo unter einem anderen Namen, vielleicht mit eigenen Kindern? Wenn ja, was ist dies für ein Mensch, der seine Familie fast zwanzig Jahre lang in Ungewissheit gelassen hat, und warum?

Ich war noch am Grübeln, als der Zug in den Bahnhof von Marketville einfuhr.

3

Sobald ich zu Hause war, rief ich Chantelle an, weil ich sie unbedingt auf den Fall ansetzen wollte. »Hast du schon Pläne zum Abendessen?«

Sie lachte. »Schön wär's. Leider ist mir noch kein Märchenprinz über den Weg gelaufen. Nicht einmal ein Frosch, was ich im Moment vielleicht in Betracht ziehen würde. Dann denke ich an Lance den Verlierer und komme wieder zur Vernunft.«

Lance war Chantelles Ex-Mann, und ich wusste, dass sie, trotz ihrer unbekümmerten Haltung ihm gegenüber, immer noch verletzt war, vor allem, weil er sie wegen einer weitaus Jüngeren verlassen hatte - ihre Worte, nicht meine, obwohl sie damit nicht weit daneben lag. »Du wirst dem richtigen Mann zur richtigen Zeit begegnen«, sagte ich.

»Ich halte nicht den Atem an. Wie verlief dein Treffen mit Leith Hampton?«

»Es war ... interessant. Olivia hinterließ mir etwas Geld in ihrem Testament. Mehr als nur etwas, eigentlich. Genug, um meine Hypothek abzuzahlen.«

»Wow, gut gemacht. Ich nehme an, Corbin war nicht gerade beeindruckt.«

»Das kann man wohl sagen. Er beschuldigte mich der unzulässigen Beeinflussung. Ich nehme an, er war bis vor ein paar Monaten der alleinige Erbe. Leith versicherte ihm, dass Olivia ihr Testament revidiert hatte, lange bevor ich in ihr Leben trat.«

»Sie wusste von dir, obwohl du nichts von ihr wusstest? Ich nehme an, das hat ihn noch mehr verärgert.«

»Er war wütend«, sagte ich und dachte an die Szene in Leiths Büro zurück, wie mein Großvater die Worte ausspuckte, die mich für immer verletzen würden, während meine Großmutter mit steinerner Miene und stumm neben ihm saß. *Du warst ein Fehler, Calamity. Kein noch so großer Geldbetrag wird das jemals ändern.*

»Er hat gedroht, das Testament anzufechten. Leith glaubt nicht, dass Corbin eine Chance hat, da er auch eine beträchtliche Summe geerbt hat, aber wer weiß? Ich rechne nicht mit dem Geld, bis der Erbschein erteilt ist, was, soweit ich weiß, etwa ein Jahr dauern kann. Sollte Corbin das Testament anfechten, wird sich die Zeitspanne mit Sicherheit verlängern. In der Zwischenzeit gibt es einen kleinen Haken.«

»Was für einen Haken?«

»Um zu erben, muss Past & Present versuchen, einen ungeklärten Fall zu lösen.«

»Versuchen, das heißt, wir müssen ihn nicht lösen, wir müssen es nur versuchen?«

»Laut Leith zählen unsere Bemühungen während der nächsten drei Monate, nicht das Endergebnis.« Ich biss mir auf die Lippe. »Die Sache ist die, Chantelle, ich weiß nicht, ob ich das Geld annehmen könnte, wenn wir nicht die Wahrheit herausfänden.«

»Dann müssen wir eben die Wahrheit herausfinden, nicht wahr?«

»Genau. Kannst du heute Abend vorbeikommen? Ich kann dich über die Details bei Pizza und Wein aufklären.«

»Gerne, zu Pizza sage ich nie nein.«

DIE NEUGIERDE ÜBERMANNTE MICH, und ich beschloss, mir das Online-Register für vermisste und nicht identifizierte Erwachsene in Ontario anzusehen, während ich auf Chantelle wartete. Die Webseite war attraktiv und einfach zu navigieren, mit drei Datenblöcken oben auf der Startseite: *Suche nach nicht identifizierten Erwachsenen, Suche nach vermissten Erwachsenen* und *Veröffentlichungen.* Darunter befanden sich die datierten Aufzählungspunkte: *Aktuelle Nachrichten* und *Updates.*

Ich war mir nicht bewusst, warum ich zunächst auf nicht identifizierte Erwachsene klickte, da ich ja eigentlich nach einem „vermissten" Erwachsenen suchte, aber genau das tat ich. Ich wurde zu einer Seite weitergeleitet, auf der ich eine Reihe von Parametern eingeben konnte: Geschlecht, Rasse, Datum der Auffindung, Ort der Auffindung, Provinz der Auffindung, Haarfarbe, Augenfarbe, Alter, Gewicht sowie Schlüsselwörter. Ich ließ alle Felder leer und drückte auf Absenden und war überrascht und niedergeschlagen, als ich acht Seiten mit fünfundzwanzig Fällen pro Seite vorfand, die meisten mit der Überschrift „kein Bild verfügbar". Zweihundert nicht identifizierte Männer und Frauen, deren Leichen oder in den meisten Fällen ihre Überreste bereits in den 1960er Jahren entdeckt worden waren, und niemand hatte sich gemeldet, um Erkundigungen einzuziehen. Hatten sie keine Familien oder, falls keine Familie vorhanden war, zumindest jemanden, der sich um sie sorgte? Oder ging man davon aus, dass die Person freiwillig gegangen war und nicht gefunden werden wollte? Wie auch immer, der Gedanke, dass ihr Tod keine Rolle spielte, war herzzerreißend.

Ich verbrachte die nächsten drei Stunden damit, jeden Eintrag zu lesen und in den Akten nach Hinweisen auf Brandon zu suchen, wohl wissend, dass die Polizei und Mitglieder von Brandons Familie die Akten schon mehrmals durchforstet hatten. Ich weiß nicht, ob ich wirklich erwartet hatte, etwas zu finden, was sie übersehen hatten - Calamity *Barnstable löst den Fall in wenigen Stunden,* würde es in den Schlagzeilen heißen -, aber das einzige Ergebnis meiner Suche waren ein steifer Nacken, ein schmerzender Rücken und ein durchdringendes Gefühl von Untergang und Pessimismus.

Ich stand auf, streckte mich, machte mir eine Tasse Zimt-Rooibos-Tee und widmete mich wieder meiner Arbeit. Diesmal nahm ich mir die Vermisstenseite für Erwachsene vor. Hier sahen die Eintragungen noch trübseliger aus: Auf achtzehn Seiten waren jeweils fünfundzwanzig vermisste Erwachsene in der Datenbank verzeichnet, wovon eine sogar bis ins Jahr 1935 zurückreichte. *Vierhundertfünfzig vermisste Erwachsene,* dachte ich und rechnete im Geiste nach. Ich gab den Namen von Brandon Colbeck in die entsprechenden Suchfelder ein und wurde zu den Daten über seinen Fall weitergeleitet.

ZUSAMMENFASSUNG

DATUM DES VERSCHWINDENS: 9. März 2000
ORT DES VERSCHWINDENS: Marketville, Ontario
ALTER ZUM ZEITPUNKT DES VERSCHWINDENS: 20 Jahre
GRÖßE (GESCHÄTZT): 1,80 m
GEWICHT (GESCHÄTZT): 68 kg
HAARE: rotbraun, gewellt
AUGENFARBE: Dunkelbraun
GESCHLECHT: Männlich
RASSE: Hellhäutig
DECKNAMEN: Keine bekannt

DETAILS

Zahnärztliche Informationen: Zähne - als gut
beschrieben
Medizinische Informationen: Unbekannt
Kleidung / Schmuck: Mit Schafsfell gefütterte Jeansjacke
Andere persönliche Gegenstände: Dell-Laptop-Computer
Bemerkenswerte Merkmale: Linker Oberarm: Ein schwarzer
Umriss des unteren Viertels der Sonne, die mit mehreren
Strahlen auf das Gesicht eines Jungen mit wallendem Haar
scheint. Zum Zeitpunkt des Verschwindens von Brandon war
diese Tätowierung neu. Möglicherweise ist sie seitdem koloriert
oder vergrößert worden.
Zusätzliche Informationen: Nachdem er in seinem
zweiten Jahr am Cedar County College in Lakeside gescheitert
war, kehrte Brandon Ende Januar zu seinen Eltern nach
Marketville zurück. Er hatte Computerwissenschaften studiert.
Bis einige Monate vor seinem Verschwinden hatte Brandon
ausgezeichnete Noten und wurde als wissbegierig und
schlagfertig beschrieben. In seinem zweiten Jahr am Cedar
County College veränderte sich sein Verhalten, wobei sich die
Familie über die Gründe nicht im Klaren ist. Als sich seine
Noten verschlechterten, begann er, sich von Familie und
Freunden zurückzuziehen, bis es praktisch keinen Kontakt
mehr gab.

Der Rest des Eintrags war eine Zusammenfassung der
Zeitungsartikel mit einem Vermerk, dass er nicht versucht
hatte, Familie oder Freunde zu kontaktieren.

Es gab zwei Quellenlinks, von denen der erste zum Artikel
in der *Marketville Post* vom 19. März 2015 führte. Es gab keine
früheren Zeitungsberichte, was mich nicht überraschte. Das
erwähnte „frühere Interview" hätte mit ziemlicher Sicherheit
innerhalb weniger Monate nach Brandons Verschwinden

stattgefunden, also vor der Online-Berichterstattung. Ich hoffte, dass Gloria Grace ihre Akten noch hatte und dass sie sich dazu bereit erklären würde, uns mitzuteilen, was sie wusste.

Der zweite Link führte zu einer Facebook-Seite „Finde Brandon Colbeck", auf der Jeanine Westlake als Administratorin angegeben war. Sie hatte dasselbe Foto und dieselben Zeichnungen gepostet, die auf der Ontario Registry für Missing and Unidentified Adults Webseite zu sehen waren, aber trotz mehrmaliger Veröffentlichungen und neunundachtzig dort erwähnten Freunden gab es keine hilfreichen Kommentare, und alle Aktivitäten kamen Anfang 2016 zum Erliegen. Ich machte mir eine Notiz: *Warum 2016? Zu viele Sackgassen?*

Unter zugehörigen Fotos gab es vier Vorschaubilder, die durch Anklicken der einzelnen Fotos auf volle Größe vergrößert werden konnten. Das oberste Foto war das inzwischen bekannte *Marketville Post*-Foto von Brandon. Darunter befanden sich zwei ganzseitige Zeichnungen, die ihn so darstellten, wie er möglicherweise heute aussehen könnte, von denen eine Brandon mit kurzem, rechts gescheiteltem Haar, die andere mit schulterlangem, in der Mitte gescheiteltem Haar und einem leicht struppigen Bart, geschlossenen Lippen und einem leichten Lächeln zeigte. Er hatte ein schmales Gesicht mit hohen Wangenknochen und eine perfekt proportionierte Nase. Trotz zerzauster Erscheinung, war er ein gut aussehender Mann. Beide Zeichnungen waren von dem Künstler unterzeichnet und auf den 1. März 2015 datiert. Würde er nach weiteren vier Jahren noch älter aussehen? Wäre das rötlich-braune Haar jetzt grau?

Das vierte Vorschaubild war eine grobe Skizze der Tätowierung. Sie sah unvollständig aus, ein schwarzer Umriss von etwas, das noch kommen sollte, und doch hatte sie etwas seltsam Vertrautes an sich. Ich starrte es mehrere Minuten lang an, vergrößerte es auf meinem Bildschirm, verkleinerte es wieder und war frustriert, dass mir nichts einfiel. Ich wusste, dass ich das irgendwo schon einmal gesehen hatte.

Ich sah mir die Bilder noch einmal an, speicherte jedes einzelne in einem Ordner mit der Aufschrift „Brandon Colbeck" auf meinem Computer ab und druckte dann alle drei Zeichnungen aus. Eine Sache, die ich bei meinen früheren Nachforschungen gelernt hatte, ist, dass gute Organisation alles vereinfachte.

Ich wünschte nur, ich könnte das Gefühl abschütteln, dass nichts an diesem Fall einfach sein würde.

ÜBER DIE AUTORIN

Die ehemalige Journalistin und Magazinredakteurin Judy Penz Sheluk ist die Autorin zweier Krimiserien: The Glass Dolphin Mysteries und The Marketville Mysteries. Ihre Kurzkrimis sind in mehreren von ihr herausgegebenen Kurzkrimibänden veröffentlicht, darunter *The Best Laid Plans*, *Heartbreaks & Half-Truths* und *Moonlight & Misadventure*. Judy Penz Sheluk ist Mitglied von Sisters in Crime, International Thriller Writers, der Short Mystery Fiction Society und sie war Vorsitzende des Verwaltungsrats für Crime Writers of Canada. http://www.judypenzsheluk.com/translations/deutsch/

Wenn Sie an aktuellen Informationen über unsere Bücher interessiert sind, besuchen Sie bitte unsere Webseite: http://marketvillebuecher.de/

ÜBER DIE ÜBERSETZERIN

Bücher. Von Kindesbeinen an spielten sie eine große und charakterprägende Rolle in Petra Schmelzeisens Leben.

In Deutschland aufgewachsen und zur Schule gegangen, kam sie nach dem Abitur zum ersten Mal nach Kanada. Angetan von den endlosen Wäldern und Seen im Norden Ontarios und ihrer Liebe zur Natur, machte sie dieses Land schließlich zu ihrer neuen Heimat.

In den darauffolgenden Jahren studierte sie an der University of Toronto und erlangte ihren Bachelor of Arts in Ägyptologie, Altertumskunde und Archäologie.

Seit über zwanzig Jahren arbeitet Petra Schmelzeisen freiberuflich als Übersetzerin und Lektorin. Ihre Erfahrung umfasst ein weites Themenspektrum, sowohl in der Übersetzung von Englisch nach Deutsch als auch von Deutsch nach Englisch.

Als die kanadische Bestsellerautorin Judy Penz Sheluk sie kontaktierte und ihr anbot ihre Mystery-Romane ins Deutsche zu übersetzen, brauchte sie nicht lange zu überlegen.

Wenn Sie an aktuellen Informationen über unsere Bücher interessiert sind, besuchen Sie bitte unsere Webseite: http://marketvillebuecher.de/

9 781989 495476